사주팔자

사주팔자

四柱八字

1

서자영 장편소설

고즈넉
이엔티

사주팔자 1

개정판 1쇄 발행 2021년 6월 11일

지은이 서자영
펴낸이 배선아
편 집 박미애
디자인 엄인경
펴낸곳 (주)고즈넉이엔티

출판등록 2017년 3월 13일 제2021-000008호
주소 서울특별시 중구 청계천로 40, 1203호
대표전화 02-6269-8166 **팩스** 02-6166-9199
이메일 gozknockent@gozknock.com

ⓒ 서자영, 2021
ISBN 979-11-6316-172-1   04810
     979-11-6316-171-4   (전2권)

표지이미지 Designed by Getty Images Bank, Freepik
내지이미지 Designed by Getty Images Bank, Freepik

불의 왕자, 운

첫

이야기

丙午年(병오년)

"아아악!"

늦은 밤, 여인의 고함소리가 심양관 내에 울려 퍼졌다. 곤한 잠에 빠져 있다 깬 개들이 놀라서 요란스럽게 짖어대기 시작했다.

심양관 내에서 언제나 가장 먼저 불이 꺼지는 곳이 바로 세자와 대군 내외가 거처하는 침방이었다. 하지만 오늘 밤은 보통 때와 달리 세자 내외가 침수를 든 방 한 칸만 제외하고 나머지 네 칸엔 모두 불이 환히 켜져 꼭 대낮 같았다. 진작 닫혔어야 하는 중문도 어찌된 일인지 활짝 열린 채 배종하는 이들이 바쁘게 드나들고 있는 중이었다.

또다시 여자의 날카로운 비명소리가 심양관을 울렸다.

오가던 이들이 일순 모든 동작을 멈춘 채 서로 걱정스런 시선을 주고받았다. 그 순간 불이 환히 켜진 침방 마지막 칸 문이 벌컥 열리더니 상기된 기색이 역력한 금창대군이 밖으로 나왔다.

"나왔느냐?"

"아직이옵니다. 초산은 원래 오래 걸리는 법이옵니다."

"그래?"

실망한 듯 어깨를 늘어뜨린 금창이 막 몸을 돌려 다시 방으로 들어가려는 순간, 멀리서 헐떡이며 한 사내가 달려왔다. 문학 김국환이었다. 금창이 썩 반가운 몸짓으로 그를 맞이했다.

"왔는가? 들어가세. 아이가 태어날 때까지 나는 이곳에 꼼짝없이 갇혀 있어야 한다네."

무어라 급히 할 말이 있는 듯 입을 달싹이던 국환이 주변 눈치를 살핀 뒤 고개를 숙이고는 금창을 따라 들어갔다. 침방 문을 닫기 전 국환이 눈짓으로 주위를 모두 물렸다.

"마마, 정확히 언제 부부인께서 산실에 들어가신 것이옵니까?"

그럼에도 혹시나 말이 새어 나가기라도 할 새라, 방에 들어서자마자 금창의 뒤에 바싹 붙은 국환이 아주 작은 목소리로 질문했다. 거기다 매우 위중한 일을 급히 아뢰는 듯한 낮고 빠른 말투였다. 범상치 않은 태도에 금창이 흠칫 놀라며 국환을 돌아보았다.

"왜? 아, 좀 일찍 태어날 거 같아 그러나? 뭐, 그래봤자 하루 이틀 아닌가."

"사주는 시간만 바뀌어도 크게 달라지는데 일이 바뀌는 건 보통 일이 아닙니다."

"그래? 보자, 언제더라. 그게 어제 신시(오후 4시) 무렵이었나. 낮부터 배가 싸하니 아프다고 측간을 왔다 갔다 했지, 아마? 뒤늦게 그 모습을 본 최상궁이 진통이라며 산실로 데려갔네."

이미 자시(밤 12시)가 지나 날이 바뀌었으니 벌써 산실에 들어간 이후 많은 시간이 지난 뒤였다. 아무리 초산이라도 난산이 아닌 한 이 정도면 이제 아이가 나올 때였다. 낭패다. 순식간에 국환의 얼굴이 하얗게 질렸다. 그 모습을 본 금창은 놀라며 팔을 붙잡았다.

"자네, 왜 그러나?"

허나 이미 혼이 나간 국환에게 금창의 말이 들릴 리 없었다. 국환이 미친 사람처럼 주변을 두리번거렸다. 그때 꼭 다듬잇돌과 비슷한 모양으로 크고 네모나게 생긴 수석이 국환의 눈에 들어왔다. 국환이 재빨리 수석을 가져와 금창 앞에 내려놓았다.

"마마, 산파를 불러 이 돌로 산도를 막으라 이르시옵소서."

"뭐라? 그게 무슨 소린가? 산도를 막으라니! 미치지 않고서야 대체 그게 무슨 짓이란 말인가?"

금창이 펄쩍 뛰며 뒤로 물러났다.

미친 사람이라도 보듯 노려보았으나 국환은 아랑곳하지 않고 도리어 한 걸음 가까이 다가들었다.

"마마, 매죽헌 성삼문을 아시옵니까?"

"사육신 중 한 사람 아닌가?"

"그분이 왜 성삼문이란 이름을 갖게 되었는지 아시옵니까?"

"모르네."

"그분의 외조부께서 명리학의 대가셨습니다. 성삼문의 모친이 해산을 하기 위해 친정에 갔을 때 외조부가 출태일을 가지고 태어날 아이의 사주를 뽑아보니 소년등과는 하나, 스물을 넘지 못하고 단명할 사주였습니다. 허나 하루 늦게 태어난다면 입신양명할 뿐 아니라 장수를 누리며 다복하게 살 팔자였습니다. 그리하여 외조부는 출산을 돕는 제 부인을 시켜 딸의 산도를 막아 손자를 늦게 태어나게 하라 일렀습니다. 그때 외조모가 산도를 막은 채 외조부에게 '낳아도 될까요?'라고 세 번을 물은 뒤 태어났다 하여 '삼문'이라 이름 지은 것입니다. 하루를 늦추진 못했으나 그나마 세 번 산도를 막으며 출태시를 최대한 늦췄던 덕분에 성삼문이 스무 살에 요절하지 않고 조금이나마 오래 살았고, 그 덕에 저희가 성삼문이라는 인물을 알 수 있는 것입니다. 외조부의 혜안이 없었다면 그 이름이 어찌 대대손손 전해져 내려올 수 있었겠습니까."

"허니 나에게도 아이를 조금이라도 늦게 태어나도록 산도를 막게 이르란 말인가?"

"네, 지체할 시간이 없습니다. 어서 산파를 부르시옵소서!"

"꼭 그리해야……."

눈치를 보며 머뭇거리는 금창의 말을 끊고 국환이 독촉했다.

"마마! 종묘와 사직이 걸린 일이옵니다. 반드시 하셔야 하옵니다!"

"알겠네, 알겠어."

등 떠밀린 금창이 결국 밖으로 나갔다. 갑자기 대군이 모습을 나타내자 멀리 물러가 있던 이들이 놀라 황급히 달려왔다. 가장 먼저 도착한 최상궁이 숨을 미처 고르지도 못한 채 금창 앞에 허리를 숙였다.

"무슨 일이십니까?"

"낳았느냐?"

아이를 기다리는 사내들이 으레 하는 재촉인 줄 안 최상궁이 은은한 미소를 지으며 고개를 저었다.

"마마, 아직이옵니다. 한참은 더 걸릴 것이니……."

"다행이구나. 내 긴히 할 말이 있으니 산실청에 든 산파를 이리로 오라 하라."

"네?"

이게 뭔 소린지 당최 이해할 수 없었다. 아이 받느라 바쁜 산파를 지금 여기로 불러 무엇하겠단 말인가. 영문을 알 수 없는 최상궁이 금창을 보며 고개를 갸웃했다.

"마마, 그게 무슨……."

"속히 산파를 불러 오거라. 어서! 매우 급한 일이야!"

지금 산파에게 아이를 받는 것보다 더 중요한 일이 있을 리 없다. 산파에게 매우 급한 일이란 애가 나오는 일이어야 했다. 최상궁은 금창이 첫 아이를 기다리다 너무 초조해서 정신이 나가기라도 한 건 아닌가 의심스러웠다. 그래서 독촉하는 금창의 눈빛이 엄하고 말투가 단호함에도 불구하고 쉬이 발걸음이 떨어지지 않았다. 너무나 망극한 분부라 최상궁은 어쩔 줄 몰라 하며 제자리에서 발만 동동 굴렸다.

그때 다시 한 번 여자의 신음소리가 들려왔다.

마음이 급한 금창이 망설이는 최상궁을 밀치고 걸음을 옮기려했다. 조금 떨어진 곳에서 그 모습을 지켜보고 있던 조내관이 얼른 달려와 앞을 막아섰다. 어려서부터 금창과 세자를 모신 데다 심양관 내에서 가장 나이가 많기 때문에 세자와 금창 모두 아랫사람으로 부리지만 어른 대접을 해주는 이였다.

"마마, 산실엔 걸음 하시면 아니 되옵니다."

"허니 산파를 불러오라 하질 않느냐! 이를 말이 있어 그런다. 더 지체하면 내 직접 걸음 하겠다."

"마마!"

"어서 불러오래도!"

세자는 모친을 닮았고 금창은 부친을 닮았다. 특히 쇠고집을 넘어선 똥고집은 부자가 판박이라, 금창이 한번 고집을 부리면 누구도 못 말렸다. 아무리 천하의 조내관이라도 이쯤 되면 속수무책이었다.

"알겠습니다. 안에서 기다리십시오. 산파를 불러오겠습니다."

"당장 불러와야 한다."

"당장 불러오겠습니다. 허니 안으로 드시옵소서."

펄펄 뛰는 금창을 겨우 달래 침방 안으로 들여보낸 뒤 최상궁과 조내관이 걱정스런 시선을 교환했다.

"정말 산파를 불러오실 것입니까?"

"어쩌겠는가? 저리 찾으시는데. 직접 하실 말씀이 있다고 하니 잠깐만 다녀가라고 이를 수밖에."

"세상에, 출산 중에 산파를 부르다니, 이런 일은 보도 듣도 못 했습니다."

"그만하시게."

투덜거리는 최상궁을 나무라며 조내관이 산실로 향했다. 종종 걸음으로 바쁘게 가는 그의 뒷모습을 보며 최상궁이 고개를 절레절레 저었다. 대체 무슨 일을 벌이려 하는 것인지 이해할 수가 없었다.

그렇게 최상궁이 하늘과 땅을 번갈아보며 황당해 하는 사이, 조내관이 산파를 데려왔다. 조내관을 따라온 산파는 얼굴이 누렇게 떠 있었고 손발이 뻣뻣한 것이 누가 봐도 긴장하고 초조한 기색이 역력했다.

"마마, 조내관입니다. 산파를 데려왔사옵니다."

"산파만 안으로 들이고 조내관은 물러가 있으라. 침방 근처에 사람이 얼씬거리지 않도록 하라."

"네."

산파를 들여보낸 뒤 조내관은 사람을 모두 물리고 자신 역시 침방에서 멀찍이 떨어져 섰다.

다시 한 번 부부인의 고함소리가 길게 심양관을 울렸다.

***

침방에 들어온 산파는 곧장 바닥에 엎드려 절을 했다.

"내 너를 급히 부른 까닭은 긴히 부탁할 것이 있기 때문이다."

"말씀하시옵소서."

꿇어앉은 산파의 등 뒤로 땀이 배어나왔다. 산실을 비운 사이 혹시나 문제가 생길까 봐 걱정스러워 눈앞이 흐릿했다. 출산은 새로운 생명의 탄생인 동시에 죽음과 맞닿아 있을 정도로 위험한 일이기도 했다. 그래서 여인들은 출산을 하러 갈 때 댓돌 위의 신을 거꾸로 돌려놓고 방에 들어갔다. 게다가 부부인은 초산이었다.

이 긴급한 순간에 자신을 굳이 불러내다니, 산파는 금창이 제정신인가 의심스러울 정도였다.

"이걸 가져가라."

"네?"

그때 쿵, 하는 소리와 함께 무거운 돌이 산파 앞에 놓였다. 놀라고 당황한 산파가 예의가 아닌 줄 알면서도 고개를 들어 금창의 얼굴을 쳐다보았다.

"가져가서 아이가 나오려 하면 이 돌로 산도를 막아라."

"마마!"

대체 이 무슨 해괴망측한 소리란 말인가! 아이를 빨리 나오게 하라는 독촉은 많이 들어봤어도 나오려는 아이를 나오지 못하게 하란 말은 머리 털 나고 처음 듣는 소리였다.

"초산이니, 그리 빨리 아이가 나오지는 않을 터! 최대한 아이를 늦게 나오게 하라. 이틀 뒤에 낳아야 한다."

이틀이라니! 일각이 위급한 이때 이틀이나 늦게 나오게 하라니, 그건 삼신할매도 못할 일이었다. 산파가 미친 사람처럼 고개를 저었다.

"마마, 아니 되옵니다. 그리하면 부부인도, 아기씨도 모두 죽사옵니다."

"어리석은 것! 누가 죽을 정도로 하라더냐? 최대한, 최대한 늦추란 말이다. 적어도 오늘은 아니 된다."

"쇤네가 나오기 전에 이미 산도가 모두 열려 아기씨 머리가 보일 참이었습니다. 헌데 어찌 그것을 막는단 말입니까!"

"허니 이 돌을 주는 것 아니냐? 이것으로 막아라. 할 수만 있다면 나오려는 아이를 다시 밀어 넣어라."

갈수록 태산이었다. 대꾸할 말조차 잊은 산파가 멍청하게 입을 벌린 채 금창을 보았다.

"부부인과 아기씨가 죽어선 안 되지만, 죽지 않는 한에서 최대한, 이 돌로 산도를 막아라. 죽지 않아. 이전에도 이런 전례가 있다. 이전엔 세 번을 막았다 하니 너도 최소한 세 번은 막아라. 이게 다 아기씨를 위함이니 그리 알고 시키는 대로 행하라!"

금창은 산파의 손에 억지로 돌을 들린 뒤 등 떠밀어 침방 밖으로 내보냈다.

쫓겨나듯 침방을 나선 산파는 억지로 손에 들린 돌보다, 마음이 천 배는 더 무거워 발걸음을 쉬이 옮길 수 없었다.

나오는 아이를 돌로 막아 안으로 밀어 넣으라니!

그런 짓을 했다가는 천벌을 받을 것이다. 삼신이 엉덩이를 두드려 내보내는 아이를 어찌 감히 인간이 막는단 말인가. 느리게 한 걸음씩 걸어가던 산파가 끝내 자리에 멈춰서 땅이 꺼질 듯이 긴 한숨을 내쉬었다.

바로 그때 부부인의 비명이 관사를 울렸다. 그 순간 땅에 박힌 듯이 멈춰 있던 산파의 다리가 본능적으로 산실을 향해 움직이기 시작했다.

***

"답답하구나!"

청나라 식으로 꾸며진, 일종의 사랑채 구실을 하는 침방 안을 금창이 초조한 발걸음으로 부산스럽게 서성였다. 어찌나 애가 타는지 금창은 한시도 가만히 있지 못했다.

방 가운데 책상의 끄트머리에 앉은 국환은 고개를 숙인 채 아무 말이 없었다. 순간 옛 스승이 하산하기 전 제게 했던 말이 떠올랐다.

'자네는 하늘을 읽는 자야, 하늘을 만드는 자가 아니야. 자네는 매우 총명하나, 아마 언젠가는 그 총명함이 스스로의 발목을 잡을 것이야. 자신의 총명함을 스스로 경계해야 한단 말이지. 하긴 이게 무슨 소용 있겠는가. 아무리 내가 지금 이리 말해도 일이 벌어진 뒤에야 무슨 말인지 알 수 있을 것인데. 중이 원래 제 머리 못 깎는 법이거든.'

그게 이런 말이었구나!

정말 일이 벌어진 뒤에야 스승이 한 말을 온전히 이해할 수 있었다. 국환이 쓰러지듯 바닥에 엎드렸다. 놀란 금창의 눈이 휘둥그레졌다.

"왜 이러는가?"

"이 모든 게 신의 책임이니, 신을 죽여주시옵소서."

엎드린 채 바들바들 떠는 국환을 물끄러미 보던 금창이 왈칵 역정을 냈다.

"아니 대체 오늘 태어나면 아이 사주가 어떻기에 이러는 것인가? 이틀 차이가 무에 그리 커서 이러는 게야? 그대가 시키는 대로 산파를 불러 돌로 산도까지 막으라고 시키기까지 했는데, 그것도 부족해서 이젠 자네를 죽여 달라니? 속 시원히 한 번 말해보게나. 대체 오늘 태어나면 애 사주가 어떻단 말인가?"

"제가 마마께 토가 많아야 제왕의 사주라고 말씀 드린 것을 기억하십니까."

"그랬지. 망극하게도 형님보다 내가 사주에 더 토가 많으니 형님보다 내가 더 왕의 사주라고 하지 않았나."

"예, 혼란스러울수록 중심을 잘 잡는 왕이 필요하니 앞으로 왕에게 필요한 덕목은 토라고도 말씀드렸습니다."

"그래서 내게 토다(土多)한 자식을 낳으라고 권한 게 아닌가."

"그래서 제가 고른 날짜가 이틀 뒤인 병오(丙吾)년 무술(戊戌)월 무신(戊申)일입니다. 거기에 시까지 맞춰서 무오(戊吾)시로 태어난다면 토 비겁[1]에 화 인성[2]이 뒤를 받쳐주어 능히 제왕의 사주라 하기에 부족함이 없었을 것입니다."

"허면 오늘은? 오늘은 대체 무엇이 문제라 그리 꺼리는 것인

---

1) 사주팔자에서 일간(日干) 오행을 기준으로 다른 곳의 간지와의 상생(相生) 상극(相剋) 관계를 음양오행에 따라 10가지로 분류한 것 중 비견(比肩)과 겁재(劫財)를 합쳐서 일컫는 말. 일간과 음양이 같은 오행을 비견, 일간과 음양이 다른 오행을 겁재라 한다. 비견은 형제, 동료, 친구, 경쟁자 등을 일컫는다. 겁재는 재물을 극해 패재(敗財)라고도 하며 아버지를 극해 극부(剋父)하는 육신으로 보기도 하고, 아내를 극하므로 극처(剋妻)하는 육신으로 보기도 한다

2) 십신중 일간을 생하는 오행에 붙여진 이름. 편인과 정인을 합쳐서 인성이라 한다. 일간을 생하면서 일간과 음양이 같으면 편인, 일간을 생해주되 일간과 음양이 다르면 정인이라 한다. 편인은 식복을 엎는다고 하여 도식(徒食)이라고도 하고, 부모와 일찍 이별한다고 하여 효신(梟神)이라고도 한다. 여자를 극하는 별이다. 정인은 인수(印綬)라고도 하는데 군자의 풍모를 지니며 산업을 일으켜 복록이 많이 따른다

가? 오늘 낳는다 해도 연과 월은 그대로일 것이 아닌가? 허면 일과 시만 달라지는 것인데, 연과 월이 그대로인데 일시가 달라지는 것만으로도 그리 큰 문제가 된단 말인가?"

"오늘은 병오(丙午)일이옵니다. 병오를 사주에선 양인이라 부릅니다. 사주에 양인이 있으면 잔혹하고 무서운 힘을 가진 데다 성정이 냉혹하여 배우자와의 인연이 박할 뿐 아니라 주변인들과의 다툼이 잦다고 합니다."

"오늘 태어난다면 아이가 그런 성정을 가지게 된단 것인가?"

"네, 게다가 연주도 병오년이니, 일주와 연주가 모두 양인이라 기운이 더 강하겠지요. 거기다……."

"거기다?"

"병오년 무술월 병오일이니 지지(地支)가 오술 반합이 되어 흙이 불의 성질을 가지게 됩니다. 만약 인(寅)시에 태어난다면 인오술 삼합의 완벽한 화국(火國)을 이루게 되니 지지가 모두 불로 바뀌게 됩니다."

"사주에 토가 많으면 좋다고 하지 않았나? 사주에 불이 많은 것은 좋지 않은가?"

"여인의 사주에 물이 많으면 물의 속성대로 음기가 강해 음탕한 것처럼, 사내의 사주가 모두 불이면 성격이 불과 같습니다. 성정이 급하고 즉흥적이고 인내심이 부족하며 감정 기복이 심할 뿐 아니라 제 성질을 이기지 못해 폭력적입니다. 양인에 불이니 더더욱 그렇겠지요."

국환의 설명은 점입가경이었으나 금창은 침착하려 애를 썼다.

어쨌거나 이미 태어나고 있는 제 자식을 나쁜 쪽으로만 생각하고 싶지는 않았다.

"뭐 사내가 성격이 좀 괄괄할 수도 있지. 그게 무에 그리 문제인가?"

"사주가 모두 불인 것은 좀 괄괄한 것이 아닙니다. 쉽게 말씀드리자면, 연산군을 생각하시면 될 듯합니다."

연산군이라니, 이 무슨 끔찍한 일이란 말인가!

애써 평정을 유지하던 금창이 결국 참지 못하고 자리에서 벌떡 일어났다. 국환이 엉금엉금 그 앞에 기어갔다.

"마마, 죽여주시옵소서. 이 모든 것이 신의 불충이옵니다. 신을 죽여주시옵소서."

"그게 다인가? 더 있다면 더 말해보라. 아는 것을 다 말하란 말이다!"

금창이 국환을 노려보며 발을 굴렸다.

"마마."

"말하라고 하였다! 조금의 숨김도 없이 다 고하라!"

땅을 짚은 국환의 팔이 후들거렸다. 떨리는 목소리로 국환이 말을 이었다.

"병오일의 인시면 경인(庚寅)시가 됩니다. 불은 금을 극하니 병경충이 되어 금이 뜨거운 불에 녹는 형상이 됩니다. 헌데 아기씨의 사주에서 경금은 재성(財性)입니다. 고로 하나 남은 재성이 아주 위태롭습니다."

"재성이 위험하다? 그게 무슨 뜻인가? 재성이 대체 뭐란 말인가?"

"사내에게 재성은 재물을 뜻함과 동시에 여자를 의미합니다."

"허면?"

"재성이 충을 당해 깨졌으니 재물이 박할 뿐 아니라 부인이 없는 홀아비 팔자라……."

귀하디 귀한 왕손이다. 헌데 그 귀한 아기씨의 사주가 지지 삼합의 화국인 것도 기막힌데 심지어 홀아비라니! 눈앞이 빙빙 돌았다. 몸에 힘이 풀린 금창이 자리에 털썩 주저앉았다.

"마마!"

놀라서 붙잡는 국환을 금창이 매몰차게 뿌리쳤다. 겨우 호흡을 가다듬은 후 책상다리를 붙들고 힘겹게 자리에서 일어났다.

"여봐라! 여봐라!"

발악하듯 금창이 소리쳤다. 놀란 최상궁과 조내관이 앞 다투어 달려왔다.

"마마, 무슨 일이십니까?"

"어찌 되고 있느냐?"

"애쓰고 계십니다만, 인명은 재천인데 독촉한다고 되는 일이 아니지 않습니까."

"가서 전하거라. 언제 낳든 상관없으나 반드시 인시만은 피하라고! 인시는!"

금창이 발을 구르며 화를 냈다. 광증에라도 걸린 것 같은 모습에 조내관이 놀라 팔을 붙잡았으나 금창이 내관을 밀쳐냈다. 최상궁이 얼른 비틀거리는 조내관을 부축했다.

"마마!"

22

허나 아무것도 눈에 뵈는 것이 없는 금창은 거듭 말을 반복하며 답을 재촉할 뿐이었다.

"어서 가서 전하라! 반드시 전해야 한다! 알겠느냐?"

"알겠습니다. 꼭 전하겠습니다."

조내관과 최상궁이 급히 대답한 후 도망치듯 자리에서 물러났다. 한참을 씨근덕거리던 금창이 국환을 보며 분통을 터뜨렸다.

"부러 좋은 사주를 주고자 날을 잡았는데, 이리되면 아니 한만 못한 일이 될 판 아니냐! 이 일을 어쩐단 말이냐! 그대가 비결서를 들먹이며 오행에 맞추어 낳으라고 한 아이이지 않느냔 말이다!"

원망이 가득 담긴 말투였다. 입이 열 개라도 할 말이 없는 국환이 바닥에 제 머리를 찧으며 사죄했다.

"마마, 죽여주시옵소서!"

금창이 고개를 돌려 국환을 외면했다. 이제 와서 국환에게 모든 책임을 돌릴 수 없는 노릇이었다. 좋은 자식을 낳겠다고 국환에게 입태일과 출태일을 받은 것은 자기 자신이다. 굳이 원망을 하자면 뜻대로 태어나주지 않은 아이를 탓해야 하는데, 그것 역시 우스운 일이었다. 뱃속에 있는 아이가 어른들의 계획대로 태어나지 않았다고 화를 낼 순 없지 않은가 말이다.

"그대를 죽이면, 아이의 사주가 바뀌기라도 한다던가."

금창이 한탄과 함께 긴 한숨을 내쉬었다.

"인명은 재천이라니 일단은 그냥 기다려보는 수밖에."

금창의 체념 섞인 혼잣말에 뒤이어 낮은 국환의 흐느낌 소리가 침방을 가득 채웠다. 그 순간, 축시가 지났음을 알리는 종이 울렸다. 이제부터 인시였다.

종소리가 끝나자마자 금창은 입을 다물었다.

국환 역시 숨소리조차 죽인 채 몸을 낮추었다. 죽음보다 더 무거운 침묵이 침방 내에 감돌았다.

***

초산인 데다 예정일보다 이십 일이나 빨리 시작된 진통이었다. 원래 아이를 낳으려 한 무신일이 예정일보다는 빠른 날짜라, 이른 출산을 목표로 막달이지만 몸을 재게 놀렸더니 진통이 이르게 온 것이다.

계획한 무신일보다도 이틀이나 더 빠른 날짜인 것이 걱정이라, 부부인은 시키는 대로 힘을 주며 고통스러운 고함을 지르는 와중에도 아이가 제대로 나와주기는 할까 염려스러웠다. 그때 문이 열리더니 산파가 허겁지겁 안으로 들어왔다.

"대체 무슨 일로 자네를 부르신 겐가?"

숨이 차서 헐떡거리느라 제대로 산파를 쳐다볼 수도 없었다. 돌을 구석에 내려둔 산파가 얼른 부부인 가까이 다가갔다.

"그것이, 하도 망측하여……"

"대체 뭐라고 하신, 으윽!"

온몸이 뒤틀리고 살이 에이는 고통에 부부인의 숨이 뒤로 넘어갔다. 옆에 앉은 궁녀들이 부지런히 부부인을 격려했다.

"마마, 이제 아기씨가 나옵니다."

"조금만 더 힘을 주시옵소서."

천장에 매달아놓은 명주 끈을 붙잡은 채 부부인이 이를 악물었다. 어느새 산파는 원래 제 위치에 앉았다.

"마마, 아기씨 머리가 보입니다. 조금 더 힘을 주시옵소서."

최대한 늦게 나오게 하라는 금창의 당부는 아이가 나온다는 소리에 그만 잊어버리고 말았던 것이다.

산파는 오랫동안 몸에 익은 습관대로 부부인의 복부를 주무르며 아이가 빨리 나오도록 애썼다. 어쩔 수 없는 직업적인 본능이었다. 그 순간, 축(丑)시를 지나는 종이 울렸다. 이제부터 인시였다. 얼마 지나지 않아 산만한 발걸음 소리가 문밖에서 들려왔다.

"부부인 마마, 조내관이옵니다. 금창께옵서 인시는 지나서 낳으시라고……."

겁박에 가까운 금창의 당부를 떠올린 산파가 저 뒤에 밀어놓은 돌로 고개를 막 돌리는 순간, 그녀의 손에 뜨끈한 것이 닿았다. 놀라서 보자, 막 산도를 빠져나온 아이였다. 산파가 재빨리 아이를 받아내며 능숙한 손길로 탯줄을 잘라냈다. 이내 아이의 우렁찬 울음소리가 산실을 울렸다.

"으아앙!"

"경하드리옵니다. 사내 아기씨이옵니다."

"경하드리옵니다."

궁녀들이 일제히 엎드려 절을 올렸다.

축하소리 위에 겹쳐지는 아이의 울음소리를 들으며 부부인은 그대로 혼절했다. 산파는 복잡한 마음으로 아이의 몸을 닦아내며 구석에 놓인 돌을 쳐다보았다. 다급하게 자신을 윽박지르던 금창의 얼굴이 떠올랐다. 저것을 한 번 쓰지도 않았다는 것을 후에 들키면 큰 벌을 받는 것은 아닐까. 산파는 뒤늦게 밀려드는 걱정에 부부인과 아기씨가 모두 건강하게 태어났음을 마냥 기뻐할 수가 없었다.

***

"경하드리옵니다, 대군마마."

조내관의 인사를 받는 금창의 얼굴은 핏기 하나 없이 새하얗게 질려 있었다.

"인시를…… 피하라 하지 않았더냐?"

"소인이 달려갔을 때는 이미 출산이 끝난 뒤였습니다."

"산파도 내 말을 귓등으로 들었던 게로군. 내 말을 듣는 놈은 하나도 없어."

첫 아들의 탄생 소식을 기뻐하긴커녕 마치 끔찍한 일이라도 생긴 것 같이 구는 금창의 태도에 조내관이 놀랐다. 그때 국환이 앞으로 쓰러지며 울음을 터뜨렸다.

"마마!"

"조내관은 나가 있으라."

심상치 않은 분위기를 감지하며 조내관이 조용히 절한 뒤 물러났다.

두 눈에 원망을 가득 담은 무서운 얼굴을 한 금창이 제 앞에 엎드린 국환을 노려보았다.

"말해보게! 대체 이 일을 어쩌면 좋단 말인가?"

"죽여주시옵소서, 마마."

"죽여 달란 소리밖엔 할 말이 없는 것인가? 대체 저 아이의 운명은 어찌되는 것이냔 말일세. 정녕 아무런 방도가 없는 겐가?"

입이 열 개라도 할 말이 없었다. 국환은 그저 흐느낄 뿐이었다. 분노로 몸을 가누지 못하고 부들부들 떨던 금창이 갑자기 자리에서 벌떡 일어나더니 곧장 칼을 집어 들었다.

"마마!"

"살아서 나라에 해가 될 종자라면, 차라리 지금 내 손으로 죽이고 말겠네!"

"마마, 아니 되옵니다. 마마!"

"내 자식이 연산군처럼 사는 꼴을 어찌 본단 말인가! 아무 해결책이 없다면 저 아이를 죽이는 수밖에 방도가 없지 않은가!"

국환의 손을 뿌리치며 고함지르는 금창의 목소리 끝은 이미 젖어 있었다. 금세라도 자리를 박차고 나가려는 금창과 국환 사이에서 긴 실랑이가 벌어졌다. 국환이 금창의 다리를 붙든 채 오열했다.

"마마, 제발, 제발……."

"그대는 내가, 저 아이를 왜 그대에게 입태일과 출태일까지 받아가며 낳았는지 잊어버렸나? 힘이 없어 나라를 빼앗겼네. 덕이 모자라 백성을 지키지 못했지. 부족한 이가 권력을 잡으면 나라

꼴이, 백성들이 어찌되는지 온몸으로 느끼며 살아왔네! 그래서 좋은 자식을 낳고 싶었어. 제대로 된 자식을 낳아 길러 왕실을 반석 위에 올려놓는 데 일조하고 싶었단 말일세. 헌데 저딴 놈이 태어나다니! 장차 커서 연산군이 될 놈을 그냥 두고 보란 말인가?"

"마마께 앞으로 나라가 흉흉해져 비결서가 떠돌고 민란이 빈번히 일어날 것이니 왕실의 후사가 그 어느 때보다 중요하다고 조언해드린 것이 신입니다. 마마의 참담한 심경을 제가 어찌 모르겠습니까. 저 역시 죽고 싶을 만큼 괴롭습니다."

"내 심정을 잘 안다면서 왜 나를 말리는 것인가?"

"마마, 흉화위길이라 하였습니다. 지금 당장은 눈앞에 보이는 패가 나빠 보여도, 그 가장 나쁜 패가 가장 좋은 패가 될 수 있음입니다. 인간의 삶이 어찌 그리 단순하겠습니까!"

"그게 무슨 말인가? 나쁜 패도 좋아질 수 있다니? 허면 무슨 방도라도 있단 말인가?"

금창이 절박한 얼굴을 숨기지 못한 채 국환을 보았다. 국환이 마른 입술을 축였다. 금창의 좌절이 분노로 변해 그 화살이 자신에게 향하지 않게 하려면 없는 방도라도 만들어야 할 판이었다.

"마마, 원래 사주란 인간이 세상에서 어찌 살아가느냐 고민 끝에 나온 학문이옵니다. 혼자 존재하는 사주란 없사옵니다. 아기씨의 사주 역시 관계하는 사람들의 사주에 영향을 받습니다. 특히 순간적인 기운은 세지만 지속력이 약한 화의 경우 주변의 영향을 더욱 더 많이 받으니, 단 한 사람의 사주만으로 길흉을 단언할 수는 없음입니다."

"연산과 비견될 만큼 참혹하다더니?"

"연산처럼 키우면 연산이 될 수도 있는, 그런 위험이 있는 사주란 뜻이었습니다. 허나 마마와 부부인이 키우시는데 어찌 연산처럼 자라겠습니까. 위험에 대해 아뢴 것일 뿐 결과를 단언한 것이 아니었습니다."

"복잡하다. 알아듣기 쉽게 말하라."

어느새 칼을 바닥에 내던진 금창이 국환을 재촉했다.

"아기씨의 사주 지지는 인오술 삼합으로 화국을 이룬 데다 병오 양인이라, 거칠고 즉흥적이며 감정 기복이 심하니 잘못하면 백성에게 모범이 되는 왕가의 후손이 되기는 어려울 것입니다. 그나마 하나 있는 재성조차 시간(時干)에 자리해 극을 당하니 없느니만 못할 뿐 아니라 부인자리조차 위태롭습니다."

"그건 아까 이미 다 말한 것 아닌가?"

되묻는 말끝에 짜증이 서려 있었다. 듣기 좋은 꽃노래도 삼 세 번인데 좋지도 않은 사주 이야기를 자꾸 하는 국환이 곱게 보일 리 없었다.

"예, 겉보기엔 그러합니다. 분명 그러합니다만, 만약 아주 복된 여인을 만난다면 이러한 아기씨의 사주도 충분히 복되게 바뀔 수 있습니다. 그 말씀을 드리려 한 것입니다."

시큰둥하게 있던 금창이 눈을 크게 뜨며 국환을 보았다. 어둠 속에서 한 줄기 빛을 발견한 것이다.

"복된 여인?"

"그러하옵니다."

"재성이 극을 당해 홀아비가 될 사주인데 복된 여인을 어찌 만난단 말인가?"

"그것은 한 번 부인을 잃을 사주이니, 첫 부인을 잃는 것은 피할 수 없을 것입니다. 허니 조혼하여 사주대로 첫 부인을 잃은 뒤 두 번째 부인을 좋은 여인을 들이면 되지 않겠습니까. 사주에 나와 있는 흉을 한 번 겪어버리면 그 다음부턴 더 이상 흉이 기운을 발하지 못합니다."

"정녕 좋은 여인을 만나면 저 사주도 나아질 수 있단 말인가?"

"마마, 여자 팔자만 뒤웅박 팔자인 것이 아니오라 여인에 따라 사내의 팔자 역시 크게 달라집니다. 만약 온달이 평강공주를 만나지 않았다면 어찌 장군이 되었겠습니까. 궁합이 괜히 사주의 꽃이라 하는 것이 아니지요. 두 사람이 어찌 만나느냐에 따라 두 사람의 사주팔자는 합해져 열여섯 자가 되니 팔 자일 때보다 열여섯 자일 때 더 많은 변화를 겪게 되지 않겠습니까. 두 사람의 사주가 합이 맞다면 좋은 것은 배가 되고 나쁜 것은 사라지게 됩니다. 해서 부족하여 모자란 기운은 더해질 것이고 과하여 덜어내야 할 기운은 줄어들게 될 것입니다. 두 사람의 팔자가 합쳐지면 없던 귀인[3]이 들어와 복덕이 생길 것이며 신살[4]이 깨져 악운이 힘을 발하지 못하게 될 것이니, 이 얼마나 아름답습니까. 아기씨처럼 한 가지 기운의 영향력이 큰 사주일수록 새로운 만남에서 더 큰 복록을 얻을 수 있습니다. 그것이 사주의 오묘한 신비로

---

[3] 사주에서 길 작용을 하는 다양한 길신을 일컫는 말
[4] 사주에서 흉 작용을 하는 다양한 흉신을 일컫는 말

움 아니겠습니까. 본디 사주는 혼자 어떻게 사느냐에 대한 것이 아니라 사람과 사람 속에서 어떻게 사느냐를 이야기하는 학문이옵니다. 따라서 사주는 누구와 어떻게 만나느냐에 따라서 엄청나게 큰 변화를 겪게 됩니다. 허니 아기씨의 인생을 벌써부터 단언해선 안 될 것입니다. 게다가 아직 아기씨의 대운[5]도 뽑아보지 않았습니다. 대운에 따라서 또 완전히 바뀌는 것이 사주 아니옵니까. 아직 성급한 판단을 내리기는 너무 이릅니다. 물론 마마와 제가 기대했던 것과는 크게 어긋난 사주라 제가 방정맞게 슬퍼하긴 했습니다만 기대치에 미치지 못했다고 이 사주가 가치 없는 것은 아닙니다. 가치 없이 태어난 인생이 어디 있겠습니까. 다 사람하기 나름이지요. 아니 그렇습니까?"

침착한 설명에 위로받는 와중에도 금창은 이 모든 게 혹시나 눈앞에 닥친 위급한 상황을 모면하기 위한 국환의 거짓된 변명은 아닐까 하는 불안한 마음을 금할 수가 없었다.

"정녕 그리 좋아질 수 있단 말인가? 위로하고자 거짓을 고하는 게 아니라고 믿어도 되겠는가?"

겉으로는 엄히 말하고 있으나 사실은 끝까지 안심시켜주길 바라는 금창의 속내를 알아차린 국환이 자세를 단정히 한 뒤 단호한 어투로 말을 이었다.

"원래 아무리 좋은 격을 가진 한 사람이라도 두 사람의 훌륭한 만남에는 미치지 못한다 하였고, 아무리 잘 타고난 사주도 시기

---

5) 하늘에서의 큰 적기(適期)가 돌아오는 운명으로, 10년마다 자연의 섭리로 돌아오는 하늘의 기운을 말한다

를 잘못 타면 아무 소용없다 했습니다. 사주란 마치 살아있는 생명체와 같아서 가장 좋아 보이는 것이 가장 나쁘게 될 수 있고, 가장 나쁜 것이 가장 좋게도 될 수 있사옵니다. 그것이 바로 사주의 오묘한 아름다움인 것입니다. 당장 드러난 것만 보고 섣부른 판단을 해서는 아니 되옵니다. 이제 갓 태어난 아기씨입니다. 손이 귀한 왕실에서 오랜만에 태어난 사내 아기씨입니다. 어찌 태어난 날만 보고 그 아기씨를 홀대하려 하십니까. 신이 마마께 소신을 죽여 달라 했던 것은 출태일을 제대로 맞추지 못한 죄를 고한 것이옵니다. 마마가 기대하셨던 것만큼 미치지 못한 것에 대한 잘못을 아뢴 것입니다. 그것은 제 죄이니 백 번이라도 달게 받겠사옵니다. 허나 아기씨는 아무 잘못이 없사옵니다. 인명은 재천이라 하였사옵니다. 하늘이 큰 뜻이 있어 오늘 아기씨를 태어나게 하셨을 것입니다. 부디 그 큰 뜻을 헤아려주시옵소서."

그제야 금창이 길게 숨을 내쉬며 안도했다. 핏기 하나 없이 창백하던 얼굴에도 곧 열이 오르면서 혈색이 돌아왔다.

"아까 그대가 너무 슬퍼하여 내 마음이 아주 좋지 못하였다."

볼멘소리로 투정하듯 말하는 금창의 앞에 국환이 고개를 숙였다.

"마마, 그것은 제 죄입니다. 마마께 좋은 날 태어난 아기씨를 얻게 해드리겠다고 약조를 드렸는데 그것을 지키지 못했으니, 신은 마마께 죽을죄를 지었사옵니다. 잘못을 물으시고 벌을 내려주십시오."

그럼에도 여전히 조금은 미심쩍은 얼굴을 하고 있는 금창을 국환이 마지막으로 달랬다.

"마마와 부부인 마님의 사주가 훌륭하고, 두 분의 궁합에 자식 복도 크게 있습니다. 아기씨 사주가 나빠 보이는 것은 겉으로 보이는 것일 뿐, 분명 더 큰 복으로 돌아올 것이옵니다. 심려치 마시옵소서. 소신을 믿으시옵소서. 처음부터 제가 공을 들인 아기씨이옵니다. 끝까지 제가 책임지겠습니다."

"내 그대 아니면 누굴 믿겠나?"

그제야 완전히 안도한 금창이 덥석 국환의 손을 잡았다.

"좋은 여인을 찾을 수 있겠지?"

"소신이 어떻게든 꼭 찾겠나이다."

"내 그대만 믿네."

"망극하옵니다, 마마."

국환이 금창에게 크게 절했다. 금창이 국환의 굳은 어깨를 두드리며 연신 감사한 마음을 표했다.

"이 봐라! 게 아무도 없느냐? 아들을 보러 가겠다."

겨우 기운을 차린 금창이 자리에서 일어나 밖으로 나갔다. 금창이 완전히 사라진 뒤, 그제야 국환이 털썩, 엉덩방아를 찧으며 자리에 주저앉았다. 눈앞이 노랬다.

"대체…… 이 일을 어쩌면 좋단 말인가."

당장은 눈앞의 위기를 모면하기 위해 갖은 좋은 말로 둘러대서 상황을 넘겼다. 허나 말이 쉽지 저리 타고난 사주를 대체 어찌할 것이며, 저 사주에 딱 떨어지게 좋은 사주를 가진 여인은 또 어디서 찾는단 말인가.

일단 흔히 말하는 좋은 사주 자체가 그리 흔치 않았다. 헌데 저렇게까지 치우친 아기씨의 사주와 만났을 때 제 기운을 빼앗기지 않으면서도 좋기란 더 어려운 일이다. 어떤 사주여야 아기씨와 어울릴지 감도 잡히지 않았다. 과연 찾을 수나 있을까. 어쩌면 영 못 찾을 수도 있었다. 만약 끝내 찾지 못한다면 그땐 또 어찌해야 한단 말인가. 여우 피하자 호랑이 굴이라고, 지금 살기 위해 둘러댄 이 말들이 후에 저를 옴짝달싹 못하게 옭아맬 수도 있었다. 그리 생각하자 국환은 정신이 아득했다.

"하늘을 읽어야 하는 자가, 하늘을 만들려 했으니 화를 입는구나."

분명 연초에 자신의 한해 운수를 뽑아볼 때 병신(丙申)대운에 병오년이라, 식신[6]이 많아지니 말조심을 해야 할 때라, 말을 줄이기로 결심했다. 말이란 잘하면 한 마디로 천 냥 빚을 갚을 수도 있으나 잘못하면 억겹의 죄를 쌓을 수도 있는 것이었다. 허니 말하기 전 한 번 더 생각하고 신중히 말해야 한다고 스스로에게 그토록 주의를 줬으면서도 이런 실수를 저질렀으니 기막힌 일이었다. 사주를 잘 본다고 자신하면서도 제 운명은 예측하지 못하고 위험을 자초했으니 한심하기 그지없는 노릇이었다.

갑갑증을 견디지 못한 국환이 자리에서 벌떡 일어나 침방 안을 서성였다.

---

6) 일간이 음양불배우(陰陽不配偶)로 생하는 오행으로 양일생은 양간(陽干)을 음일생은 음간(陰干)을 생함으로써 식신이 된다. 식신은 재(財)를 생하고 의식(衣食)을 관장하는 신이라 하여 식신이라 칭하는데, 그 성능은 능히 재관(財官)을 능가하는 길신에 속한다. 상관은 일간의 오행에서 음양배우(陰陽配偶)로 생하는 신이다

아무리 생각해도 궁합만으로는 부족했다. 인간의 뜻대로 할 수 없는 일에 걸었다가 결국 이 꼴이 되고 말았다. 헌데 또 다시 인간의 뜻대로 할 수 없는, 찾을 수 있을지 없을지 알 수 없는, 아니 아예 태어날지 태어나지 않을지도 모르는 누군가에게 제 인생을 걸 수 없었다. 제가 할 수 있는 일을 일단 해야 했다. 제 힘이 닿는 범위 내에서 최대한 수습해야 했다.

초조하게 서성이던 국환이 갑자기 자리에 우뚝 멈춰 섰다. 기막힌 생각이 떠올랐다. 눈을 굴리며 계산을 하던 국환이 책상 앞으로 달려가 붓을 꺼내들었다. 그리고 일필휘지로 글을 써내려가기 시작했다.

***

"태어난 날짜를 바꾸어라?"

"그러하옵니다. 어차피 조선과 심양 사이엔 시간 차이가 있지 않습니까. 그 시간차에 맞추어 보고하는 것이라 둘러대면 될 것입니다. 누가 자세히 물으면 조선의 날짜에 맞추었다 하십시오."

"이상하다고, 왜 그리하느냐 따지지 않겠는가?"

"심양에서 억지 볼모 생활하는 중에 태어난 왕손입니다. 부모가 조선이 그리워 아이의 생일이라도 조선의 날짜에 맞추어 챙겨주고 싶어 그리했다면 그 마음을 감히 누가 뭐라 하겠습니까."

그럴싸한 말이긴 했으나 금창은 못내 찝찝했다.

"조정엔 그리 알린다지만 이곳에서조차 생일을 바꾸어서 챙긴

다면 이상하다 생각하지 않겠는가? 형님께서 내 의도를 곡해하시어 오해라도 하신다면 어쩌나."

"고작 이틀 차이입니다. 일단 누가 기록하기 전에 마마께서 먼저 모든 공식적인 문서에 무신일이라고 쓰십시오. 며칠만 지나도 사람들은 아이가 태어난 날짜를 헷갈려 할 것입니다. 누군가가 병오일이라고 한다면 잘못 기억하는 것이라고 당당하게 말씀하십시오. 이때 중요한 것은 태도입니다. 절대 당황하거나 놀라시면 아니 됩니다. 무심하고 무감하게 말씀하셔야 합니다. 아이의 생일을 부모보다 더 잘 아는 사람은 없습니다. 제가 기억하는 것과 부모가 말하는 것이 다르다면, 대부분은 자신이 잘못 알고 있는 줄 알 것입니다. 혹시나 끝까지 이상하다고 따지는 사람이 있다 한들, 이미 공식적인 문서에 무신일이라 적혀 있는데, 그것을 보고 감히 누가 제 생각이 맞다고 끝까지 주장하겠습니까. 누구라도 자신의 기억이 잘못됐다고 할 수밖에 없을 것이옵니다."

"산실에 들어간 궁녀들과 산파는 어찌할 것인가? 아무리 그래도 산실에 들어간 사람들은 정확히 기억하지 않겠나?"

"그들은 제게 맡기십시오. 어떻게든 그들은 제가 해결하도록 하겠습니다."

"아무리 그래본들 타고난 아이의 사주가 어찌 바뀌겠는가? 인력으로 타고난 운명을 바꿀 수 있을 리가⋯⋯."

"완전히 바뀌진 않겠지만 그 기운을 억누를 수는 있지요. 이름을 자꾸 불러주면 그 이름이 가진 힘을 발휘하는 것처럼, 생일을 바꾼다면 운의 흐름이 조금은 바뀌지 않겠습니까."

"그게 뭐 그리 큰 소용이 있다고……."

금창은 여전히 미심쩍은 모양이었다. 효과가 있을지도 의문이었지만 무엇보다 자식의 생일을 걸고 거짓말을 한다는 게 영 내키지 않는 듯했다. 국환은 금창의 마음을 돌려놓기 위해 설득을 계속했다.

"청나라 상인들 중엔 재복을 위해 생일을 바꾸는 경우가 허다합니다. 좋은 날로 생일을 바꾼 뒤엔 부러 크게 잔치를 열고 선물을 주고받아 그 기운을 얻기 위해 노력한다고 합니다. 아무 소득이 없는 일이면 이재에 누구보다 밝은 청 상인들이 어찌 그런 짓을 하겠습니까."

한참을 묵묵히 생각하던 금창이 어렵게 고개를 끄덕였다. 여전히 마음이 동진 않았다. 하지만 그리하는 것이 태어난 자식의 앞날에 더 좋다고 하니 따를 수밖에 없었다.

"그리하게."

드디어 떨어진 허락의 말이었다. 이제 살았다. 국환이 비로소 안도했다.

"망극하옵니다. 만약 잘못된다면 신이 모든 책임을 지겠사옵니다. 마마께서는 모르는 일이라고 하시옵소서."

"나는 다만 그 아이가 잘 자라주기만을 바랄 뿐이네."

첫 아들이었다. 볼모 생활을 하는 중에 얻은 큰 기쁨이었다. 사주가 잘못 태어났단 한들 어찌 핏줄이 어여쁘지 않을 수 있겠는가. 꼬물거리는 어린것을 볼 때마다 어른들의 욕심에 이 작은 생명을 고생시킨 것 같아 금창은 그저 미안하기만 했다. 무슨 수를 써서라도 행복하게 해주고 싶었다. 대의를 위해서가 아니었다. 그저 소박하고 애틋한 애비의 마음이었다.

***

6년 후, 壬子年(임자년)

"으아앙!"

심양관 내 아기씨들이 머무는 처소에서 고함소리와 함께 울음소리가 터져 나왔다.

"무슨 일이냐?"

놀란 부부인과 세자빈이 황급히 달려가자 아기씨들이 울며 안에서 뛰쳐나왔다. 얼굴이 사색이 된 궁녀들이 아기씨들을 달래며 어쩔 줄 몰라했다.

"대체 무슨 일이냐?"

"왜 그러는 것이야?"

궁녀들은 쉬이 대답하지 못했다. 대답을 기다리지 못하고 부부인이 성급하게 처소 안으로 들어갔다가 눈앞에 벌어진 참혹한 광경을 보고 놀라 몸을 가누지 못하고 비틀거렸다.

"왜 이러시오?"

뒤따라온 세자빈이 쓰러지려는 부부인을 부축한 뒤 고개를 돌려 앞을 보았다가, 제 눈으로 보고도 도무지 믿을 수 없는 현장에 입을 딱 벌렸다.

잠시 후 겨우 정신을 차린 세자빈이 눈을 부릅뜨고 호통을 쳤다.

"장효군! 이게 뭐하는 짓이냐?"

방 가운데 놓인 놀이탁자 위에는 목이 졸려 죽은 병아리들의 사체가 널려 있었다.

탁자 가운데 앉은 장효군 이운은 세자빈이 고함을 지르거나 말거나 피범벅이 된 손으로 살아있는 마지막 병아리의 숨통을 끊기 위해 양손으로 가냘픈 목을 움켜쥔 채 힘을 주는 중이었다. 놀란 세자빈이 서둘러 달려갔다. 그 순간 세자빈의 얼굴로 찢어진 병아리의 목에서 나온 피가 튀었다. 그리고 삑, 하는 비명소리와 함께 마지막 병아리가 운의 손에 축 늘어졌다.

총 열 마리, 이른 아침에 아기씨들에게 황제가 직접 하사한 열 마리의 병아리를 반나절이 채 지나기도 전에 모두 운이 죽인 것이다.

"대체 이게 뭐하는 짓이냐 물었다!"

손으로 얼굴을 닦아내자 손바닥에 선명한 핏빛 액체가 묻어났다. 열이 올라 씩씩거리는 세자빈을 올려다보는 운은 태평스럽기 짝이 없었다.

제 분대로 하자면 당장이라도 그 얼굴을 후려치고 싶었다. 자꾸만 올라가려는 손을 안간힘을 다해 참느라 세자빈의 온몸이 부들부들 떨릴 정도였다.

조선에서 오는 원조가 점점 줄어드는 상황에서 청나라조차 더 이상은 심양관에 곡식을 줄 수 없다고 통보했다. 대신 땅을 줄 테니 농사를 지으라, 선심 쓰듯 말하며 아주 척박한 토지를 떼어주었다. 세자와 대군 그리고 관리들은 그러한 청나라의 명을 굴욕으로 받아들이고 농사짓는 것에 반대했으나 세자빈은 그거라도 해야 한다고 모두를 설득했다.

지체 높은 반가의 여인으로 태어나 어린 나이에 간택되어 궁에 들어온 세자빈이 농사를 지을 수 있을 리 만무했다. 허나 살림을 꾸려나가고 자식을 길러내야 하는 여인네로서는 일단 살아남는 게 최우선이라 이것저것 가릴 처지가 아니었다.

하지만 생존보다 지체와 자존심이 더 중요한 사내들은 그러한 여인네의 심정을 이해하지 못했다. 끝까지 반대하는 세자에게 세자빈은 농사를 핑계 삼아 포로로 끌려온 조선의 백성들을 돈 주고 사서 그들에게 땅을 경작하게 한다면 백성들에게도 도움이 되는 일이 아니냐고 설득했다. 그제야 겨우 마음이 돌아선 세자가 농사를 짓기로 결심했다.

"이 병아리가, 어떤 병아리인지 모르는 것이냐? 대체 왜 이런 짓을 한 게야!"

조선에서 사농공상 중 가장 중시 여기는 것이 '농'인 것을 청나라 역시 잘 알고 있었다. 그래서 심양관이 농사를 짓겠다고 하자 세자와 그 일행이 이곳에 마음을 붙였다고 생각하여 매우 기뻐했다. 황제가 직접 소와 돼지 그리고 닭을 선물로 하사할 정도였다. 뿐만 아니라 어린 아기씨들은 따로 불러 특별히 병아리 열 마리를 손수 내리며 직접 키워보라 했다. 그 병아리들이 무사히 커서 알을 낳게 되면 상을 주겠다고도 했다. 아이들은 기뻐하며 황제에게 절한 뒤 물러났다.

헌데 그 병아리를, 황제의 병아리를 반나절이 채 지나기도 전에 모두 죽인 것이다. 아무리 물색없는 아이가 모르고 한 짓이라 해도 너무 잔인하고 기막힌 일이었다. 온갖 곡절 끝에 농사를 짓게 된 세자빈의 입장에선 더더욱 기함할 노릇이었다.

"병아리들이 말을 듣지 않아 그리했습니다."

"뭐라?"

"시키는 대로 하지 않아 화가 나서 그랬습니다."

세자빈을 보는 운의 얼굴이 말갰다. 도대체 자신이 무엇을 잘못했는지 전혀 모르겠다는 표정이었다.

"마마!"

결국 참지 못한 세자빈이 운의 뺨을 내리쳤다.

뒤늦게 정신을 차린 부부인이 운을 감싸며 세자빈 앞에 엎드렸다.

"비키시게!"

"마마, 저를, 저를 탓하시옵소서. 제대로 가르치지 못한 이 어미의 잘못이옵니다. 제게 벌을 내리시옵소서."

"일곱 살이면 어린 나이가 아니야! 언제까지 어리다고 감싸고 돌 셈인가? 내 절대 이 일을 묵과할 수 없음이야, 여봐라!"

"네, 마마."

"회초리를 가져 오거라. 내 오늘 저 아이를 단단히 가르칠 것이다."

"마마!"

"심양관 내명부 수장의 명이오! 부부인께서는 물러서세요!"

단단히 화가 난 세자빈이 운을 매섭게 노려보았다. 운 역시 맞아 부푼 뺨을 한 손으로 문지르며 인상을 쓴 채 세자빈을 쳐다보았다. 여전히 자신의 잘못이 무엇인지 모르는 뻔뻔한 얼굴이었다. 꼼짝 없이 두 사람 사이에 끼인 부부인만 애가 탔다.

"빌어라! 잘못했다고 빌란 말이다!"

"제가 무엇을 잘못했습니까?"

"운아!"

"병아리가 제 말을 듣지 않아 죽였습니다. 약소국의 인질로 잡힌 왕족은 병아리조차 마음대로 죽일 수 없단 말입니까?"

상궁에게 회초리를 건네받던 세자빈이 일순 동작을 멈추고 운을 돌아보았다.

"황제가 내린 병아리라 하여 한낱 미물인 그 병아리의 죽음이 왕족보다 더 중요하단 말입니까? 그리하여 제가 매를 맞아야 한단 것입니까? 그럼 제가 죽이길 잘했군요. 저는 매로 끝나겠지만 만약 아랫것들이 그 병아리를 잘못 돌봐 죽이기라도 했다면 그들은 병아리만도 못한 취급을 당하며 비참한 죽음을 당했을 것 아닙니까!"

부부인과 세자빈 모두 할 말을 잃은 채 멍하니 운을 쳐다보았다. 넋이 빠진 어른들을 둘러보며 운이 침착하게 말을 이었다.

"때리십시오. 저를 호되게 때리시고 어린아이가 모자라 병아리를 죽였다고 황제께 고하십시오. 그리고 앞으로 다시는 그런 생물을 받아오지 마세요. 그것을 맡겨놨다는 핑계 삼아 저희를 아무 때나 부르거나, 잘 크는지 안 크는지 떠보겠다는 명목으로 사람을 함부로 보내 여기를 살피는 일은 없어야 하지 않겠습니까."

어리지만 무섭게 영특하고 섬뜩한 혜안이었다. 퍼뜩 정신을 차린 세자빈이 다시 엄한 표정이 되어 운을 노려보았다.

"네 뜻은 알겠으나 그렇다 하여 그 죄 없는 병아리들을 손으로 눌러 죽인 것은 끔찍한 일이다. 헌데도 너는 네가 잘못한 것이 없단 말이냐?"

"필요에 의한 죽음이었습니다. 어쩔 수 없었습니다."

낯빛 하나 바뀌지 않은 채 단호하게 대꾸하는 운의 모습에 세자빈은 다시 할 말을 잃었다. 한참을 멍하니 운을 보던 세자빈이 끝내 결심한 듯 회초리를 집어 들었다.

"종아리를 걷어라. 네 입에서 잘못했다는 말이 나올 때까지 내리칠 것이다."

"마마!"

"부부인은 물러서세요!"

말리는 어머니를 태연히 지나친 운이 세자빈 앞에 서서 조금의 망설임도 없이 종아리를 걷었다. 그제야 체념한 부부인이 뒤로 물러섰다.

세자빈이 호되게 회초리를 내리쳤다. 한 대, 두 대, 세 대, 횟수가 더해지자 흰 살결에는 금세 피가 맺혔다. 쉬지 않고 회초리를 때리는 세자빈의 호흡이 거칠어졌다. 지켜보던 부부인이 끝내 울음을 터뜨렸다. 그럼에도 운은 작은 신음 한번 입밖으로 내지 않았다.

***

금창의 옆얼굴이 슬퍼보였다. 심양에서 지내는 동안 금창은 많이 변했다.

처음 국환이 금창을 만났을 때만 해도 금창은 패자의 나라에서 인질로 잡혀온 왕자답지 않게 당당하고 기운이 넘쳤다. 나는 왕이 될 수 없지만, 태어나는 내 자식이 훌륭하다면 그 훌륭한 이가 조선을 새로이 바꾼다면 그 얼마나 좋은 일이냐며 국환에게 입태일과 출태일을 받아간 금창이었다.

국환 역시 세자보다 금창이 더 제왕이 되기에 적합했기에 그러한 대군의 은근한 권력욕을 옆에서 부추기기도 했다.

하지만 청나라에서 보내야 했던 녹록치 않은 시간들은 그를 변하게 했다. 심신이 허약한 세자를 대신해 온갖 사냥터와 전쟁터에 끌려 다녀야 했다. 그런 시간들이 반복되자 금창은 지칠 대로 지쳐 이젠 하루하루를 겨우 버티는 정도였다.

이 폐허 같은 삶에서 낙이라고 할 수 있는 건 자식이 유일했으나 그마저도 하루가 멀다 하고 사고를 쳐대니 금창의 이마엔 주름이 늘어갔다.

"자네는 내일 조선으로 간다지?"

"예, 마마."

"아들이 아프다니 자네도 걱정이 많겠네. 하늘을 읽는다는 자네도 자식의 병환은 어쩔 수가 없나 보이."

"망극하옵니다."

"내 지난번에 인편으로 어의에게 당부해두었으니, 조선에 도착하자마자 아이의 진맥을 보게 하게. 자식이 아프면 애간장이 녹지. 새끼 키우는 부모 마음이 어떤지 내 어찌 모르겠나."

"망극하옵니다, 마마."

"운의 이야기는 들었는가?"

"예."

"운이는 끝내 잘못했다고 하지 않았다네. 빈궁께서 때리다 지쳐 회초리를 놓을 때까지 말일세."

"……."

"결국 세자마마께서 황제께 잘못을 비는 글을 써서 올렸다네. 망극한 일이지. 형님 내외를 뵐 면목이 없어."

"마마."

"이게 어디 한두 번이어야지. 지난번엔 청나라 황제께서 총애하시는 후궁이 키우는 개를 죽였다네. 핑계는 그 개가 자신을 물까 봐 겁이 나 그랬다고 했으나 실은 그 후궁이 조선에서 바친 공녀가 황제의 눈에 들었다고 매질한 것을 알고 괘씸해서 그런 짓을 한 게야. 그때도 형님과 내가 황제께 가서 얼마나 빌었는지 몰라. 대체 저 아이를 어찌하면 좋을지……. 나는 운이 커갈수록 겁이 나네."

"너무 영특해서입니다. 어린 나이임에도 돌아가는 상황이 너무나 눈에 잘 보이니 견딜 수 없으신 겝니다. 아기씨들 중 가장 총명하시어 세 살 때 어깨 너머로 천자문을 떼고 벌써 논어를 읽으시지 않았습니까. 가르치는 스승들이 모두 놀랐다면서요."

"지나침은 모자람만 못하다 하였네. 타고난 그릇이 감당하지 못하는 영특함은 오히려 독이 될 수도 있음이야. 형님께서는 아직 운이 나이 어려 뭘 몰라 그런다고 생각하시는 듯하나 이미 빈궁께서는 운이에게 두려움을 느끼고 계시네. 오늘 일화가 후에 운이를 제거하는 증좌가 될 수 있어. 왕이 되지 못하는 똑똑한 왕족이 얼마나 부침 많은 일생을 사는지 자네도 알지 않는가?"

"너무 이른 걱정이십니다."

"운이는 무섭게 영특하나 잔인하네. 그리고 그런 성정을 조금도 숨길 마음이 없어. 똑똑하지만 현명하지는 못한 게지. 나는 그게 걱정이야. 지금 왕실에 필요한 것은 덕일세. 그 아이에겐 덕이 없어. 성격이 급하고 포악하단 말일세. 아직 저리 어린데도 제 뜻대로 되지 않으면 조금도 견디질 못하니, 나는 걱정일세."

"아직 나이가 어리시니 그런 게지요. 덕은 타고나는 것이 아니라 갈고 닦는 것입니다. 총명하시니 금세 배우실 것입니다."

땅이 꺼질 듯 한 깊은 한숨이 금창에게서 새어 나왔다. 그 한숨을 따라 국환의 허리가 더 굽어졌다. 금창이 국환에게 가까이 오라 손짓했다.

"자네 우리의 약속을 잊지 않았겠지?"

"신이 어찌 그 명을 잊었겠습니까."

"조선에 가면 꼭 운이에게 딱 맞는 반가의 여식을 찾아주게."

"한양에 도착하자마자 만세력을 구할 것입니다. 그것을 보고 날짜를 따지어 아기씨에게 가장 좋은 사주를 가진 여인을 찾을 것이옵니다. 반드시 찾아낼 것이옵니다."

차가운 북풍에 시달려 거칠어진 손이 국환의 손을 감쌌다. 국환이 그 손 위에 제 이마를 대며 절했다.

"마마, 강건하셔야 하옵니다. 신은 마마를 다시 만나 뵐 날만을 기다리고 있겠사옵니다."

금창이 대답 대신 국환의 어깨를 위로하듯 두드렸다.

***

"아이고! 아이고!"

인간은 정녕 정해진 운명대로 살 수밖에 없는가. 이리 무기력하게 다가오는 사건들을 당하는 것 외엔 어떤 방법도 없단 말인가.

어린 아들의 시신 앞에서 통곡하는 아내를 국환이 부축했다.

병신대운 마지막 해 끝내 아들을 잃고 말았다. 본래 국환의 사주엔 딸만 있고 아들이 없었다. 헌데 병신(丙申) 대운에 편관 신금(申金)이 들어오면서 아들이 생겼다. 헌데 그 신금이 연지에 있는 사화(巳火)와 합되어 사신합수(巳申合水)가 되면서 인성으로 바뀌더니 기구신[7]이 된 것이다. 사내에겐 아들인 편관이 합되어 명식에서 사라지자 실제 하나밖에 없는 아들이 하늘로 떠나고 말았다. 혹시나 했는데 역시나였다.

이리 허망할 수가 없었다. 병신대운 십 년 동안 아들을 잃지 않

---

7) 기신(忌神)과 구신(仇神)을 함께 일컫는 말. 기신이란 사주에 대해서 불리하고 유해한 신으로 일간의 발달을 저해하고, 용신을 극하며 사주를 파격에 이르게 한다. 구신은 기신을 생해주며 희신을 극한다

기 위해 얼마나 노력했는데, 그 모든 노력도 아무 소용이 없었다. 사주를 공부해도 결국 다가오는 운명을 어찌할 수가 없다면 대체 이 공부는 무엇하러 한단 말인가. 차라리 모르고 당한다면 팔자려니 할 테지만, 다 알면서도 속수무책이니 화병이 날 지경이었다.

실신한 아내를 안방에 눕힌 뒤 국환이 그 길로 사랑채로 가 사주 책을 다 꺼내 앞마당에 내팽개쳤다. 다 불태우고 차라리 모른 채 사는 게 낫겠다 싶었다. 알고 당하나 모르고 당하나 어차피 당할 거라면 차라리 바보가 되는 게 나았다.

"이 책을 다 불태워버려라!"

"나으리!"

"어서!"

눈치를 보던 마당쇠가 주춤거리며 불붙은 장작을 가져왔다. 막 마당쇠가 장작을 책 더미 위로 던지려는 순간, 국환이 손을 들어 제지했다.

"잠깐, 뒤로 물럿거라."

마당쇠가 안도하며 뒷걸음질 쳤다.

국환이 재빨리 바닥에 널브러진 책들 중 하나를 집어 들었다. 언젠가 옛스승과 나누었던 대화가 불현듯 떠올랐던 것이다.

'모든 게 다 정해져 있다니 대체 이런 삶을 왜 사는 것입니까? 결국 인간이란 존재는 나도 모르는 어떤 힘에 의해 정해진 대로만 살아야 하는 미물이란 말입니까? 스스로 할 수 있는 일이란 없습니까?'

'똑똑한 놈이다 싶었는데 왜 갑자기 멍청한 소리를 하는 게냐?'

'네?'

'자네가 왜 그런 삶을 살도록 정해져 있는지, 그것을 생각해보게. 그게 자네에게 주어진 천명이니 말일세.'

'그게 무슨 말씀이십니까?'

'사주가 정해져 있는 것 같은가? 주어진 삶이 있는 것 같아? 그렇다면 왜 하늘은 인간에게 각자 다른 삶을 마련해두었겠나? 이유가 있지 않겠나? 왜 사람마다 가야 하는 길이 다를까? 생각해보게. 자네가 그것을 알아낸다면, 자네에게 주어진 천명을 알게 될 것이야.'

자식을 잃었다. 사주에 자식이 단 하나뿐이었는데, 그 자식을 잃었다. 사주에 다시 자식은 없는데 국환은 종갓집 장손이었다. 허면 왜 이 자식을 잃어야만 했단 말인가. 대체 이 사건은 내게 무엇을 알려주기 위함인가. 내 사주엔 어떤 천명이 숨어 있단 말인가.

미친 사람처럼 책들을 뒤적이던 국환이 어느 한 부분에서 멈췄다. 찬찬히 손을 더듬어 책을 읽어 내려가는 국환의 눈이 매섭게 빛났다. 그리고 무엇인가를 빠르게 계산하기 시작했다.

1장
—

타고난 팔자

己巳年(기사년)

입춘을 지나서인지 볕의 포근하기가 불과 며칠 전과는 완연하게 달랐다. 응달의 나무엔 아직 눈이 다 녹지 않았지만, 그럼에도 봄이 오는 것을 용케 알아채고 새순은 솟았다. 딱딱하고 거친 껍질을 뚫고 나온 파릇한 싹이 어여뻤다. 교태전으로 가다 말고 걸음을 멈춘 운이 한참을 서서 그 모습을 바라보았다.

"어찌 그러십니까."

기다리다 마음이 급해진 유내관이 운을 재촉했다. 입춘을 지났다고는 해도 아직은 바람이 찬 겨울이었다. 기골이 장대한 데다 운동을 좋아해 보통 사람보다 건강한 편이긴 했으나 단 하나, 기관지만큼은 그답지 않게 어찌나 약한지, 운은 조금만 찬바람을 맞았다 하면 반나절이 지나기도 전에 기침을 하곤 했다.

혹여나 이리 밖에 서 있다 운이 또 마른기침을 할까 봐 유내관은 걱정스러웠다.

"저하."

"아름답지 않은가. 저 거친 감색 나무껍질을 뚫고 나온 푸르디
푸른 새순과 그 새순을 타고 흐르는 흰 눈을 좀 보게. 절경이야.
한 폭의 그림을 보는 것 같아."

"예, 참으로 그러합니다."

"벌써 새소리가 달라졌어. 입춘이 지났다고 단 며칠 사이에 이
리 바뀌다니. 계절이 어쩜 이리 정확한지, 무서울 정도야."

아직 혈기 왕성한 어린 청년이 하는 말이라고는 믿기지 않을
정도로 감상적이었다. 궐에 있는 사람들 중 계절의 변화에 가장
예민한 이가 바로 운이었다. 운은 시간의 흐름에 따라 변화하는
자연을 관찰하길 즐겼다. 그래서 봄엔 꽃을 봐야 했고, 여름엔 계
곡과 바다에 가 물놀이를 했고 가을엔 단풍 구경을 즐겼으며 겨
울엔 눈 밟기를 좋아했다. 허락 받지 않은 출궁에 매번 왕에게 혼
이 나면서도 운은 제게 주어진 삶의 재미를 포기하려 하지 않았
다.

"어서 가시지요, 마마. 아직 바람은 겨울에 머물러 있어 싸늘합
니다. 이러다 또 기침을 하실까 봐 겁이 납니다."

"무얼, 이 정도 가지고."

"중전마마께서 기다리시고 계실 것이옵니다."

"알았네, 알았어. 거 사람 독촉하기는."

입을 삐죽이며 운이 아쉬운 걸음을 옮겼다. 하지만 걸어가면서
도 운은 제가 보던 나뭇가지에서 쉬이 눈을 떼지 못했다.

그 순간 바람이 불어와 나뭇가지를 흔들었다. 가지 위에 쌓여 있던 눈덩이가 제 무게를 이기지 못하고 아래로 툭 떨어졌다. 그러자 눈 아래 깔려 삐죽이 보이던 푸른 새순이 제대로 모습을 드러냈다. 그 모습에 운이 활짝 웃었다.

"마마!"

"알았대두."

결국 유내관이 발을 구르며 안달을 내고 나서야 운이 교태전을 향해 빠르게 걷기 시작했다. 겨울 햇살이 길게 운의 가는 길을 비추었다.

***

"중전마마, 세자저하께서 문후 여쭈러 드셨사옵니다."

"뫼셔라."

방에 들어온 운이 반듯한 자세로 중전 앞에 섰다.

천장에 닿을 듯이 큰 키에 시야를 모두 가리는 너른 어깨가 눈에 들어오자 자신도 모르게 입이 방싯 벌어진 중전이 뿌듯하게 웃었다.

운의 사대를 볼 때마다 중전은 밥을 안 먹어도 배가 부르다는 게 어떤 의미인지 깨닫곤 했다. 제 속으로 낳았지만 어찌 저런 게 나왔을꼬, 기특할 정도로 훌륭한 외양이었다. 궐 안의 궁녀들이 운이 지나갈 때마다 고개를 돌리며 얼굴을 붉힌다는 얘길 들었을 때 발칙하다며 화를 내긴 했으나 속으로는 내심 뿌듯했다.

"밤새 편안하셨습니까?"

운이 단정한 자세로 절을 한 뒤 자리에 앉았다.

"그럼요. 동궁도 무탈하시었소?"

"예, 어마마마."

"내 안 그래도 동궁께서 언제 오시나 목을 길게 빼고 기다렸습니다."

대단히 즐거운 목소리였다. 이른 아침부터 무에 그리 기분이 좋은지 얼굴 가득 웃음꽃이 활짝 핀 중전을 보며 운이 고개를 갸웃했다.

"무슨 좋은 일이 있으십니까?"

"있다마다요. 아바마마께서 오늘 금혼령을 내린다고 하셨어요."

중전의 말이 떨어지기 무섭게 운의 얼굴이 딱딱하게 굳었다.

운은 기세가 강한 탓에 눈썹만 꿈틀해도 주변 사람들을 꼼짝 못하게 만들곤 했다. 지금도 운이 싸늘한 기색을 내비치자마자 순식간에 주위를 둘러싼 공기가 얼음장처럼 차가워졌다.

배종하던 내시와 궁녀가 목을 움츠리며 자신들도 모르게 뒤로 물러섰다. 몸을 들썩이며 좋아 어쩔 줄 몰라 하던 중전 역시 심상치 않은 분위기에 운의 눈치를 살폈다.

"왜 그러십니까?"

"빈궁이 죽은 지 이제 고작 일 년이 지났습니다. 삼년상은 치르고 싶다고 하지 않았습니까!"

버럭 화를 내며 운이 고함을 질렀다. 움찔한 중전이 뒤에 선 이들에게 눈짓했다. 중궁전의 시녀상궁인 오상궁이 모두를 물러나게 했다.

방에 단 둘이 남게 되자 중전이 운에게 가까이 다가가며 은근한 말투로 달래기 시작했다.

"어쩔 수 없었습니다. 올해가 동궁이 혼인하기 딱이라고 해서……."

"누가요? 누가 그랬습니까?"

"그것이 동궁의 사주도 그러하고……."

"사주요? 설마 관상감에서 그런 망언을 했단 말입니까? 제가 또 관상감에 달려가 난리를 쳐야겠군요! 제대로 사주도 볼 줄 모르는 것들이 어디서 감히 제 혼인에 왈가왈부한단 말입니까!"

"동궁."

"어마마마도 아시지 않습니까? 제 사주는 하나도 맞지 않아요. 사주가 맞다면 어찌 제가 빈궁을 잃었단 말입니까? 제 사주 어디에도 처를 잃는다고 나와 있지 않았습니다. 관상감을 불러 아무리 따져도 제대로 대답한 이가 단 한 사람도 없었단 말입니다! 헌데 이제 와서 그놈의 맞지도 않는 사주 때문에 혼인해야 한단 것입니까? 왜 대체 매번 맞지도 않는 사주를 지키라고 하시는 겁니까?"

모두가 운을 무신일 생으로 알았다. 운이 사실은 병오일 생이라는 것을 아는 이는 부모인 중전과 왕 그리고 영의정인 국환뿐이었다. 공식적으로는 모두가, 그러니까 당사자인 운조차도 자신을 무신일 생으로 알았다. 그러니 운이 제 사주를 믿지 않는 것도 당연했다. 모두가 알고 있는 생일대로 보자면 운의 사주와 운의 인생, 성격은 그 어느 것 하나 맞는 게 없었다.

관상감에서는 운이 청나라에서 태어나 조선의 명리학과 맞지 않는 모양이라고 결론을 내렸다. 아니 왕이 그렇게 정리되도록 만들었다. 왕은 혹여나 관상감에서 운의 사주를 들여다보다 의문을 가지고 사실을 밝힌다고 할까 봐 더 이상 세자의 사주에 대해선 언급하지 말라는 어명을 내렸다.

운은 제 사주가 맞지 않다는 걸 알면서도 여전히 입만 열었다 하면 사주 얘기를 하며 사주대로 살라고 강요하는 부모를 도무지 이해할 수가 없었다. 답답한 마음에 왜 맞지도 않는 걸 지켜야 하냐고 물으면, 왕과 중전은 왕실의 법도이니 어쩔 수 없다는 말로 운의 불만을 틀어막았다. 운의 입장에선 환장할 노릇이 아닐 수 없었다.

"관상감에서 간한 것이 아닙니다."

"허면 누가요? 누가 그랬습니까?"

버럭 성질을 내던 운은 갑자기 무언가 떠오른 듯 눈빛이 순간 날카롭게 변했다.

"설마, 영상대감입니까?"

"그걸, 그걸 어찌 아십니까?"

예상치 못한 대꾸에 놀라 자신도 모르게 실토를 한 중전이 얼른 제 입을 틀어막았다. 허나 이미 운의 짙은 눈썹이 위로 치켜 올라간 뒤였다.

중전과 왕은 운의 사주에 대해선 전적으로 국환에게 의지하고 있었다. 진짜 운의 사주를 아는 국환은 기가 막힐 정도로 놀랍게 운의 성격과 인생을 모두 맞췄기 때문이다.

국환의 예언이 하나하나 맞아 들어갈수록 왕과 중전의 운에 대한 의존도는 점점 더 커졌다. 그리하여 인륜지대사라는 혼인마저도 모두 다 국환의 조언과 그의 의견대로 이루어지고 있는 중이었다.

"영상대감을 불러야겠습니다. 대체 왜 혼인을 지금 하란 것인지 직접 물어봐야겠습니다."

"그런 것이 아니에요. 이 모든 건 전하의 어심이십니다. 전하의 뜻이에요."

자리를 박차고 일어나기 위해 몸을 반쯤 일으켰던 운이 어심이라는 말에 멈칫했다.

"동궁의 나이 벌써 약관을 훌쩍 지났습니다. 지금 당장 자손을 보아도 늦은 나이예요. 헌데 동궁 말대로 삼년상을 모두 치른 뒤 그제야 금혼령을 내리고 빈궁을 뽑는다면 대체 언제 후사를 본단 말입니까? 모든 일은 다 때가 있는 법입니다. 지금 동궁은 후사를 잇기 위해 노력해야 할 때예요. 삼 년은 너무 긴 것 아니냐, 영상이 건의했고, 전하의 뜻도 그러했으며 나 역시도 같은 마음입니다. 하루라도 빨리 원손을 낳아 종묘와 사직을 튼튼히 하는 것이 지금 동궁이 해야 하는 가장 중요한 일이라는 것을 정녕 모르신단 말입니까?"

"어마마마!"

"동궁이 첫정이라 죽은 빈궁에게서 아직 마음을 거두지 못한 것을 잘 알고 있어요. 빈궁이 몸이 약해 오랫동안 앓다 가서, 그래서 더 마음 아파하는 것도 잘 알고 있습니다. 내 어찌 그 마음을 모르겠습니까. 허나 사람으로 난 자리는 새 사람으로 메워야 하는 법이에요. 어서 새 사람이 들어와야 동궁의 심란한 마음이 더 빨리 정리될 것입니다."

"제가 죽은 사람을 못 잊는 것은 단순히 첫정이라서가 아닙니다."

어느새 중전을 노려보는 운의 두 눈이 붉게 충혈되어 있었다.

"어마마마와 아바마마께 그 사람은 한 번도 빈궁이었던 적이 없습니다. 그저 제 사주에 맞추어 죽어줄 사람 하나에 불과했을 뿐이지요. 아닙니까?"

"대체, 대체 무슨 말을 하시는 겝니까?"

중전이 펄쩍 뛰며 손사래를 쳤다. 허나 작정한 듯 운은 뒤로 물러서지 않았다.

"영상대감과 아바마마께서 하시는 말씀을 들었습니다! 제 사주에 첫 부인은 어차피 죽을 팔자라, 그래서 가장 한미한 집안의 여식을 간택했다구요. 두 번째 혼인을 제대로 하면 좋을 거라구요! 그리 말씀하시는 걸 제가 똑똑히 들었습니다. 그 말을 도저히 믿을 수가 없어서, 믿고 싶지 않아서 관상감에 가 제 사주를 제대로 말해보라 난리를 쳤던 것입니다."

대체 그런 말은 또 언제 엿들었을꼬. 중전의 눈앞이 아득해졌다.

속에서 치솟는 울분을 참아내느라 운의 몸이 부들부들 떨렸다.

"관상감은 제 사주는 홀아비와는 거리가 멀다고 했습니다. 그래서 제가 잘못 들은 건가 했습니다. 아니 잘못 들은 것이기를 바랐습니다. 그리 정리하고 싶었습니다. 정리하려 했습니다! 차마 아바마마께서 그런 끔찍한 짓을 하셨다고는 믿을 수가 없었으니까요. 믿고 싶지 않았으니까요! 그런데 얼마 지나지 않아 빈궁이 아프기 시작하더이다. 빈궁이 아파서 몸겨누워 있는 모습을 볼 때마다 아바마마와 영상대감이 나누던 대화가 떠올라 괴로웠습니다. 내게 오지 않았다면 그리 죽지 않았을지도 모른다고 생각하니 너무나 미안해서 견딜 수가 없었습니다. 그러다 갑자기 그런 생각이 들더군요. 혹시 설마, 내 첫 부인이 죽어줘야만 했기에 부러 죽이신 것은 아닌가! 아파서 아픈 게 아니라 누군가에 의해 억지로 아파야 해서 아팠던 것은 아닌가!"

"운아! 무슨, 대체 무슨 말을 하는 게냐? 어찌 그리 끔찍한 말을 하는 것이야? 나와 전하께서 빈궁을 죽였다니!"

중전이 손으로 바닥을 내리치며 호통을 쳤다. 어느새 중전의 얼굴과 목도 붉게 열이 올라 있었다.

"그런 생각이 들었습니다. 여러 정황이 의심스러웠으니까요. 장차 이 나라의 국모가 될 여인인데 신료들의 반대에도 불구하고 아바마마께서는 한미한 집안의 여식을 고르셨습니다. 그때 다들 이상하다고 했지요."

"그건 외척의 세력을 전하께서 경계한 탓이야. 외사촌들이 제대로 벼슬길에 나서지 못하고 있는 것을 보면 모르겠느냐?"

"그리 후사가 급하다고 하시면서 저와 빈궁의 합방은 권하지 않으셨습니다. 관상감에서 날짜를 뽑아 올리지도 않았어요. 제가 서너 번 독촉하면 겨우 달포에 한 번 합방 일을 뽑아줄까 말까였습니다."

"그건, 그것은 네 사주가 맞지 아니하여 관상감이 날짜를 정하기가 어려워……."

"왜 또 이럴 때는 사주가 맞지 않아 어쩔 수 없었다고 하십니까! 방금 전엔 사주에 맞게 올해 혼인을 해야 한다고 하셨으면서요! 제 사주는 매일 변하는 것입니까? 코에 걸면 코걸이고 귀에 걸면 귀걸이가 되는 것이 제 사주란 말입니까?"

이건 정말 변명할 말이 없었다. 중전이 입을 다물었다.

"어마마마께서 하시는 말씀은 무엇 하나 앞뒤가 맞지 않아요. 후사가 급하시다면서 그때는 합방도 권하지 않으시더니, 그 이유가 사주가 안 맞아 합방 날짜를 못 뽑았던 거라구요? 헌데 이제는 후사가 급하니 사주에 맞추어 혼인을 하라구요? 이번 혼인에선 제 사주가 갑자기 맞아 들어가서 합방 날짜도 나오나 보지요? 대체 어느 장단에 춤을 출까요? 저는 바보 천치가 아닙니다! 상황이 왜 이리 돌아가는지 정녕 제가 하나도 모르리라 생각하십니까?"

어느새 운의 목소리 끝이 젖어 있었다.

"여자가 죽었습니다. 죽었는지 죽임을 당한 건지 모르지만 어쨌거나 한 사람이 죽었어요. 그 이유가 저 때문일지도 모른다고 생각하면 미안해서 정말 몸 둘 바를 모르겠습니다. 그래서 삼년상을 치러주고 싶었습니다. 단순히 첫정이 깊어 그랬던 것이 아니에요. 사람이라면, 사람의 도리로, 그래야 한다고 생각했던 겁니다."

"운아."

"왜 이런 일이 일어났나, 어찌 된 일인가, 하루에도 열두 번씩 아바마마께 달려가 여쭙고 싶었습니다. 빈궁이 살아 있을 때는 빈궁이 이 사실을 알게 될까 봐 제 성질대로 할 수가 없었습니다. 만약 제가 그 문제를 공론화시키면 약한 빈궁이 충격을 받고 병이 더 깊어질까 걱정스러워서 묻어두어야 했습니다. 빈궁이 죽은 뒤에는 이미 간 사람을 두고 뒤늦게 무슨 말을 할까 싶어 관뒀습니다. 어마마마와 아바마마를 원망하는 대신 빈궁의 넋을 잘 달래주는 게 제가 할 일이라고 생각했어요. 헌데 그조차도 못하게 하시다니, 그리고 그 모든 것의 이유는 다 제 사주 때문이라니, 정말 너무하십니다!"

어느새 운의 두 눈에 눈물이 그렁그렁했다. 그 모습에 중전은 가슴이 아팠다.

"한 여자를 죽여야만 제대로 살 수 있는 팔자라면, 그건 정말 저주받은 운명 아닙니까. 그게 정녕 제 운명이라면 너무 끔찍해서 감당이 안 될 지경입니다. 너무 싫어요. 그런데 이제 와서 한 여자는 이미 죽었으니까 이제 다시 여자를 들여 새 여자와 행복하게 살라구요? 그래야 한다구요? 그걸 어찌 쉬이 받아들이라고 하십니까? 새로 들어올 여자가 얼마나 대단한 사주를 가졌기에 이런 일을 저지르면서까지 제 후처로 낙점해두셨는지는 모르겠습니다만, 그 여자는 모든 것을 다 가져도 단 하나는 못 가질 것입니다. 저요, 제 마음이요. 전 일생 그 여자와 행복할 수 없을 테니까요! 두고 보십시오. 제가 어떻게 사나. 과연 제 사는 꼴이 어마마마와 아바마마께서 그리 말씀하시던 사주대로 잘 사는 모습인지 한번 보세요."

마지막 말을 내뱉는 운의 표정은 싸늘하기 짝이 없었다. 그 모습이 펄펄 뛰며 화를 낼 때보다 몇 배는 더 무서웠다.

"운아, 운아!"

울먹이며 저를 부르는 중전을 얼음장보다 더 차가운 시선으로 노려보던 운이 자리에서 일어나 아무 미련 없는 몸짓으로 돌아섰다.

뒤늦게 중전이 운을 붙잡기 위해 따라갔으나, 성큼성큼 큰 걸음으로 운은 순식간에 교태전을 빠져나가 중전의 시야에서 사라졌다. 다리에 힘이 풀린 중전은 자리에 털썩 주저앉았다.

"마마."

오상궁이 중전을 부축했다.

"운을, 동궁을 다시 부르게. 교태전에 다시 들라 하게. 어서!"

중전의 다급한 외침에 오상궁이 밑의 나인 아이들에게 눈짓했다. 개중 몸이 가벼운 아이가 밖으로 달려 나갔다.

"마마, 괜찮으십니까? 안으로 들어가시지요."

비틀거리며 겨우 일어선 중전이 운이 사라진 곳을 바라보며 한숨을 내쉬었다. 운이 처음으로 꺼내놓은 속내였다. 그 전엔 그저 제 사주가 맞지 않아 툴툴거리는 줄로만 알았지, 저런 생각을 하고 있는 줄은 꿈에도 몰랐다.

얼마나 괴로웠을까, 지금까지 그 모든 것을 혼자 껴안고서 누구에게 털어놓지도 못하고 끙끙 앓았을 아들을 생각하자 한없이 안쓰러웠다.

운이 열네 살 되어 사주에 경금인 편재대운이 들어왔을 때, 국환은 운을 혼인시키라 권했다. 운은 타고난 명식상 병경충으로 재성에 금이 가 부인을 잃을 팔자였는데, 열네 살 때 대운으로 편재경금까지 들어오니 쟁충이 되어 그때 혼인하면 확실히 부인을 잃을 것이라는 게 국환의 말이었다. 허나 아예 재성이 다 부서지는 그때 부인을 맞이하고 또 부인을 잃는다면 스물네 살 때부터 들어오는 신금 정재대운이 방어가 된다고 했다.

당연히 왕과 중전은 내켜하지 않았다. 아들이 홀아비가 된다는데 좋아할 부모가 어디 있겠는가. 그렇다고 어차피 타고난 팔자가 그러하다는데 반대할 명분이 없었다.

또 이번에 잃으면 다음번엔 좋다고 하니, 부부는 그것에 희망을 걸었다. 그리하여 왕은 국환의 조언대로 금혼령을 내려 사주단자를 받았다. 그래도 사람 팔자가 어찌될지 모른다며 중전은 좀 좋은 가문의 여식을 고르고 싶어 했으나 국환이 그것을 반대했다. 어차피 일찍 죽을 빈궁 자리라면 한미한 가문의 여식인 게 후에 문제가 될 소지가 없을 거라고 했다. 왕 역시 그 말에 동의했다.

그리하여 모든 대소신료들의 반대를 무릅쓰고 이름 없는 한빈한 가문의 딸이 간택되었다. 그리 뽑혀 궐에 들어온 빈궁은 정말 국환의 말대로 들어온 지 얼마 지나지 않아 시름시름 앓기 시작했다.

그렇게 꼬박 십 년 가까운 시간을 거의 누워만 있던 빈궁은 일 년 전에 끝내 숨을 거두었다. 운의 대운이 바뀌기 전 빈궁이 죽을 거라는 국환의 말이 또 맞아떨어진 것이다.

이쯤 되자 왕은 당연히 첫 번째 혼인에 이어 운의 두 번째 혼인 까지 국환의 뜻에 따르려 했다. 하지만 운의 생각이 저러하다면 이건 재고해볼 문제였다. 이미 약관이 훌쩍 지났고, 혼인을 한 적 도 있는 운이었다. 다 큰 사내가 저토록 반발하는데 당사자의 뜻 을 모두 무시한 채 재혼을 강행할 수는 없는 노릇이었다.

"전하께 가야겠다."

부축을 받아 안으로 들어가던 중전이 우뚝 자리에 멈췄다.

지금까지는 운이 자신의 사주를 아는 게 좋지 않다고 생각하 여 알리지 않았다. 하지만 저토록 제 사주의 풀리지 않는 의문 때 문에 괴로워하고 있다면 차라리 모든 사실을 밝히고 운이 납득할 수 있게 설명해주는 게 더 좋은 방법일지도 모른다는 생각이 들 었다.

영특한 아이였다. 차분히 설명해준다면 이해하지 못할 리 없었 다. 지금처럼 대체 왜 이런 상황이 벌어지는지도 모른 채 납득할 수 없는 현실 속에서 괴로워하게 두는 것보단 훨씬 나을 것이다. 앞으로는 운의 인생이 좀 더 평탄하길 바랐다. 아들 가진 어미의 가장 큰 바람이었다.

"가서 전하께 내가 간다고 아뢰어라. 급히 드릴 말씀이 있다고 말이다. 그리고 동궁도 교태전이 아니라 대전으로 오게 하라."

"알겠사옵니다, 마마."

몸을 꼿꼿이 세운 중전이 대전을 향해 걷기 시작했다. 오상궁이 잰 걸음으로 그 뒤를 따랐다.

***

"전하, 중전마마 드셨사옵니다."

국환과 마주 앉아 이야기를 나누던 왕은 갑작스런 중전의 방문에 놀라 눈이 휘둥그레졌다.

"이 대낮에 중전이 여기까진 어인 일인고? 어서 뫼셔라."

국환이 자리에서 일어나 옆으로 물러났다. 이내 문이 열리고 중전이 들어왔다. 국환이 허리를 깊이 숙여 인사했다.

"영상도 계셨군요. 잘됐습니다. 아니 계셨으면 부르려 했는데 말입니다."

저까지 부르려 했다는 말에 놀란 국환이 얼떨떨해하는 사이 중전이 왕의 앞에 자리를 잡고 앉았다.

"영상도 앉으세요. 의논드릴 일이 있습니다."

"예."

평소의 중전 같지 않은 단호한 태도였다. 낯선 모습에 왕이 긴장했다.

전쟁에, 피난에, 볼모 생활까지 겪었음에도 불구하고 중전은 목소리 한번 크게 낸 적이 없는 아주 여린 여인이었다. 큰 소리를 내지도 않을 뿐만 아니라 앞에 나서지도 않았다. 그래서 죽은 선왕은 드센 첫째 며느리보다 음전한 둘째 며느리를 훨씬 더 사랑했다.

신료들 또한 대놓고 두 여인을 비교하며 현 중전이 훨씬 더 국모감이라고 수군거리곤 했다. 몇몇은 암탉이 울어 집안이 망했다고, 충헌세자가 죽은 탓을 강한 성격의 세자빈에게 돌리는 이들도 있었다.

중전은 조용한 성품을 타고나기도 했으나 볼모 생활 내내 기가 센 형님과 가까이 지내면서 더더욱 조용해진 부분도 있었다. 그게 중전이 살아남을 수 있었던 나름의 방법이었다. 일찌감치 자신은 형님처럼 똑똑하지도, 몸이 날래지도, 기운이 강하지도 못하다는 걸 깨달았다. 잘하지도 못하는 일을 따라하다 비교 당하느니 그저 뒤에서 조용히 그림자처럼 머물러주는 게 훨씬 낫겠다고 생각했다. 그래서 부부인 시절 중전은 사람들의 눈과 손이 미치지 않는 곳에서 티가 나지 않는 일들을 해냈다.

그 보이지 않는 행동들 덕분에 역으로 제 위치를 더 드러낼 수 있었으니 결과적으로 중전의 판단은 옳았던 것이다. 그렇게 타고난 성품에 후천적인 노력까지 더해져 중전은 자타공인, 거의 제 목소리를 내지 않는 조용한 여인으로 굳어져버렸다. 허니 환한 낮에 대전으로 쳐들어오는 것만으로도 왕이 놀라는 것은 당연했다.

"무슨 일이신 게요?"

"동궁의 혼인을 늦출 수는 없습니까?"

하지만 이 조용한 여자도, 조용했기에 살아남을 수 있었던 여자도 어미였다. 중전은 운과 관련된 일들에 있어서만큼은 제 의견을 밝히는 편이었다. 중전이 유일하게 제 뜻을 말하고 고집을 부리는 일들은 다 운과 관련된 것들이었다.

몸이 약해서 운을 낳은 이후 딸 하나도 더 낳지 못했기에 운은 중전에게 단 하나밖에 없는 자식이었다. 치마폭에 감싸고 키우진 않았으나 애틋함으로 치자면 하늘의 해와도 안 바꿀 귀한 아들이었다.

"중전."

"영상, 정녕 꼭 올해여야 하는 것입니까? 이 년 정도 더 늦추는 게 그리 불가합니까?"

왕에게서 몸을 튼 중전이 본격적으로 국환을 향해 돌아앉았다. 왕과 달리 중전은 국환이 운의 일에 관여하는 것을 좋아하지 않았다. 쳐다보기도 아까운 아들이었다. 자신도 쉬이 그 입을 떼기 어려운 아들인데 그런 아들의 인생에 고작 신하인 국환이 왈가왈부하는 게 마뜩찮았다.

"예, 말씀드렸다시피 올해부터 세자저하의 대운이 신축(辛丑) 대운으로 바뀌옵니다. 신금(辛金)은 저하의 명식에선 정재를 뜻하니 이는 곧 정숙한 부인을 의미합니다. 즉 올해 정숙한 부인을 얻으실 운이라는 거지요. 헌데 이 신금이 저하의 명식에 있는 병화와 만나면 병신합수(丙辛合水)가 됩니다. 불과 금이 만나 물이 되는 것이지요. 저하의 사주에는 본래 수가 없는데 신금이 들어와 없는 수가 생기는 것입니다. 이 수가 저하의 명식에서는 곧 관이고, 관은 사내에겐 자식을 뜻합니다. 허니 이것들을 해석해보자면 부인이 들어와 남편과 하나가 되어 자식을 본다는 걸 의미한다고 할 수 있습니다. 올해 세자저하께서 정숙한 부인을 얻고

그 부인과 하나가 되어 아들까지 얻게 된다면 이보다 더 큰 경사
가 어디 있겠습니까."

"그래요, 영상의 말대로만 된다면 참으로 좋은 일이지요. 허
나……."

"중전, 영상이 동궁의 사주를 틀린 적이 있었습니까. 언제나 맞
지 않았습니까."

왕이 중전을 달랬다. 이미 며칠 전에 다 끝난 이야기인데 갑자
기 편전에 쳐들어와 이리 따지는 중전을 이해할 수 없었다.

"영상의 말이 틀렸다는 것이 아닙니다. 영상의 말은 늘 맞았
지요. 헌데 동궁이 삼년상을 지키고 싶다지 않습니까. 제가 알기
로 대운은 십 년의 흐름이라 들었습니다. 올해 대운이 바뀌어 정
재대운이 들어온다면 지금부터 십 년간 정재대운 아닙니까. 허니
이삼 년 지나서 해도 되지 않습니까."

"대운은 십 년 동안의 흐름이긴 하나 그 운이 바뀌는 해가 가장
기운이 강력합니다. 바뀌는 올해 부인을 봐야 이 운을 타고 십 년
간 많은 자손을 보지 않으시겠습니까."

"사주는 그렇겠지요. 그래요, 사주대로 된다면 그리되겠지요.
하지만 사주보다 중요한 것은 사람 마음 아니겠습니까. 그 사주
대로 된다 한들 동궁이 마음을 잡지 못하면 어찌합니까?"

"중전, 대체 무슨 소릴 하시는 겝니까?"

결국 보다 못한 왕이 버럭 역정을 냈다. 중전이 원망이 가득한
두 눈으로 왕을 쳐다보았다.

"주위를 물러주세요."

"중전!"

"물러주세요!"

아무리 평소에 세상 둘도 없이 얌전한 성격이라 해도 작정하고 한 번 성질을 피우기 시작하면 쉬이 말리긴 어려웠다. 왕이 손짓으로 내관과 궁녀들을 모두 물러가게 했다.

"이미 다 끝난 이야기를 가지고, 이게 뭐하는 짓입니까?"

"동궁이 전하와 영상께서 하는 말을 들었다더이다."

"뭐요?"

"첫 혼인은 어차피 실패할 것이니 죽어도 괜찮은 여자로 간택하라는 말을 들었다더이다!"

전혀 예상치 못한 말에 국환과 왕이 놀랐다. 입을 앙 다문 중전의 눈에 어느새 눈물이 그렁그렁 맺혔다.

"언제, 언제 그런 말을 했단 말이오?"

"아침에 문후를 마친 동궁에게 금혼령 이야기를 했더니 그리 말했습니다. 관상감에 가서 제 사주를 가지고 난리를 친 것도 그이야기를 들은 뒤라고 하더이다. 혹시 제 사주에서 꼭 죽어줘야만 하는 여자라 부러 죽인 것은 아니냐고까지 했습니다."

"그 무슨! 말도 안 되는 소리를!"

"그 아이는 그리 의심하고 있습니다. 그런 말을 들었다니, 의심할 만하지 않습니까. 허니 금혼령을 미뤄주시던가, 미루실 수 없다면 차라리 동궁에게 제 사주를 솔직히 알려주세요. 스스로 납득을 해야 이 일들을 받아들이지 않겠습니까. 몹시 화내며 나갔습니다. 혼례를 치르라면 치를 테지만 절대로 정을 주지 않겠다고 했습니다. 대체 어떤 대단한 여자가 들어올지 모르겠으나 그 여자와 절대로 잘 살지 않을 거라고 단언하고 나갔습니다. 그 아이 고집을 아시지 않습니까? 그리 맘이 상해 있는데 억지로 혼례를 시킨다 한들 어찌 자손을 본단 말입니까?"

"이런 한심한지고."

왕이 무릎을 내리치며 혀를 끌끌 찼다. 중전은 운에 대해 늘 못마땅해 하는 왕이 서운했다. 운을 다 믿지 못해 언제나 국환의 조언을 따르는 것도 마음에 들지 않았다. 그러다 보면 결국 이 모든 게 애초에 잘못된 날짜에 낳은 어미인 제 잘못 같아서 운에게 한없이 미안하기만 했다.

"영특한 아이입니다. 차라리 제대로 된 제 사주에 대해서 말해 주면……."

"그것은 아니 되옵니다, 중전마마."

말허리를 자르고 들어오는 국환을 중전이 매섭게 노려봤다.

"어찌 아니 된단 말입니까? 왜요? 자신의 사주인데 저리 궁금해 하면 알아야지요. 당연히 그럴 권리가 있는 것 아니겠습니까. 아니 그렇습니까?"

"마마, 저희가 왜 저하의 사주를 바꾸었는지 잊으셨습니까? 사주를 바꾸어 저하의 성정이 조금이라도 바뀌길 원했기 때문입니다. 사주를 바꾸어가며 애를 써도 저하의 강한 기운을 다 떨치지 못했습니다. 헌데 이제 와 본인에게 진짜 사주를 알려주면 지금까지의 노력은 아무 소용없는 일이 되어버립니다. 게다가 본인의 진짜 사주를 알게 된 뒤 저하가 어찌 바뀌실지, 신은 그것도 염려스럽습니다."

"내 생각도 영상과 같소."

"전하! 오히려 자신의 사주를 알고 더욱 더 몸가짐을 조심할 수도 있지 않겠습니까."

"중전은 너무 동궁을 과대평가하시는구려. 지금도 스스로를 감당 못하는 아이요. 그리 억눌러도 통제가 안 되는데, 자신의 진짜 사주를 알고 생긴 대로 살겠다고 나오면 어찌할 것이오? 그 아이 성격에 이 일을 이해하기보단 오히려 엇나갈 수도 있다는 것을 정녕 모르시는 게요? 타고난 대로 살겠다, 그리 살아서 더 잘될 수도 있지 않냐, 그리 나올 아이요. 게다가 이미 빈궁의 죽음을 가지고도 저리 혼자 억측을 하며 펄펄 뛰는데 진짜 제 사주가 어쩔 수 없이 부인을 잃을 수밖에 없는 팔자라는 걸 알게 되면 대체 뭐라 할지, 생각만 해도 아찔합니다. 절대 안 될 일이에요. 혼인은 예정대로 합니다. 그 뒤는 부부의 문제요. 좋은 사주를 가진 여인인 데다 미색도 빼어나고 현명하기까지 하니 알아서 제 지아비를 잘 보필할 겁니다. 뭐가 그리 걱정입니까?"

왕의 말을 잠자코 듣던 중전의 미간에 주름이 깊게 생겼다. 인상을 잔뜩 찌푸린 중전이 의아한 시선으로 왕을 보았다.

"좋은 사주를 가진 여인인 데다 미색도 빼어나고, 현명하다? 허면 이미 낙점한 이가 있단 말씀이십니까? 금혼령도 아직 내리지 않았는데, 내정자가 있다는 것입니까? 그 내정자 때문에 이리 혼인을 서두르시는 겝니까?"

뒤늦게 말실수를 깨달은 왕이 입을 꾹 다물었으나 아무 소용없었다. 절대 물러서지 않을 기세로 중전이 왕을 재촉했다.

"대체 그게 누굽니까? 얼마나 대단한 계집이기에 이러시는 겝니까?"

"그것이, 중전."

"누구냐구요!"

"제 여식입니다."

놀라움에 눈이 튀어나올 정도로 커진 중전이 천천히 몸을 틀어 국환을 보았다. 바닥에 손을 짚은 국환이 고개를 숙였다.

"망극하게도 중전마마, 제 여식입니다."

"영상의 딸이라고요?"

"예, 마마."

"하!"

헛웃음이 절로 나왔다. 그 순간 빈궁이 죽임을 당한 게 아니냐는 운의 말이 떠올랐다.

"설마, 십 년 전부터 정해져 있던 혼약입니까?"

"십 년 전부터라니요?"

"동궁의 첫 혼인 때부터 이 두 번째 혼인이 정해져 있던 것이냐 물었습니다. 동궁의 말대로 이 혼인을 위해서 누군가는 죽어야 했던 것입니까? 그래서 잘 죽어줄 아이로 한미한 집안의 여식을 간택하신 겝니까?"

"말도 안 되는 소리! 어찌 그런 망발을 하시는 게요?"

왕이 펄쩍 뛰며 손사래를 쳤다. 그럼에도 중전은 여전히 의심스러운 눈길을 거두지 않았다.

"아닙니까?"

"세자야 철없어 하는 말이라지만, 내막을 다 아는 중전께서 그리 말씀하시면 아니 되지요."

"헌데 어찌 영상의 여식이 이미 내정된 것입니까? 금혼령도 내리기 전에요!"

"동궁이 잘못 태어났을 때부터 나는 동궁의 혼인을 영상에게 위임했소."

잘못 태어났을 때, 라는 왕의 말에 중전이 움찔했다. 중전은 왕이 운에 대해서 저리 말하는 것이 너무나 싫었다. 하늘에서 떨어진 자식도, 땅에서 솟은 아들도 아니었다. 며칠 사이로 출태일이 어긋났을 뿐 운은 엄연히 왕과 중전의 적장자였다. 헌데 원하는 출태일에 태어나지 않았다고 운이 마치 잘못된 출생인 양 말하는 것이, 꼭 '네가 잘못 낳았다'라고 말하는 것 같아서 중전은 서러웠다.

"영상은 동궁에게 가장 잘 맞는 여인을 찾기 위해 이십 년이 넘도록 노력했소. 허나 찾지 못했소. 그러다 영상의 여식이 사주가 아주 좋다는 소문을 듣게 되었소. 그래서 내가 먼저 영상에게 말한 것이오. 영상은 제 여식의 사주가 좋기는 하나 동궁과 딱 떨어지지는 않는다고 망극해 하였소. 허나 어차피 동궁과 딱 떨어지는 사주를 가진 여인을 찾을 수 없다면, 타고난 사주가 좋은 여인이라도 찾아서 동궁과 혼인시키는 게 좋지 않겠소? 영상의 여식은 좋은 사주를 타고 났소. 동궁이 아니어도 잘살 사주요. 오히려 동궁과 혼인하는 것이 손해일 정도요. 그런 딸을 영상이 우리에게 내준 걸 우린 감사해야 한단 말이오!"

운은 왕의 단 하나뿐인 적자이며, 국본이다. 운과 혼인하면 나라의 국모가 될 것이다. 나라의 단 하나뿐인 국모 자리가 부족할 정도로 좋은 사주를 가진 계집이라니, 이 무슨 말도 안 되는 소리란 말인가.

게다가 대체 운에게 무슨 대단한 결함이 있다고, 혼인해주는 것만으로도 감사해야 한단 말인가. 운을 모자란 놈 취급하는 왕에게 화가 났다. 약이 바싹 오른 중전이 암팡지게 몸을 돌려 국환을 노려보았다.

"설명해보세요."

"무엇을 말입니까."

"여식의 사주를 말씀해보세요. 대체 얼마나 좋은 사주인지 내가 알아야겠습니다."

"중전! 설명하면 중전이 알긴 하오?"

"심양에 있을 때, 빈궁마마가 읽으시는 주역과 연해자평을 본 적이 있습니다! 영상만큼은 아니지만 기본은 압니다. 말씀해보세요."

중전을 말리려는 왕을 국환이 눈빛으로 제지했다. 중전 앞에 국환이 공손하게 고개를 숙였다.

"물으시니 망극하오나 말씀을 올리겠습니다. 제 여식의 사주는 을묘년, 정해월, 기유일, 신미시입니다."

"동궁과 아홉 살 차이가 나는군요."

"네, 사주 여덟 자는 모두 생하는 구조로 되어 있을 뿐만 아니라 재생관의 형국을 이루고 있습니다. 또 여덟 자가 모두 음이라 양통팔인 세자저하와 정반대의 기운을 가지고 있습니다."

막상 말해보라고 한 건 자신인데 국환이 자신만만한 표정으로 이야기를 시작하자 중전은 비위가 상했다. 더 들어봤자 영상 여식의 뛰어남에 대비되어 세자의 모자람만 강조하는 꼴이 될 것이다. 중전이 홱 하니 고개를 돌렸다.

"그렇다면 현모양처의 사주라 할 만하군요."

"예, 월지가 정재이니……."

"그만하세요. 됐습니다. 그 정도면 됐어요."

"망극하옵니다."

여전히 마음은 풀리지 않았으나 뭐라 더 말할 수도 없는 노릇이라 중전이 호흡을 가다듬으며 평정하려 애를 썼다. 그러자 이젠 왕이 분통을 터뜨리며 버럭 고함을 질렀다.

"동궁이 그런 말을 하면 쓸데없는 소리를 하지 말라고 혼을 냈어야지, 중전은 거기에 휩쓸려 편전에 이리 와서 영상과 내게 따지면 어찌하오?"

"마마!"

"동궁을 이리로 부르세요. 내 단단히 일러둘 터이니."

"안 그래도 오라 했습니다. 아까 불렀는데……."

"불렀다고요? 여봐라! 게 아무도 없느냐?"

목을 길게 뺀 왕이 크게 소리쳤다. 고함소리에 다급하게 달려오는 발걸음 소리가 요란하더니 곧 문이 열렸다. 대전을 소관하는 맹내관이 안으로 들어와 허리를 숙였다.

"전하, 찾아 계시옵니까?"

"혹시 동궁이 밖에서 기다리고 있느냐?"

"동궁마마께서는 오지 않으셨습니다."

"어디서 뭘 하고 있는 게야. 어서 가서 동궁을 불러 오거라."

맹내관에게서 선뜻 대답이 나오지 않자 곧장 왕의 표정이 사나워졌다. 심상치 않은 분위기를 느낀 중전이 걱정스런 표정으로 내관을 쳐다보았다.

"왜 그러는가? 동궁에게 무슨 일이 있는가?"

"그것이, 그것이 아니오라."

머뭇거리며 눈치를 살피던 맹내관이 크게 심호흡한 뒤 말을 쏟아냈다.

"저하께서는 지금 궁에 안 계십니다."

"뭐라? 또 밖에 나갔단 말이냐!"

긁어 부스럼을 만들었구나, 중전이 눈을 내리감았다.

운은 갑갑한 일이 있으면 사냥을 하거나 말을 타러 나갔다. 왕은 그러한 행동이 운의 숨어있는 본성을 일깨운다 하여 못하게 했으나 운은 제가 제일 좋아하는 일이라며 혼나면서도 늘 왕의 눈을 피해 궐 밖으로 나가곤 했다. 운의 잦은 출궁은 왕과 운 사이에 가장 큰 문제였다.

"하, 갑갑하니 잠시 나갔나 봅니다."

"중전이 그리 무르니 애가 정신을 못 차리는 것 아닙니까!"

왕이 버럭 성질을 내며 몸을 돌려 중전을 외면했다. 더 이상 아무 말도 하기 싫다는 태도였다.

국환을 옆에 두고도 자신을 하대하는 왕에게 중전은 큰 모멸감을 느꼈다. 허나 여기서 싸우기라도 했다간 지금보다 더 구차해질 것이다. 치솟는 울화를 삭히며 중전이 힘겹게 자리에서 일어났다.

"이만 나가보겠습니다."

중전이 인사를 하고 돌아설 때까지 왕은 눈 하나 깜짝 하지 않았다. 국환이 일어나 중전을 배웅했다.

제가 나간 뒤 두 사람이 나눌 대화를 생각하자 피가 거꾸로 솟는 것 같았다. 눈을 질끈 감은 중전이 치마를 움켜쥐었다. 비틀거리지 않기 위해 최선을 다해 노력하며 천천히 편전을 빠져나왔다.

***

빈궁은 운에게 부인이기 이전에 처음으로 연정을 품은 여자였다. 운의 나이 열네 살이었다. 막 제 몸에 이상한 일이 일어나고 있다고 느낄 때였다. 혼인을 한다는 말을 듣는 것만으로도 얼굴이 화끈 달아오르곤 했다. 대체 어떤 여인과 혼인하게 될까 매일매일 상상하며 혼자 설레었다.

혼례청에서 처음 만난 동갑내기 색시는 저보다 머리 두 개는 작았고, 창백할 정도로 하얀 피부를 가지고 있었다.

눈이 마주칠 때마다 속이 홧홧해져서 운은 붉어진 제 얼굴을 숨기기 위해 고개조차 제대로 들지 못했다. 하지만 부끄러워하면서도 소매 틈으로 몰래 훔쳐보는 것을 멈출 수는 없었다. 색시는 손도 작고 발도 작고 키도 작고 얼굴도 작았다. 저보다 모든 게 다 작아서 운은 혹시나 색시가 부서지지나 않을까 겁이 났다. 그 소담스런 여자가 웃는 건 또 어찌나 곱던지.

절을 하다 눈이 마주친 순간 설핏 미소를 지었는데, 그 모습에 넋을 놓아 제가 절하는 걸 까먹을 정도였다. 그 미소 한 번에 세상이 다 환해지는 기분이었다. 첫눈에 반했다. 처음부터 좋았다. 너무 좋아서 심장부터 피가 돌아서는 머리끝까지 쭈뼛 섰다.

첫날밤에 세상에서 제일 행복하게 해주겠다고 약조했다. 아이를 열쯤 낳고 사이좋게 늙어 가자고도 했다. 절대로 후궁을 두지 않겠다는 말도 했다.

상궁이 문 밖에서 지시하는 대로 했음에도 불구하고 아직 어린 데다 둘 다 처음이라 서투르기 짝이 없었다. 어설프게 서로를 안느라 본의 아니게 상처를 입혀야 했지만, 그래서 많이 미안했지만 그럼에도 좋았다. 많이 좋았다. 제 품에 안으면 반도 안 되는 여자를 평생을 아끼고 보살피며 사랑해주겠다고 수도 없이 맹세했다.

허나 빈궁은 마냥 좋기만 한 운과는 달랐다. 운이 좋았으나 운처럼 온전히 운만을 좋아할 순 없었다. 빈궁은 제 처지를 너무나 잘 알았다. 그래서 종종 빈궁은 운을 서운케 했다.

"후궁을 들이라니요? 그게 무슨 말씀이십니까?"

"신첩은 저하께 너무 모자랍니다. 좋은 가문의 여인을 후궁으로 들이세요. 저하께 힘이 될 만한 여인을요."

"대체 빈궁은 무슨 말씀을 하시는 겝니까? 어찌 그리 제 맘을 모른단 말입니까?"

몇 번을 다퉜다. 다투고 잘못을 빌고 사과하고 달래고 그러길 반복했다. 하지만 그리 싸우면서도 운은 심각하게 생각하지 않았다. 이러한 다툼도 결국은 애정 때문에 생긴 것이라 여겼기 때문이다.

그러던 어느 날, 아무리 재촉을 해도 합방을 하라고 건네주는 날짜가 부족하기 짝이 없어 화가 난 운이 관상감으로 향했다.

어딜 가느냔 물음에 차마 합방 날짜 받으러 간단 말을 할 수가 없어 아무도 따르지 못하게 했다. 그러다 문득 아바마마께서 관상감에 직접 하명을 하는 것이 더 나을 것 같아, 부탁을 드려야겠단 생각에 편전으로 방향을 바꾸었다.

얼마나 마음이 급했던지 조금이라도 빨리 가기 위해 담을 넘기까지 했다.

헌데 이상하게도 그날따라 편전 주변은 쥐 죽은 듯이 고요했다. 그리고 늘 가까이서 배종하는 내관과 상궁들이 단 한 명도 보이지 않았다. 아바마마께서 누군가와 긴히 이야기를 나누기 위해 모두 물러가라 한 모양이었다. 대체 얼마나 은밀한 대화이기에 이리 주변을 물린 것인지 호기심이 일었다. 발소리가 나지 않게 발뒤꿈치를 들고, 숨소리조차 멈춘 채 조심스럽게 움직여 가까이 다가갔다.

"아이가 생기진 않겠지?"

"심려 마시옵소서. 세자 저하의 사주엔 올해 십 년간 자식이 없습니다."

"그럼 다행이네. 헌데 아플 것 같진 않던데, 약해 보여도 꽤 건강 체질이라고 어의가 그러던걸."

"체질이 건강하다 해서 타고난 팔자를 거스를 수 있는 것은 아니지요."

"하긴 그렇지. 그나저나 말하다 보니 기가 막히군. 며느리가 언제 죽나 기다리는 시아비라니 말일세."

"어쩔 수 없지요. 이게 다 세자 저하를 위한 것 아니겠습니까."

"정녕 다음 대운엔 괜찮겠지?"

"예, 전하. 다음 대운 땐 틀림없이 저하께서 부인과 자식을 모두 얻게 되실 것이옵니다. 이번 십 년은 다음 십 년을 위한 액땜이라 생각하시옵소서."

"그래, 그래야지. 어차피 오래 살지 못할 아이, 동궁이 마음을 너무 주진 말아야 할 터인데. 첫정이라 그런가 애정이 깊어 보여서 걱정일세."

"아직 어리셔서 그렇지요. 어린 만큼 또 변덕스러운 게 남녀 간의 정 아니겠습니까. 금세 잊으실 것이옵니다."

"그나저나 아직도 신료들은 빈궁의 집안을 가지고 수군거리는가?"

"아직 그러합니다. 내막을 모르는 이들의 소리니 모르는 척하십시오."

"답답하군. 대놓고 어차피 오래 살지 못할 며느리, 좋은 가문의 계집은 사치라서 한미한 가문을 골랐다고 말할 수도 없는 노릇이니."

"지나가는 말일 뿐입니다. 금세 조용해질 것입니다."

어떻게 그 자리를 빠져나왔는지 기억나지 않았다. 정신을 차렸을 때 자신은 온몸이 땀에 흠뻑 젖은 채 궐 안을 정처 없이 서성이고 있었다.

아무리 생각을 하고 또 해봐도 머릿속이 정리가 되지 않았다. 그렇다고 다시 찾아가 따질 용기는 나지 않았다. 무슨 말을 듣게 될지 두려웠다. 잘못 들은 거라고 생각하고 싶었다. 제가 들은 게 사실이 아니라고 믿고 싶었다.

사실이라면 너무 끔찍한 일이었다. 사실이라고 생각하고 싶지 않았다. 확인사살 당하기 싫었다. 만약 아바마마를 찾아가 물었다가 그 모든 게 사실이라고 확인 받으면 제 인생이 너무 구차할 것 같았다. 누군가의 죽음이 자신의 새로운 혼인과 후사를 위해 반드시 필요하다는 건, 정말 끔찍한 일이 아닐 수 없었다. 정말 믿고 싶지 않았다. 게다가 자신을 위해 희생되어야 하는 그 목숨이 빈궁이라니, 차라리 다 그만두고 싶었다.

겨우 스스로를 진정시킨 운은 그 길로 곧장 관상감을 찾아가 제 사주와 빈궁의 사주를 설명하라고, 혹시나 단명하거나 자식이 없을 팔자냐고 난리를 쳤다.

끝내 아니라는 대답을 듣고도 그것이 못 미더워 논리적인 설명을 요구하기까지 했다. 관상감은 난데없이 쳐들어와 영문 모를 소리를 하며 펄펄 뛰는 운을 이해하지 못했다. 그들은 운이 말하는 그런 일은 사주에 절대 없다고 입을 모았다.

"내 다 알고 왔으니 사실대로 고하라. 거짓을 말했다간 경을 칠

것이야!"

"대체 어디서 무슨 말씀을 들으셨기에 이러시는 것인지 소신들은 도무지 모르겠습니다. 저하의 사주는 아주 좋습니다. 게다가 딱 지금 14세부터 경자대운으로 재성운이 생기니 그래서 올해 저하께서 혼인하신 것입니다. 저하는 비겁과다한 사주이니 만약 명식 안에 재성이 있었다면 반드시 충되거나 빼앗겨 오히려 나쁠 가능성이 높아 대운에서 재성운을 끌어쓰는 것이 더 낫습니다. 헌데 저하는 마침 혼인할 때 맞추어 재성운이 들어와 주니 하늘이 도운 것입니다. 저하의 사주는 훌륭합니다. 부인을 잃거나 할 사주가 절대 아닙니다. 다만 자식은 좀 늦게 보실 수도 있습니다만, 허나 그저 조금 늦을 뿐 다복한 가정을 이루실 것입니다. 심려치 마십시오."

관상감의 설명을 듣고도 모자라 스스로 제 사주를 죽어라 들여다보기까지 했다. 아무리 봐도 어려워 금세 때려치웠지만 말이다. 여전히 조금 찜찜하긴 했으나 모든 관상감이 다 아니라고 하는데 기일 리가 있으랴, 싶었다. 운은 그날 밤 제가 무엇인가를 잘못 들었거나 착각한 것이라고 애써 마음을 다스렸다.

하지만 그로부터 일 년이 지나기도 전에 빈궁이 자리를 보전하고 누우면서 운의 심경은 아주 많이 복잡해졌다.

하루에도 열두 번씩 제 아비에게 가서 따져 물을까 고민했다. 성질대로 하자면 당장에 달려가고 싶었으나 혹여나 그런 말이 누워 있는 빈궁의 귀에 들어갈까 걱정되어 선불리 움직일 수 없었다. 가뜩이나 제가 모자라다고 자책하는 여자였다.

행여나 어차피 죽을 팔자라는 말을 듣게 된다면 그나마 근근이 붙들고 있는 기력마저 다 놓아버릴까 봐 걱정스러웠다. 또 괜히 물었다가 왕으로부터 이제라도 알게 되었으니 다행이다, 이제 더 이상 마음 주지 말고 병간호도 하지 말라, 라는 말을 듣게 될까 봐 두렵기도 했다. 제가 엿들은 그 날 밤의 그 이야기를 어떻게 해결하는 게 좋을지 운은 갈피를 잡지 못했다.

심란한 마음을 숨긴 채 운은 일단 빈궁의 병구완에 모든 기운을 다 쏟았다. 빈궁이 낫는다면, 무사히 자리에서 일어난다면 그 날 밤의 기억은 치유될 수 있었다. 그래서 운은 정말 헌신적으로 빈궁을 간호했다.

운이 난리를 친 일을 기억하고 있는 관상감의 신료들은 빈궁이 아프단 소식이 들리자마자 운을 찾아왔다. 그리고 거듭해서 빈궁과 운의 사주엔 아무 문제가 없다며 곧 쾌차할 거라고 운을 위로했다. 그 말이 고마웠다. 믿고 싶었다. 제가 믿는 게 사실이어야 했다. 꼭 그래야 했다.

"이리 누워 있기만 해서 망극합니다. 저하를 볼 면목이 없어요."

"그런 말씀 마세요. 미안하면 어서 기운을 차리시면 될 일 아닙니까."

"저 말고 다른 여인이었다면 벌써 후사를 보셨을 터인데."

"빈궁!"

"차라리 빨리 눈을 감는 게 저하를 위한 일이 될 텐데 미천한 것이 명이 왜 이리 질긴지……."

"그런 말씀 마시라니까요! 어서 빨리 자리에서 일어나셔야 합니다. 그게 빈궁이 날 위해 할 수 있는 유일한 일이에요."

"저하, 제가 죽으면 상이 끝나자마자 금혼령을 내려 혼인을 서두르셔야 합니다. 아셨지요?"

"빈궁!"

"정말 저하께 죄송합니다. 차라리 일찍 눈을 감는 게 덜 괴로울 거 같습니다."

"제발 부탁이니 그런 말씀 마세요. 두 번 다시 그런 말씀을 하시면 정말 화를 낼 겁니다. 빈궁은 자리에서 일어나셔야 합니다. 날 위해서라도 꼭 그리하셔야 한다고요. 빈궁이 이리 가면 나는 정말 많이 괴로울 것입니다. 내게 미안하면, 미안한 만큼 꼭 쾌차하기 위해 애써주세요."

"저하."

"제발 빈궁, 약조해주세요. 자리에서 일어나겠다고요. 날 위해서 그렇게 해주겠다고요. 제발요."

"예, 약조하겠습니다. 저하를 위해 애써보겠습니다."

허나 십 년 가까이 누워 있던 그 작은 여자는 끝내 자리에서 일어나지 못했다. 누워서도 후궁을 들이라는 잔소리를 쉬지 않았던 여자는 죽어가면서까지 후사를 걱정했다. 그게 제가 할 수 있는 유일한 부인 노릇이라 알고 있는 듯 운에게 하루라도 빨리 재가를 하라는 말을 죽기 직전까지 입버릇처럼 중얼거렸다.

오래 누워 있는 것을 부끄러워했던 빈궁은 세상을 떠날 때 더할 나위 없이 가벼운 얼굴로 눈을 감았다. 모두 다 놓고 떠나는 게 빈궁에겐 매우 편안했던 모양이나 운의 속은 반대로 훨씬 더 시끄러워졌다.

빈궁이 끝내 자리에서 일어나지 못하고 세상을 떠나자 아비에게 묻고 따지고 싶은 맘이 더 강해졌다. 대체 그날 밤 그 대화는 무엇이었는지, 빈궁이 왜 죽었는지 묻고 싶은 게 한 가득이었다. 참다못해 편전 앞을 서성이기도 여러 번 했다. 하지만 끝내 묻지 못했다.

사실 물으려면 진즉에 물었어야 했다. 하지만 묻지 못했다. 묻지 못한 채 빈궁을 떠나보냈다. 헌데 이제 와서 죽은 사람이 살아 돌아올 수도 없는데 그 일을 따져본들 그게 무슨 의미가 있단 말인가. 살아서 지켜주지 못했는데 죽은 뒤에 난리를 쳐봤자 그건 그저 분풀이에 불과했다.

분풀이를 실컷 한 뒤 나는 내 할 일을 다 했다고 자위하기 싫었다. 운은 일생 동안 죽은 빈궁에게 양심의 가책을 느끼며 살기로 했다. 그게 자신의 업보였다.

***

눈물이 나려 할 때마다 운은 채찍을 휘둘러 말을 더 빨리 달리게 했다.

바람이 스치고 지나가는 소리가 귀를 먹먹하게 만들었다. 아무 생각도 하고 싶지 않았다. 하지만 아무리 애를 써도 자꾸만 빈궁 생각이 났다.

모두 다 제 탓이었다. 결국 모자란 자신 때문에 벌어진 일이었다. 누굴 원망하는 것 자체가 우스운 일이었다. 자신이 죄인이었다. 그래서 혼자 빈궁을 오랫동안 기억하는 것으로 죗값을 치르고 싶었다. 그 부탁은 들어줄 줄 알았다. 헌데 그마저도 안 된다는 이야기를 듣는 순간 그동안 속에 눌러놓았던 모든 설움이 폭발했다.

애써 욱여넣어 뒀던 죄책감이 형체를 드러내자 도무지 견딜 수가 없었다. 죽은 빈궁에게 너무나 미안해서 견딜 수가 없었다.

운이 발을 굴려 말의 옆구리를 세게 찼다. 궐에서 가장 빨라 적토마라 불리는 흑마가 더운 콧김을 내뿜으며 속력을 올렸다. 그러나 여전히 성에 차지 않아 운이 다시 한 번 발을 굴렸다. 더 빨리, 지금보다 더 빨리 달려야 했다. 운의 눈가에 흘러내리는 눈물이 바람에 씻겨 내려가려면 지금 이 속도로는 부족했다.

"아악!"

바로 그때 고함소리와 함께 무엇인가에 세게 부딪혔다. 앞발을 높게 치켜든 말이 온몸을 떨며 울었다. 떨어지지 않기 위해 운은 몸을 바싹 낮춘 뒤 결사적으로 말의 목에 매달렸다.

서너 번 앞발을 치켜들고 울던 말이 곧 잠잠해졌다. 운이 달래듯이 말의 목덜미를 토닥였다.

"워이, 워어이."

더운 콧김을 내뿜으며 흥분하던 말이 운의 다독임에 천천히 진정하기 시작했다.

"이보쇼! 댁 말을 달래기 전에 사과부터 하시오!"

그때 아래에서 카랑카랑한 고함소리가 들렸다. 정신을 차린 운이 아래를 내려다보자 키가 크고 호리호리한 사내가 눈을 부라리며 운을 노려보고 있었다. 작은 얼굴에 이목구비가 반듯이 자리하여 깔끔하고 단정한 인상을 주는 이였다.

"그쪽 때문에 내 말이 달아났단 말이오!"

사내는 발을 구르며 화를 냈다. 운이 불퉁한 얼굴로 사내를 보았다.

"그쪽 말이 달아난 게 왜 나 때문이오?"

"하, 참! 내가 말에게 물을 먹이고 있는데 그 쪽이 미친 사람처럼 달려와서 나와 내 말을 치고 지나갔단 말이오! 그래서 난 이렇게 물에 빠졌고, 놀란 내 말은 저쪽으로 달아나, 얼씨구? 이제 보이지도 않는구려. 대체 이 일을 어찌할 것이오?"

자세히 보니 사내는 그가 말한 대로 물에 제대로 빠진 듯 온몸이 흠뻑 젖어 있었다.

"미안하오."

"뭐요?"

"미안하다고 하잖소."

"그게 사과하는 자의 태도요? 말에서 내려 정식으로 고개를 숙이시오!"

어지간한 사람들은 대부분 운을 처음 보면 그 큰 덩치와 강한 눈빛에 압도되어 제대로 말을 건네지도 못했다. 허나 이 사내는 조금도 운의 기에 눌리지 않을 뿐만 아니라 태도가 매우 스스럼없었다.

말 위에 올라탄 운을 쳐다보기 위해 고개를 한껏 꺾은 모습이 긴 했으나 자세나 표정이 매우 당당하고 위엄이 넘쳤다. 자신 앞에서 조금도 밀리지 않는 사람은 처음이었다. 호기심이 일었다. 운은 사내가 요구하는 대로 말에서 내려왔다.

허리를 곧추 세운 운이 사내의 앞에 반듯이 섰다.

운은 살면서 단 한 번도 저보다 키가 큰 이를 본 적이 없었다. 운의 덩치에 대부분의 사람들은 기가 죽었다. 사내 역시 보통보다는 큰 키였으나 그래도 운보다 머리 하나는 더 작았고, 몸은 아주 가늘어서 어깨가 운의 절반밖에 되지 않았다. 그럼에도 사내는 운 앞에서 조금도 주눅 들지 않는 모습이었다. 부러 어깨를 넓게 펴고 제 덩치를 과시했으나 사내는 운이 그러거나 말거나였다. 자신을 전혀 위협적으로 인식하지 않는 이가 놀랍기도 하고 신기하기도 했다.

"사과하시오."

쏘아보는 눈빛이 흔들림 없이 당당했다. 이쯤 되자 오히려 그 기세에 밀리는 것은 운이었다. 운은 시키는 대로 사내 앞에서 고개를 숙였다.

"미안합니다."

"조심하시오. 앞을 보고 말을 타야지, 하마터면 더 큰 사고가 날 뻔하지 않았소?"

제법 엄한 말투로 혼을 내는 사내 앞에서 운은 자신도 모르는 사이 고분고분한 태도로 고개를 끄덕이고 말았다. 그러다 뒤늦게 스스로의 행동에 놀라 멈칫했다.

"바쁜 모양인데 이제 그만 갈 길 가시오."

사내는 일이 다 끝났다는 듯 무심히 돌아섰지만 운은 이상하게 그럴 수가 없었다. 평소라면 말에 탄 뒤 미련 없이 떠났을 테지만 지금은 그리되지 않았다. 운이 머뭇거리며 사내의 근처를 서성였다.

"안 가고 뭐 하시오? 바쁜 거 아니었소?"

"아니, 바쁜 일 없소."

"안 바쁘단 말이오?"

운의 대답이 맘에 안 들었는지 사내가 눈을 치켜떴다. 운이 움찔하며 뒤로 물러섰다.

"아니 바쁜 일도 없는 사람이 그리 미친 듯이 말을 달렸단 말이오? 당신 제정신이오?"

"어, 그건."

팔짱을 낀 사내가 어디 한 번 말해보라는 듯 운을 노려봤다. 죽을죄 지은 죄인 취급을 하는 그 태도에 운이 울컥했다.

"그래서 아까 미안하다고 사과했잖소!"

"하!"

사내가 코웃음 친 뒤 운을 쏘아봤다. 지기 싫은 운이 시선을 피하지 않았다. 사내가 운에게 가까이 다가가며 턱을 치켜들었다.

"잘못한 건 아시오?"

"아니까 사과한 거 아니오?"

"나한테 미안하고?"

"그렇다니까."

"좋소, 그럼."

사내가 갑자기 성큼성큼 걸어 운을 지나치더니 운의 말에 훌쩍 올라탔다. 사내가 갑자기 뛰어서 올라타자 놀란 적토마가 낮게 울며 몸을 뒤척였다.

사내가 익숙한 손짓으로 말을 달랬다. 마치 제 말인 양 스스럼 없는 태도에 황당한 운이 고삐를 잡아채 적토마를 제 쪽으로 끌어당겼다.

"지금 뭐하는 짓이오?"

"그쪽 때문에 난 말을 잃어버렸소. 그쪽은 한가하지만 유감스럽게도 난 매우 바쁘단 말이오. 그러니 한가하면서 나에게 미안한 그쪽이 내가 가야 할 목적지까지 날 데려다주시오. 그럼 되지 않겠소?"

하는 말이 이치에 그르지 않아 딱히 따지기도 뭣했다. 당장 내리라고 하려 했는데 설명을 듣고 나자 오히려 더 그럴 수가 없게 되었다. 참으로 이상하게도 이자 앞에선 선뜻 제 성질대로 화를 낼 수가 없었다. 묘하게 말리고 있었다. 결국 운이 인상을 쓴 채 사내의 뒤에 올라탔다.

"어딜 가는 길인 게요?"

"관악산으로 가주시오."

운이 고삐를 말아 쥔 뒤 방향을 잡았다.

"거긴 왜 가는 거요?"

"사주를 보러 가오."

오늘 대체 무슨 날인가. 기가 막힌 운이 잠시 멍해졌다. 말이 움직이지 않자 사내가 돌아보았다. 눈이 마주치자 그제야 정신이 들었다.

"왜 그러오?"

"사주를 보러 간다 하였소?"

"그렇소. 거기 아주 용한 도사가 있다기에 보러 가오."

"잘 본다 하오?"

"아주 잘 본다 하오."

참다못한 운이 언젠가 한 번 넌지시 왕에게 제 사주가 왜 이리 틀리냐고 물은 적이 있었다. 왕은 운이 청나라에서 태어나 조선의 사주와 잘 맞지 않는다고 대답했다. 그럼 영상과 대화한 자신의 사주는 청나라의 사주에 맞춘 것이었냐고, 그건 맞는 사주냐고 묻고 싶었다. 허나 그것까진 차마 묻지 못했다.

"아까 보니 아주 빨리 달리던데, 할 수 있음 그렇게 빨리 좀 달려주시오. 거기 기다리는 사람이 줄을 서서 늦게 가면 사주를 못 볼 수도 있다 하더오."

운이 고삐를 단단히 말아 쥐었다. 그 용한 도사에게 자신의 사주를 보여준다면 뭐라고 말할까. 운이 누군지 모르는 궐 밖의 낯선 사람은 과연 자신의 사주를 보고 뭐라 할지 궁금했다. 사주를 보자마자 세자라는 것을 알아차릴 수 있을지, 사주에 그런 것도 나오는지 호기심이 일었다.

"아, 이것도 인연인데 통성명이나 합시다. 이름이 뭐요?"

채찍을 휘두르기 전 운이 제 앞에 있는 동그란 머리통을 톡톡 건드렸다. 사내가 힐끔 운을 돌아봤다.

"상대의 이름을 묻기 전에 자기소개를 먼저 하는 게 예의요. 오늘 참 여러 번 내게 실례하는구려."

어쩜 이렇게 한마디도 안 질까. 이렇게까지 제 앞에서 뻔뻔했던 이는 단 한 명도 없었다. 이런 상대는 처음이었다. 얄밉긴 하지만 그것을 따지기엔 이번에도 역시 그의 말이 맞는지라 할 말이 없었다.

"나는 운이오. 이운."

결국 체념한 운이 먼저 자신을 밝혔다. 만난 이후 쭉 운은 매번 그에게 지고 있었다.

"나는."

사내가 잠시 머뭇거리다 휙 몸을 돌리며 툭 내뱉었다.

"해명이오. 민해명!"

해명의 말이 끝나기 무섭게 운이 채찍을 휘둘렀다.

적토마가 크게 울더니 이내 달리기 시작했다. 해명을 감싸 안으며 운이 몸을 낮추었다. 키에 비해 체구가 작아서인지 해명의 몸이 운의 품에 쏙 들어왔다.

"단단히 잡으시오. 아주 빠른 말이오!"

"걱정 마시오!"

정말 한마디도 곱게 넘어가는 법이 없는 사내였다. 운이 헛웃음을 웃으며 사내를 껴안은 채 몸을 낮추었다.

***

기세가 좋은 것처럼 보이던 왕은 중전이 나가자마자 이내 기운을 잃었다. 중전에게 보여주기 위해 더 강한 척했을 뿐 운이 걱정스럽고 안쓰러운 건 매한가지였다. 어찌 아니 그렇겠는가. 단 하나뿐인 적통이었다.

부족한 점이 많다고 겉으로 엄히 굴지만 실은 장점이 대단히 빼어나서 은근히 큰 기대를 하는 아들이었다. 왕실의 종친들 중 감히 운과 대적할 만큼 학문이 깊은 이는 없었다. 그나마 품성이 유순해서 종종 운과 비교되는 석천군 이강조차 학문에 있어서는 운에 영 못 미쳤다. 게다가 기골이 장대한 만큼 무예 또한 일품이라, 칼 솜씨는 무과에 급제한 이들과 겨뤄도 지지 않았다.

병판은 조금만 더 갈고 닦으면 운이 조선 제일검이 될 거라 하곤 했다. 물론 다소 과장된 칭찬이긴 했으나 불가능한 일도 아니었다. 잘 타고난 데다 스스로도 열심히 하여 무엇 하나 흠 잡을 것이 없었기 때문에 종종 운이 규율을 어기고 잠행을 나가거나 사시사철 풍류를 즐겨도 다들 묵인해주는 것이었다.

왕 역시 은근히 자중하라고 잔소리하면서도 속으로는 운의 빼어난 자질을 매우 자랑스럽게 여기고 있었다. 사실은 너무나도 사랑하는 아들인 것이다. 애초에 애정이 없었다면 국환의 말을 곧이곧대로 들으면서까지 어떻게든 운이 잘되는 방향으로 환경을 만들기 위해 애쓰지도 않았을 것이다.

애정이 깊은 만큼 걱정이 컸고, 기대도 컸다. 그래서 왕은 운을 가만히 두고 볼 수 없는 것이다.

"괜찮으십니까?"

국환이 조심스럽게 말을 건네자 그제야 내내 벽을 향하고 있던 왕의 고개가 정면을 향했다. 두어 번 눈을 꿈뻑거리던 왕이 이내 씩 웃었다.

"안 괜찮을 일이 뭐가 있겠나."

"걱정되시지요?"

"걱정이라기보단 이상해서 말일세."

"무엇이 말입니까?"

"중전의 말대로 운이 우리의 이야기를 엿들었다면, 그 성정에 왜 당장 뛰어들어 따지지 않았을까. 평소대로라면 당장에 뛰어들어 우리에게 따졌어야 하지 않나. 그게 이상해."

"엿들으셨으니까요."

"응?"

"엿들으셨으니 뛰어들지 못하신 것입니다. 예의바른 분이시지 않습니까. 본인 스스로 예에 어긋나는 일을 했으니 따질 수 없으셨을 겝니다."

"아, 예의. 그래, 불같은 성정을 가진 것치곤 이상하게 그런 쪽은 고지식하지. 그러면서 궐 밖에 나가지 말라는 말은 또 자주 어기니 참 앞뒤가 안 맞는 놈이야."

"그게 불입니다. 불이라서 고지식한 것이지요. 또 불이라 제 성질을 못 이겨 자잘한 규범은 자주 어기시는 것이구요."

운의 사주는 불덩어리라, 전형적인 '화'의 성격이었다. 즉흥적이고 감정적이었으며 꾸밈없이 솔직했다. 뒤끝이 없고 시원시원한 성격이고 화끈한 만큼 기운이 강했다.

겉으로 드러나는 것으로만 보면 당장 뛰어들어 화를 내는 게 그 성격에 걸맞는 행동처럼 보일 수도 있었다. 헌데 대단히 예의 바르고 깍듯하며 윗사람에게 철저하게 복종하는 것 역시 화의 특성이었다. 그러니 이미 윗사람의 대화를 몰래 엿듣는 잘못을 저지른 운은, 제 잘못이 걸려 문을 열고 들어와 어찌된 일이냐 물을 수 없었던 것이다. 그건 궐 밖으로 나가지 말라는 말을 어기는 것과는 전혀 다른 문제였다.

운의 입장에서 궐 밖으로 나가지 말라는 명을 어기는 건 그저 작은 규칙을 위반하는 것에 불과했지만 몰래 엿들은 부친의 대화 내용에 대해 따지는 건 권위에 도전하는 일이라 절대로 할 수가 없었던 것이다.

"궐 밖으로 나가지 말라는 명도 감정을 못 이겨 즉흥적으로 어기는 것일 뿐 작정하고 전하에게 반항하는 것은 아니니까요. 생각해보십시오. 공부든 일이든 전하께서 시키는 일을 안 한 적은 단 한 번도 없으십니다. 예의 바르실 뿐 아니라 규율도 잘 지키시는 편이지요."

"그렇긴 하지. 그래도 끝까지 안 묻고 참은 건 아무리 생각해도 용한 일이야. 아주 궁금했을 텐데 말일세."

"빈궁마마를 아끼셨으니까요. 혹시나 자신이 이 문제를 공론화시켰을 때 빈궁께서 상처받지 않으실까 염려하신 겁니다. 제 사람에 대해선 끔찍하지 않습니까."

"아, 그래. 그렇지."

"빈궁마마 모르게 공론화시킬 방법이 있었다면 그리하셨겠지요. 헌데 아무리 생각을 해도 그 방법을 찾지 못하셔서 그냥 묻어

두셨을 겁니다."

"그럼 빈궁이 죽은 뒤에는 왜 가만있었을까?"

"그건 이미 한 풀 꺾인 뒤니까요. 시간이 흘러 기운이 다 빠진 뒤라 따질 여력도 없으셨던 거지요. 불은 순간적으로 치솟지만 지속력이 없으니까요."

"동궁이 빈궁에 대해 정이 깊었지. 나는 그것이 걱정스러워."

운은 사내다운 만큼 의리가 무척 강했다. 그래서 왕은 가끔 운이 지나치게 사사로운 정에 얽매여 혹시나 공사를 그르치진 않을까 걱정하곤 했다. 지금도 왕은 죽은 빈궁에 대해 운이 의리를 지킨답시고 새 사람을 홀대하지나 않을까 염려하고 있었다.

그 이상 왕이 하문하지 않았기에 국환은 입을 다물었으나 운이 방 안으로 뛰어들지 않은 진짜 이유를 국환은 알고 있었다. 사실 왕에게 늘어놓은 위의 설명은 곁다리였다. 진짜는 따로 있었다.

운은 솔직하고 꾸밈없었다. 늘 현실에 최선을 다해 사는 운에 게 계략을 꾸미거나 모략을 하는 건 상상도 할 수 없는 일이었다. 그래서 운은 뛰어들 수 없었다. 일어나지도 않은 일을 이야기하며 그 일을 성사시키기 위해 은밀한 계획을 세우는 그들을 운은 이해할 수 없었을 것이다.

제 귀로 들으면서도 그 말이 대체 무슨 소리인지 이해하지 못했을 거다. 앞에선 웃으면서 뒤에선 그리 끔찍한 생각을 하고 있다는 걸, 그것도 제 부모가 그러하다는 걸 아마도 믿고 싶지 않았을 거고, 믿기 싫어서 뛰어들지 않았던 건지도 모른다. 제 아비가 자신 몰래 모략을 꾸민다는 걸 확인하고 싶지 않았을 테니까 말이다. 아마 그 마음이 제일 컸을 거다.

하지만 이런 이야기를 국환이 굳이 왕에게 할 필요는 없었다. 왕이 이 사실을 알고 운을 안타깝게 여기게 된다면 국환이 파고들 틈이 없었다.

운을 지극히 사랑하지만 동시에 운의 겉으로 드러나는 단점들을 유독 크게 보고 그것을 못 견디는 게 왕에게 주어진 몫이었다. 운의 장점은 국환만 알면 될 일이다. 그것들은 국환에게만 필요했다.

"그나저나 동궁의 저 욱하는 성격 때문에 혹여나 그대의 여식이 다치지나 않을까 걱정일세. 영상과 이야기를 나눈 것을 엿들어 이미 단단히 오해하고 있는데 간택된 빈궁이 자네의 여식인 걸 알면 동궁 성정에 가만있지 않을 게야."

"강자에게 강하고 약자에게 약하십니다. 아무리 제 자식이 마음에 안 들어도 계집인데, 계집에게 잔인하게 구실 리 없습니다."

"대놓고 못되게 구는 게 아니라 정을 주지 않는다질 않나. 자네 말대로 동궁은 의리가 강하지. 죽은 빈궁에 대한 의를 우리 생각보다 꽤 오래 지킬 수도 있음이야."

"허나 아름다운 것에 약하시고 감정의 파고가 크십니다."

국환은 태연했으나 왕은 여전히 걱정스러운 기색이었다.

"종내는 그리될지 몰라도 당장은 어려울 게야. 어쩌면 제 마음이 움직일 때까지 모두를 괴롭힐지도 몰라. 아무 이름 없는 집 여식이라도 한동안은 어깃장을 놓을 터인데 자네의 딸이라고 하면 더 난리를 칠 게 뻔해."

생각만으로도 어떤 일이 벌어질지 눈에 선한 왕이 고개를 가로 저었다.

"성격을 바꿔보자고 생일까지 숨긴 채 이십 년 넘게 살았는데, 그놈의 성정은 어째 하나도 바뀌지 않은 것 같아."

"바뀌어서 그만한 것인지도 모릅니다."

"그런가? 그럼 무섭네. 원래 성정은 대체 어떻단 말인가."

잠시 허탈하게 웃던 왕이 이내 심각해졌다.

"정말 걱정되네. 어쩌면 좋을지. 영상의 여식인 줄 모르고 만난 다면 동궁의 반발심이 덜할 테지만 알고 만난다면 어떤 여자인지 제대로 보지도 않고 심술부터 부릴 거란 말일세. 정말 자네를 볼 면목이 없네. 그리 훌륭한 딸을 내게 주는데, 아들 녀석이 변변찮 으니."

"과찬이십니다."

"과찬이 아니라 진심일세. 사주가 안 좋다 해도 탐났을 며느리 감 아닌가. 재주도 많고 음전하고 미색도 뛰어나니 말일세. 이미 사대문안의 사대부들은 다 딸을 달라며 중매쟁이를 보냈다면서."

"망극하옵니다."

"가만있어 보자. 방법이 없으려나."

손바닥으로 무릎을 두드리며 잠시 고민하던 왕이 좋은 생각이 난 듯 고개를 번쩍 들었다.

"자네 여식을 미리 궐에 머물게 하면 어떤가?"

"그게 무슨 말씀이십니까?"

"누구 여식인 줄 모른 채 미리 운과 만나게 하자는 거지."

"다른 신료들이 그것을 안다면 가만있지 않을 텐데요."

"무얼. 옹주의 놀이친구라고 하면 되지. 자네의 여식인 줄 모른 채 만난다면 분명 운이 관심을 보일 걸세. 누군지 모른 채 일단 정부터 들게 하잔 말일세. 정이 든 뒤엔 어쩌겠나. 자네 여식인 걸 알아도 하는 수 없지 않겠나."

"그렇게까지 생각해주시니 망극합니다."

"어떤가? 괜찮지 않나?"

재차 묻는 왕은 이미 신이 난 얼굴이었다. 국환이 은은한 미소를 지으며 고개를 숙였다.

"예, 신은 전하의 뜻을 따르겠습니다."

"그래, 본래 며느리 사랑은 시아버지라고 하질 않나. 내 친딸보다 더 귀하게 여겨주겠네. 걱정하지 말고 준비되는 대로 딸아이를 궁에 보내주게."

"그리하겠습니다."

기분이 좋아진 왕이 껄껄 웃었다. 그러다 불현듯 좋은 생각이 난 듯 무릎을 쳤다.

"참, 강이를 불러 제 형을 좀 달래라 일러야겠네."

"석천군 말씀이십니까?"

"그래. 이상하게 둘은 닮은 구석이 하나도 없으나 사이는 기가 막히게 좋거든. 내 말은 안 들어도 강이가 달래는 말은 운이가 좀 들어. 하나밖에 없는 남동생이라 그런지 강이한테는 운이가 약해. 배 다른 형제인데도 말일세."

"아버지를 닮았나 봅니다. 전하께서도 돌아가신 세자저하와 사이가 얼마나 각별하였습니까."

왕이 고개를 끄덕였다.

"그래, 각박한 궁 생활에 힘이 되는 형제가 있는 것은 참으로 좋은 일이지. 거기다 강이는 권력욕이 없고 영빈도 소박하니 얼마나 다행인가. 여튼 강이를 불러내 운이를 위로하라 하겠네. 자네 여식이 궐에 오니 오다가다 마주치면 잘해주라고도 하고. 강이가 여인네들에게 살뜰하잖나. 죽은 빈궁에게도 참 잘했다네."

"지난번 다과회 때 영빈께서 석천군의 다정한 성품을 염려하시며 앞으로 혼인할 마마의 내실이 여자문제로 속이나 썩지 않을까 걱정이라고 하셨답니다."

"여인들의 걱정이란 참으로 쓸데없구만. 그 성품에 제 내실에겐 오죽 살뜰히 잘할까."

왕은 무심히 넘겼으나 국환은 영빈의 걱정이 쓸데없지 않다는 것을 누구보다 잘 알고 있었다. 석천군 이강은 경술년, 기묘월, 계사일, 정사시생이었다.

계사일주라 지지에 정재를 깔고 앉은 데다 시주에 정재와 편재가 섞여 있는 재성혼잡이니, 본인도 여자를 좋아할 뿐 아니라 여자도 알아서 따르는 팔자였다. 가히 타고난 바람둥이에 풍류라 할 만했다. 허나 기가 막힌 재주로 강은 그러한 속내를 잘 숨기고 있었다.

모친인 영빈은 아들이기에 본능적으로 강이의 실체를 눈치 챘고, 국환은 사주를 보고 알았다. 그 역시도 굳이 왕에겐 말하지 않았다. 국환이 아는 모든 것을 왕이 알 필요는 없었다. 왕은 필요한 때, 필요한 만큼만 알면 되기 때문이다. 왕의 혀 차는 소리를 귓등으로 넘기며 국환이 가벼이 말을 이었다.

"다정도 병이라 하지 않습니까."

"그런 병이라면 매일 앓아도 좋겠네. 그저 걱정이 팔자인 게지. 그나저나 세자가 얼른 후사를 이어야 석천군의 혼례도 진행을 할 텐데……. 이미 너무 늦지 않았나. 영빈이 강이를 떼어놓고 싶어 하지 않아서 그나마 다행인지 몰라. 아니었다면 얼마나 시끄러웠을꼬."

공식적으로 석천군 이강의 혼례가 늦어지고 있는 이유는 영빈 때문이었다. 영빈은 하나밖에 없는 아들을 궐에서 내보내고 싶어 하지 않았다. 석천군의 혼례에 대한 이야기만 나오면 영빈은 머리를 싸매고 드러누웠다.

강 역시 아픈 어머니를 두고 궐 밖으로는 나갈 수 없다며 간곡히 제 혼례를 늦춰 달라 청하곤 했다. 왕은 영빈의 투정을 어쩔 수 없이 들어주는 듯한 태도로 일관했으나 사실 속으로는 내심 다행이라 여기고 있었다.

운보다 먼저 강이 자식을 보기를 왕은 바라지 않았다. 아직 운이 제대로 된 후사가 없는 상황에서 그의 유일한 배다른 형제인 강이 먼저 아들이라도 낳는다면, 정치적으로 혼란스러운 일이 일어나지 않으리라 보장할 수 없었다.

시끄러운 일은 애초에 벌어지지 않게 싹을 자르는 게 제일이었다. 그래서 왕은 영빈을 총애하기에 그의 부탁을 들어주는 척하며, 강의 혼인을 미루는 데 적극적으로 동조하는 중이었다. 그리고 그러한 왕의 속내를 눈치 빠르게 알아차린 신하들 역시 매우 늘어지고 있는 강의 혼례를 다들 모른 척했다.

어느새 강의 혼례는 모두가 알지만 누구도 입에 올리지 않는 금기가 되었다.

"심려치 마시옵소서, 전하. 다음 해에는 손자를 안고 석천군의 혼례를 치르실 수 있으실 것입니다."

"하하, 그리되면 얼마나 좋겠나. 부디 그리되었으면 좋겠네."

생각만 해도 좋은지 왕이 흐뭇하게 웃었다. 어느새 마음이 느슨하게 풀린 왕을 보며 국환 역시 조용한 미소를 머금었다.

2장

—

기구한 팔자

산세에 접어들자 운이 고삐를 말아 쥐어 말의 속도를 늦추었다. 이쯤에서 내려주면 되지 않을까 싶어 머뭇거리는데, 귀신같이 그 낌새를 알아챈 해명이 한 발 빨랐다.

"산 중턱에 암자가 하나 있소. 거기까지 데려다주시오."

요구가 어찌나 당당한지 대꾸할 말을 찾지 못해 말문이 막힐 지경이었다. 운이 입을 삐죽이며 제 눈앞에 있는 동그란 머리통을 노려보았다.

"대체 사주를 보러 거기까지 왜 가는 게요? 뭐 과거에 합격하나 안 하나 물어라도 볼 참인 거요? 아니 그 시간에 공부를 해야지 사주를 본다고 될 일인가."

신경질과 짜증이 잔뜩 묻어나는 말투에 앞에 앉은 해명이 돌아보았다. 그 시선에 운이 괜히 움찔했다. 이상한 일이다. 뭐 그리 큰 잘못을 한 것도 아닌데 운은 자꾸만 이 사내 앞에서 작아져서는 평소 성격의 십 분지 일도 보이지 못하고 있었다.

"그런 거 아니오."

"그럼 뭐 때문에 가는 거요?"

"왜 자꾸 캐묻는 거요?"

해명이 눈을 치켜떴다. 딱히 대꾸할 말이 떠오르지 않아 운이 입을 꾹 다물자 해명이 다시 몸을 돌려 앞을 보았다.

"뭐 대단한 비밀이라고 말해주면 어디 덧나나."

들으란 듯이 궁시렁거리자 해명이 흘끔 그를 쳐다보며 피식 웃었다. 그 웃음에 약이 바싹 오른 운이 눈을 부라렸으나 시선을 맞받아치는 해명은 느긋하기 짝이 없었다.

이토록이나 자신을 무력하게 만드는 상대는 처음이라 운은 대체 해명을 어떻게 대해야 할지 알 수가 없었다. 지금껏 제가 알던 사람들은 모두 운이 눈빛만 바꿔도 절절 맸다. 하지만 해명은 아무리 운이 무섭게 인상을 찌푸려도 눈 하나 깜짝 하지 않았다. 애써 그런 척하는 게 아니라 정말 그랬다. 태연한 그 태도에 오히려 당황해서 어쩔 줄 몰라 하는 것은 운이었다.

"나 때문에 가는 게 아니라 내 여동생 때문에 가는 거요."

발끈해서 맘 잡고 제대로 따지려는 그를 해명은 너무나 간단히 무기력하게 만들었다. 전혀 예상치 못한 대답에 맥이 탁 풀렸다. 대단한 비밀인 것처럼, 절대 알려주지 않을 것처럼 해서 잔뜩 약을 올려놓고선 막상 화를 내려 하면 아무것도 아닌 일에 뭐 그리 열을 올리냔 식으로 제 이야기를 아무렇지도 않게 해버린다. 이러면 결국 자신만 별것도 아닌 일에 버럭 하는 속 좁은 인간이 되고 마는 것이다.

화를 낼 기운조차 잃어버린 운이 멀건 표정으로 해명을 보았다. 마치 누군가에게 전해들은 남의 얘기를 하는 것처럼 무심하게 해명은 말을 이었다.

"여동생이 말이요, 사주가 아주 드세서 집안의 골칫거리라오. 그래서 물으러 가는 거요. 대체 이 여자애는 어떻게 살아야 하나, 어떻게 사는 게 좋을까, 싶어서 말이오."

"자기 의지가 제일 중요하지, 사주가 거 뭔 상관이라고."

"누가 의지가 없댔소? 아무리 의지를 가지고 살고자 해도 거 뜻대로 안 되니까 그런 거 아니오? 그 의지로 대체 어떤 삶을 사는 게 제일 나을지 물으려는 거란 말이오. 아무리 애를 써도 눈앞이 깜깜하니 찾아가는 것 아니겠소?"

해명이 발끈하며 운을 노려보았다. 별 생각 없이 뱉은 말인데 꽤 진지하게 대거리하는 모습에 놀란 운이 눈을 껌뻑거렸다. 뒤늦게 해명이 무안해하며 헛기침했다.

"미안하오. 그대에게 화낼 건 아니었는데 내가 너무 흥분했소."

"오누이 사이가 아주 좋은 모양이오. 그리 여동생 팔자를 제 일인 양 가슴 아파하는 걸 보니."

"거야 뭐, 피를 나눈 혈육이잖소."

"대체 여동생 팔자가 뭐 어떻기에 그러는 거요?"

운의 물음에 해명이 대답 대신 한숨을 푹 내쉬었다. 고개를 들어 먼 산을 바라보는 해명의 시선이 맑지 못했다. 복잡한 속내가 고스란히 드러나는 눈빛이었다.

"그 계집애 운명이 얼마나 기승스럽냐면 말이오."

누구에게 털어놓기엔 영 속 시끄러운 이야기였다. 하지만 오늘이 지나면 다시 만나지 않을 낯선 사내가 의외로 이야기하기에 적합한 상대일지도 몰랐다.

한 번쯤은 누군가에게 넋두리를 해보고 싶었다. 그저 말하는 것만으로도 맺힌 속이 어느 정도 풀릴 것 같기도 했다. 임금님 귀는 당나귀 귀, 그렇게 외치기만 해도 앓던 병이 나았다질 않는가. 어쩌면 털어놓는 것만으로도 큰 위로가 될 수도 있었다. 해명은 오늘 만난 이 사내를 대나무 숲이라 생각하기로 마음먹었다.

**

여수 민씨는 대대로 중전을 배출한 덕망 높은 가문이었다. 때론 사내보다 계집이 잘난 집안이라 사내가 계집의 등에 업혀간다는 비아냥거림을 들을 만큼 현명하고 덕 있는 여인들을 키워내기로 유명했다.

민항수는 첫 아이로 떡두꺼비 같은 아들을 낳은 후 둘째는 중전이 될 만한 딸을 낳기로 부인과 뜻을 모았다. 지금쯤 낳으면 세손빈을 뽑는 금혼령이 내려졌을 때 사주단자를 넣을 수 있는 나이가 될 것이다.

사주단자를 넣기만 하면 여수 민씨 집안의 여식은 기본적으로 삼간택에 오르곤 했으니, 중전감인 딸을 낳자는 결심을 부부만의 허황된 꿈으로 치부할 일은 아니었다.

"딸 낳는 비결이라도 알아봐야겠습니다."

"천천히 하셔도 되오. 어차피 올해는 지나야 하니까요."

"올해는 지나야 하다니요?"

"올해가 임자년 아니오. 임자는 양인인데 수다(水多)하니 만약 딸을 낳게 된다면 계집애 사주가 아주 좋질 못하다고 합니다. 그 래서 사대문 안의 양반들은 혹시나 딸을 낳을까 봐 아예 올해는 자식을 보지 않으려고 작년부터 합방을 피했다고 하더이다."

"그렇군요. 그럼 저희도 미리 그리할 것을 그랬습니다."

"뭐 사람들 말이지요. 그걸 다 믿을 필요가 있겠소."

"그래도요. 이제부터라도 조심해야겠습니다. 잘못했다가 임자 년에 덜컥 아이를, 그것도 계집아이를 낳으면 어쩝니까?"

"낳으면 낳는 거지요. 만약 아이가 태어난다면 하늘의 뜻인데 인력으로 그것을 어찌 막겠소? 또 아무리 임자년이라 해도 부인 과 내 아이인데 뭐 그리 이상한 애가 나오겠소? 너무 걱정 마시 오."

항수는 쓸데없는 기우라며 부인 정씨를 달랬다. 하지만 나란히 누워 다정히 어깨를 맞댄 부부가 이야기를 나누고 있던 그 순간, 이미 부인 정씨의 뱃속에선 아이가 자라고 있었다.

정월에 들어선 아이였다. 입춘이 지난 뒤 아이를 가졌음을 알 게 된 정씨는 경악했다. 전쟁 통에 홀로 된 뒤 하나 밖에 없는 아 들에 대한 애정이 깊은 항수의 모친 윤씨 부인은 며느리가 수태 했음을 안 뒤 계집이 몸을 제대로 간수하지 못했다며 무섭게 화 를 냈다.

원래 제대로 알지 못하는 이가 소문에 밝고 풍문을 신뢰하는 법이었다. 양인이 뭔지, 임자년이 왜 나쁜 건지 정확히 알지도 못하면서 윤씨는 풍월만으로 집안을 말아먹을 년이라며, 며느리를 잡았다. 귀동냥으로 들은 말을 대단히 신봉하는 윤씨는 임자년에 자식을 낳으면 가문이 망한다고 믿었다. 그래서 너무나 당당하게 며느리에게 뱃속의 아이를 없앨 것을 요구했다.

"어머니, 아무리 그렇다 한들 어찌 이미 생긴 아이를 없앤단 말입니까?"

"이미 아들이 있으니 둘째가 급하지도 않다. 괜히 잘못 태어나면 가문에 누가 될 뿐이야. 미친놈이 태어나 가문이 멸문지화라도 당하면 어찌할 것이냐? 사내 잡아먹는 계집이라도 낳으면 어찌할 것이냔 말이야!"

사주에 대해 도통 모르니 시어머니의 요구가 얼마나 부당한 것인지 정씨는 도무지 알 수가 없었다. 결국 호랑이 같은 시어머니의 등쌀을 이기지 못하고 시키는 대로 해야 했다.

아이를 떼어내기 위해 갖은 애를 쓰느라 온갖 민간요법이 총동원되었다. 산 위에서 굴렀고, 간장 물을 양재기로 들이켰고 무거운 물건을 들고 날랐다. 그러다 종내는 향수에게 들키고 말았다.

부인의 이상한 행동이 모두 아이를 떼기 위한 노력이라는 것을 알게 된 향수는 펄펄 뛰며 화를 냈다.

"대체 이게 무슨 짓이란 말이오? 어느 해에 태어나 어떻게 자라든 부인과 나의 자식이오. 우리가 잘 키우면 잘 자랄 것이고, 못 키우면 잘못 되겠지요. 좋은 날 태어나면 좀 더 좋아지고 나쁜 날 태어나면 삶이 좀 고단할 수야 있겠지만 그래 봤자 우리 사이에서 도깨비가 나오진 않을 것 아니오? 어찌 우리 아이를 없앨 생각을 한단 말이오? 그 해가 좋다더라, 하는 건 그저 세상의 흐름에 따른 파고를 말하는 것일 뿐이지 어떻게 그것이 절대적일 수 있소? 삶은 다 살기 마련이오. 쓸데없는 짓 하지 마시오! 뱃속의 아이에게 미안하지도 않소?"

"잘못했습니다."

항수의 질책에 정씨가 눈물을 뚝뚝 흘렸다. 아들의 눈치를 살피며 윤씨가 그 사이에 끼어들었다.

"이보게."

"어머니도 그만하세요. 뱃속 아이가 잘못되기라도 했으면 어쩔 뻔했습니까?"

"허나."

"그만하시라구요! 어느 해에 태어나든 제 자식입니다. 제 아이라구요! 단지 그 해 태어나면 아이 사주가 좀 안 좋을 수도 있다는 이유만으로 아이를 안 낳는 미친 짓은 안 할 것입니다!"

항수가 정색을 하며 난리를 치자 모친도 더 이상 어찌할 수 없었다.

그날 이후 윤씨는 새벽마다 정한수를 떠놓고 그나마 좋은 날에 아이가 태어나게 해달라고 빌었다. 그것만으로도 불안해서 틈 날 때마다 절에 가 부처님께 공양을 바치기까지 했다. 태어나는 아이를 축복하기 위함이 아니었다. 모두 다 가문의 영달을 위해서였다.

하지만 정말 하늘이 무심하게도 아이는 임자(王子)년, 신해(辛亥)월, 임자(王子)일, 무신(戊申)시에 태어났다. 임자년, 임자일 생에 월지(月支)도 해수(亥水)이니 지지(地支) 네 개 중 세 개가 모두 물이다.

거기에 시지에 있는 신금이 일지 자수(子水)랑 신자(申子) 반합(半合)을 이뤄 또 물이 되니 그냥 지지가 다 물판이었다.

성격도 보통이 아니었다. 드세고 잔인하다는 양인이 연주에도 있고, 일주에도 있어 계집애 사주에 양인이 무려 두 개나 들어 있는 형국이었다. 또 시간은 칠살이라고까지 말하는 편관[8]이 자리 잡고 있으니, 자존심이 강해서 누구에게도 무시당하거나 지고는 못 살 성격일 게 분명했다.

시간의 편관은 심지어 천간의 임수(王水)와 무임(戊王)충이 되는데 그것도 무려 쟁충이 되니 사주 원국만 봐도 남자가 여자에게 기가 눌려 깨지는 모양새라, 남편이 없거나 있어도 일찍 잃을 가능성이 높았다.

대신 매우 영특하긴 하나 수다(水多)한 계집에게 영특함은 마냥 장점이라고만 하긴 어려웠다. 지적인 욕구가 넘치고 오감에 육감까지 발달해 대단히 총명한 대신 사내의 머리 꼭대기 위에 올라앉을 가능성이 높았기 때문이다.

무엇보다 양반가에서는 남자는 신강하고 여자는 신약한 것을

---

8) 일간이 음양불배우(陰陽不配偶)로 극을 받는 것으로 양일생은 양간(陽干)에서, 음일생은 음간(陰干)에서 극을 받는 관계가 되는 것, 칠살이라 불리기도 한다. 길 작용을 할 때는 관운이 있으나 흉작용을 하면 관운이 없다

최고로 치는데 이 사주는 비겁과다인 데다 십이운성[9]까지 따지면 제왕[10]이 두 개에 건록[11]이 하나였다. 고로 극 신강해서 자기 기운이 넘쳐 주체를 못하는 형국이었다. 그러니까 사주만 보자면 조선의 관점으로 봤을 때 극악하고 잔인하며 지나치게 영리해서 딱 사내 잡아먹기 좋은 계집이었다.

자고로 여인이란 순종과 겸양을 미덕으로 삼아야 한다고 믿는 양반 사대부들의 입장에서 보기에 이건 정말 줘도 안 가질 최악의 여자였다.

그나마 다행인 것은 윤씨 부인이 주역이나 명리학을 제대로 아는 것은 아니라서 수다(水多)한 것과 양인이 나쁘다는 것만 들어서 알 뿐, 구체적으로 아이 사주가 어떻게 얼마나 나쁜지는 잘 몰랐다. 허나 풍월만으로 들은 임자년 임자일만으로도 윤씨는 이미 하늘이 무너진 것처럼 난리를 쳤다.

"아이고, 아이고! 임자년에 태어난 것도 불안한데 임자일이라니, 틀림없이 집안을 말아먹을 계집이다. 저년이 우리 집안에 망조를 들게 할 게야!"

시어머니의 등쌀에 부인 정씨는 몸조리조차 할 수가 없을 지경

---

9) 12운이란 장생, 목욕, 관대, 건록, 제왕, 쇠, 병, 사, 묘, 절, 태, 양의 12신을 말하는 것인데, 십간의 오행을 12지에 대비하여 왕약을 측정할 때 쓰이는 이름이다. 천간이 지지와 결합하여 음양을 이루어 살다가 그 힘이 다하면 죽게 되는 이치로 인간사에서는 생로병사에 관련된 일이다

10) 제왕은 십이운성 중 가장 강한 기운으로 원기가 왕성한 40대(代) 장년기에 해당한다. 인생의 역점을 딛고 삶의 진정한 맛을 느끼는 시기이다. 군주의 성이라 불린다

11) 건록은 강한 기운으로 부모의 품을 떠나 객지에서 자립하여 가정을 이루고 독립하는 시기를 의미한다. 자수성가, 거주, 이동수가 강하다

이었다. 맘 편히 누워 있을 수도 없는 정씨는 그저 하염없이 울기만 했다. 제대로 젖을 물려주지도 않으니 환영받지 못한 새 생명역시 옆에서 숨이 넘어가게 울어댔다. 이러다간 애도 부인도 잡을 판이었다. 또 다시 아내와 자식을 지키기 위해 항수가 나섰다.

"어머니, 이제 갓 태어난 아이입니다. 축하해주세요."

"너는 어찌 덮어놓고 다 괜찮다고 하는 게냐? 진작 없앴어야 하는 애를 네가 고집 부려 낳자고 해서 이 모양이 되질 않았느냔 말이다."

"어머니는 왜 다 나쁘다고만 하십니까?"

"나쁘니 나쁘다고 하지! 허면 임자년 임자일에 태어난 계집애가 무에 좋은 게 있단 말이냐?"

"그런 것을 무조건 나쁘다고 볼 일은 아닙니다. 잘 키우면 아주 현명한 여인이 될 수 있습니다. 계집애라고 해서 순한 사주는 좋고 드센 사주는 나쁜 것이 아닙니다. 아니, 계집이라고 해서 드센 사주를 꺼릴 필요가 대체 무엇입니까. 조금만 달리 생각해보십시오. 드세기 때문에 가문이 망하더라도 집안을 다시 세우고 자식을 잘 키워낼 힘을 가진 여인이라고 볼 수도 있습니다. 어머니가 좋아하시고 존경하시는 신사임당을 떠올려보세요. 넉넉지 못한 가정형편에 남편이 벼슬을 하지 못했음에도 불구하고 무려 사남삼녀를 낳아 모두 다 훌륭히 길러냈고, 자식들 중엔 율곡 선생이라는 대학자도 포함되어 있지 않습니까? 신사임당이 그저 약한 여인이었다면 어찌 그러한 일을 해냈겠습니까? 강한 여인이라서 가문을 일으키고 자식을 훌륭히 길러낼 수 있었던 것 아니겠습니까! 어차피 사주란 것도 사람이 사는 법에 대한 것이니, 다 살아내기 나름입니다. 타고난 것은 운용하기에 달린 것이지, 결코 그 것이 전부라 할 수 없습니다."

"사주가 저 모양이니 중전은 못 될 것 아니냐. 사주단자를 넣어 보지도 못하겠다. 임자년 임자일 생 중전이 어디 있다더냐?"

"중전을 배출하는 것은 가문의 광영입니다만, 중전이 못 된다 한들 또 어떻습니까. 중전보다 더 훌륭한, 이름이 남는 여인이 될 수도 있지요. 어머니 신사임당은 아십니다만, 역대 왕비들의 이름을 모두 외고 계십니까? 기억되는 왕비보다 기억되지 못하는 왕비가 더 많지 않습니까. 인생은 끝을 봐야 안다고 했습니다. 이제 갓 태어난 아이의 삶을 저희가 어찌 단언할 수 있겠습니까. 무엇보다 어머니, 제 여식입니다. 제 딸이에요. 어머니 손녀구요. 허니 이제 그만 봐주세요."

자식 이기는 부모가 어디 있으랴. 결국 아들의 간곡한 부탁에 모친은 꺾이고 말았다.

"아랫것들에게 미역국을 끓이라 이르마."

"감사합니다. 어머니."

항수는 어머니를 달랜 뒤 곧장 죄인마냥 울기만 하는 부인에게 가서 위로했다.

"수다(水多)하면 미인이라더니 벌써부터 이목구비가 반듯한 것이 크면 아주 예쁘겠소."

"서방님."

"부인, 우리 자식이오. 부인과 나를 닮았는데 성정이 나쁠 리 있겠소? 우리가 키우는데 아이가 엇나갈 일 있겠냐 말이오. 너무

심려치 마세요. 태어난 아이 두고 나쁜 생각도 그만하시구요. 우리가 마음을 다잡아야 아이가 잘 크지 않겠소."

"서방님을 뵐 면목이 없어서……."

"이리 예쁜 딸을 두고 어찌 그런 말씀을 하십니까. 나는 꼭 딸을 하나 낳고 싶었습니다. 사내아이를 한 번 키워봤으니 여자아이도 키워봐야지요. 딸 키우는 재미는 아들 키우는 재미와 또 다르다고들 하지 않습니까? 나는 부인이 딸을 낳아주어서 아주 좋습니다. 고맙습니다, 부인."

항수가 아이를 품에 안고 얼렀다. 그 모습에 겨우 부인이 마음을 놓았다. 어린 것 역시 저를 예뻐해주는 마음을 알았는지 서서히 울음을 그쳤다. 그제야 항수가 조심스럽게 아이를 부인 옆에 눕혀놓았다.

"참, 이름을 지었어요."

"벌써 지으셨습니까? 뭐라 지으셨습니까?"

"이 세상 끝까지 밝게 비추라는 의미로 흙토 변과 날일 변을 썼어요. 물이 많은 아이니, 물길을 어느 정도 막아주는 게 좋을 거 같고, 찬 아이니 따뜻한 기운이 더해지면 좋을 것 같아서요. 거친 흙과 뜨거운 해가 아이의 물길이 좋은 곳으로 흘러갈 수 있도록 인도해주길 바래야지요. 이름은……."

***

"뭐요? 왜 말을 하다 뚝 끊는 거요?"

하마터면 제 이름을 말할 뻔한 해명이 가슴을 쓸어내리며 티나지 않게 숨을 골랐다.

"그래서 여동생 이름은 뭐라고 지었느냔 말이오?"

잠깐의 기다림을 참지 못하고 운이 재촉을 거듭했다. 해명이 팩, 하고 몸을 돌렸다.

"어찌 외간 여자 이름을 물으시오?"

"뭐요?"

"여인의 이름은 함부로 말해주는 게 아니오. 그런 것도 모르신단 말이오?"

기가 막힌 운이 콧바람을 내뿜었다. 아니, 묻지도 않은 이야기를 술술 할 때는 언제고 이제 와서 다 말해도 이름은 말을 못해주겠다니 이게 대체 무슨 상황이냔 말이다.

흙토 변에 날일 변이 들어가는 이름이 대체 무엇인지 잔뜩 궁금하게 만들어놓더니 적반하장도 분수가 있지, 운에게 외간 여자 이름을 왜 묻느냔다. 기가 막혀 콧구멍으로 숨을 쉬기가 어려울 지경이다.

"내가 캐물은 거요? 그쪽이 말하다 만 거지. 그리고 미주알고주알 시키지도 않은 말을 다 늘어놓을 땐 언제고 이제 와서 이름만 말해주지 못하겠다는 건 뭐요?"

"아, 내 마음이오. 어쨌거나 난 내 여동생 이름을 함부로 말해줄 수 없소."

"아니 이름은 못 말해주면서 팔자는 왜 다 말한 거요? 거참 이상한 오라비네. 여인의 팔자는 함부로 떠들어도 되고 이름은 말하면 안 된다는 거요? 무슨 기준이요, 대체?"

"아, 그럼 듣지 마시오. 지금부터 말 안 하겠소."

아쉬울 것 없다는 태도로 해명이 입을 꼭 다물었다. 고삐를 쥔 운의 손이 부들부들 떨렸다. 죽일 듯한 기세로 해명을 노려보았으나 동그란 뒤통수는 아무 일도 없었다는 듯이 좌우로 까딱거리기만 할 뿐이었다.

성질을 못 이긴 운이 씨근덕거렸다. 분대로 하자면 목청이 터져라 고함이라도 지르고 싶은데 또 막상 그 말간 얼굴을 보면 아무것도 할 수 없으니, 도무지 모를 일이었다.

다그닥거리는 말발굽 소리만이 한적한 산길을 울렸다. 성질이 가라앉고 나자 이름도 이름이지만 임자년 임자일에 태어난 그 드센 여인의 팔자가 대체 어찌 흘러갔을지 궁금증이 솟았다.

끝마치지 않은 이야기를 마저 듣고 싶었다. 이름이 무에 그리 대수라고 성질을 부렸을까, 슬그머니 후회가 될 지경이었다. 헛기침을 두어 번 해서 인기척을 낸 운이 앞에 앉은 이의 등을 툭툭 쳤다.

"여인의 이름을 물어서 미안하오."

흘끗 돌아보는 두 눈이 생각 외로 사납지 않았다. 아니 오히려 꽤 미안해 하는 표정이었다.

"뭘, 괜찮소. 그쪽 말이 맞소. 말하다가 거기서 끊으면 궁금할 만하지."

응대하는 말투와 목소리가 아주 부드러웠다. 운의 마음이 그제야 놓였다.

"내 말이 그 말이오. 그러니 거, 그, 괜찮으면, 얘기 계속 해보시구려. 그것도 거기서 끊기니 궁금하구려."

안 한다고 하면 어쩌나, 말을 내뱉어놓고서 긴장한 운이 해명의 기척을 살폈다. 허나 돌아앉은 이는 한동안 아무런 말이 없었다. 동그란 뒤통수를 아무리 보고 또 봐도 움직임에 변화도 없었고 숨소리도 골라서, 얘길 계속할 건지 안 할 건지 도통 모를 일이었다.

도무지 무슨 생각을 하는 건지 짐작하기 어려워 운은 다시 초조해졌다. 뭐라고 또 말을 꺼내야 하나, 막 운이 입을 떼려는 순간 해명이 말을 건넸다.

"목이 마르오. 혹시 물이 있소?"

"물?"

운이 제 허리춤을 더듬거렸다. 궐에서 나오기 전 유내관이 챙겨준 작은 물 항아리가 손에 잡혔다. 운이 재빨리 그것을 해명에게 건넸다.

"여기 있소."

"고맙소."

움직이는 말 위에서 물을 마시느라 해명이 고개를 한껏 뒤로 젖혔다. 길고 하얀 해명의 목이 드러났다. 흰 목은 매끈한 것이 목젖이 도드라지게 튀어나오지 않아, 꼭 계집 같았다.

얼굴에서 드러나는 나이로 짐작컨대 변성기는 이미 지난 지 오래일 듯하니, 아마 애초에 작게 타고난 모양이었다. 길게 드러난 매끈한 목이 꼭 사슴 같아서 운이 저도 모르게 손을 뻗었다.

"그대는 목젖이 참 작구려."

운의 손이 해명의 목에 닿는 순간, 온몸이 들썩거릴 정도로 해명이 화들짝 놀랐다.

"어어어어."

완전히 균형을 잃어버린 해명의 몸이 순식간에 말 아래로 미끄러졌다. 그대로 말에서 떨어지려는 해명을 운이 재빨리 붙잡아 제자리로 끌어올렸다.

"뭐하는 거요?"

운이 버럭 고함을 지르자 해명이 목을 움츠렸다. 처음으로 운이 기대한 대로 해명이 반응한 순간이었다.

"아니 그쪽에서 갑자기 손을 뻗으니 놀라서."

"그렇다고 그리 움직이면 어쩌오? 하마터면 떨어질 뻔하지 않았소?"

"미안하오."

"참 나, 별 사람을 다 보겠네."

"누가 내 몸에 손대는 걸 별로 안 좋아한단 말이오."

"별, 누가 때리기라도 했나. 목젖이 작아 두드러지지 않는 것이 하도 신기하여 얼마나 매끈한가 좀 만져보려고 한 것뿐이오. 그게 뭐 큰일이라고 호들갑이오?"

"순간 놀라서 그랬지. 뭐 그럴 수도 있는 거 아니오."

해명이 불퉁한 얼굴로 입을 다물었다. 잠시 두 사람 사이에 어색한 기류가 흘렀다.

"놀라긴 내가 더 놀랐지, 무슨. 거 얘기나 계속하시오. 놀란 거 좀 가라앉히게."

기회를 틈탄 운이 이번엔 제법 당당하게 요구했다.

해명이 군말 없이 고개를 끄덕였다. 제 생각에도 이 어색한 분위기로 계속 가느니 차라리 이야기를 하는 게 나을 성싶었던 것이다. 더 이상 이름만 캐묻지 않는다면, 딱히 해명이 이야기하길 꺼릴 것도 없었다. 자세를 반듯이 한 해명이 이야기를 시작했다.

"자랄 때부터 그 아이는 좀 특별했소."

***

타고난 사주대로 해명은 어려서부터 월등했다. 뭐든 또래보다 빨랐고, 뭐든 또래보다 뛰어났다. 키도 크고 이목구비도 또렷했으며 성격도 대범했다.

잘 울지도 않았고, 겁도 없었는데 호기심은 아주 많았다. 게다가 매우 총명하여 지나가듯이 하는 말조차 잊어버리는 법이 없었다. 하나를 가르쳐주면 열을 알았다. 아니 가르쳐주지 않아도 먼저 알았다. 오라비가 글을 배우는 걸 어깨너머로만 보고도 그보다 먼저 천자문을 뗐을 정도였다.

해명이 아주 영특하다는 것을 일찌감치 알아챈 항수는 해명을 오라비와 함께 가르쳤다. 암탉이 울면 집안이 망한다고 윤씨 부인은 반대했으나, 항수는 타고난 것을 억지로 억누르는 것보단 생긴 그대로 살게 해주는 게 자연의 섭리를 옳게 따르는 것이라고 맞섰다.

"이 아이가 이러한 성향을 타고난 데는 그 나름의 이유가 있을 것입니다. 하늘의 이치가 그러하다면 주어진 대로 자연스럽게 사는 게 제일입니다. 억지로 막으면 그것이 오히려 잘못되어 문제가 생길 수 있습니다."

"계집이 많이 배워 무엇할 것이냐?"

"현명한 어머니가 되어 똑똑한 자식들을 키워내겠지요. 신사임당이 율곡 선생을 길러낸 것처럼 말입니다. 신사임당도 어려서부터 책을 많이 읽어 시도 잘 짓고 그림도 잘 그리지 않았습니까?"

항수는 모친의 비난으로부터 해명을 두둔할 때면 늘 신사임당을 예시로 들었다. 여인의 미덕은 혼인해서 남편을 섬기고 자식을 잘 키우는 것이 전부라 여기는 모친에게 신사임당보다 더 좋은 예는 없었다.

신사임당을 가져다 붙여 이야기하는 항수의 말은 누가 들어도 꽤 그럴싸했던 터라, 모친은 그럴 때마다 꿀 먹은 벙어리가 되곤 했다.

사실 항수는 신사임당에 대해 잘 몰랐다. 신사임당의 사주도 몰랐다. 둘의 사주가 비슷하다는 확신도 없었다. 해명이 신사임당처럼 살지도 아직은 모를 일이었다. 그저 덮어놓고 해명의 일이라면 무조건 반대하는 어머니를 달래기 위한 임시방편으로 끌어다 쓰는 핑계에 불과했다.허나 단 하나 항수가 분명하게 아는 것은 해명이 신사임당만큼 혹은 그보다 더 똑똑하다는 것이었다. 해명은 가르치면 가르쳐준 것 이상의 성과를 보이는 아이였다. 오라비보다 늦게 배웠으나 오라비보다 배는 빨리 깨쳤다.

해명을 보면서 항수는 차라리 아들이었으면, 그런 생각을 종종 하곤 했다. 윤씨 부인은 사내가 드센 팔자를 타고 났으면 가문이 멸문지화를 당할 수도 있었다고 해명이 딸로 태어난 것을 차라리 다행이라고 여겼다. 하지만 항수는 여인이란 이유로 타고난 재능을 펼칠 기회조차 얻지 못하는 해명의 처지가 늘 안타까웠다.

"너처럼 영특한 아이가 평생을 대문 안에서만 갇혀 살아야 하다니, 아깝구나. 네가 앞으로 만날 세상이 네가 머물기엔 너무 작고 좁아 답답하겠다."

항수는 해명에게 아들과 똑같이 말 타는 법과 활 쏘는 법도 가르쳤다. 키가 훌쩍하니 크고 팔다리가 긴 해명은 몸이 가볍고 날래서 그마저도 제 오라비보다 더 쉽게 배웠다.

"살다 답답한 일이 많을 것이다. 그때 속병을 앓지 말고 이리 풀어라. 너는 네 기운이 강하므로 네 뜻대로 일이 안 풀리면 화병이 날 수도 있다. 몸을 써서 속에 울화가 쌓이지 않도록 하여라."

"어찌하여 자꾸만 살면서 답답할 일이 많다고 하십니까?"

"나중에, 나중에 더 크면 알게 될 것이다. 아비가 왜 이런 말을 했는지 알게 되었을 때 지금 내가 한 말을 기억하거라. 알겠느냐?"

"네."

사주로 보나 타고난 성격으로 보나 해명이 신사임당처럼 어리석은 이를 남편으로 받들어 모시면서 자식을 훌륭히 키워낼 여인으로는 보이지 않았다. 일단 관이 충을 맞았으니 사내답지 않은 남편은 무시할 게 안 봐도 뻔했다.

거기에 사주에 식신이 없으니 기본적으로 모성애가 강하지도 않아 허접한 남편의 자식은 원하지도 않을 뿐만 아니라 아이를 낳는다 해도 무조건 애정을 가지고 잘 키워낼 성격도 아니었다. 오히려 해명은 지나치게 총명해서 불행할 수밖에 없었던 허난설헌처럼 될 가능성이 높았다.

항수는 해명이 난설헌처럼 불행해질까 봐 염려스러웠다. 해명이 살다 제 처지를 비관하지 않기를 바랐다. 그러니까 항수의 모든 가르침은 결국 해명이 앞으로 겪어내야 할 세상을 준비시키는 일이었던 셈이다.

허나 항수의 깊은 속을 알 리 없는 윤씨 부인은 아들이 시키는 손녀 교육이 영 마음에 들지 않았다. 윤씨에게 해명은 눈엣가시였다. 윤씨는 무슨 일이든 집안에 안 좋은 일이 생기면 계집애가 드세서라고 혀를 차며 해명을 탓했다.

항수는 그럴 때마다 해명을 감쌌으나 바깥일을 하는 사내가 가정을 완벽히 통제하기란 불가능했다. 항수가 아무리 신경을 쓴다 한들 해명은 주로 사랑채에 머물며 바깥일을 하는 항수보단 안채에서 집안을 총괄하는 조모인 윤씨와 많은 시간을 보낼 수밖에 없었다. 따라서 항수의 노력에도 불구하고 해명은 어려서부터 할머니 윤씨가 하는 온갖 악담을 고스란히 다 들으며 자랐다.

자신과 아무 상관없는 사건조차 제 탓이라고 하는 윤씨의 원망 때문에 해명은 귀에 못이 박힐 지경이었다. 해명의 기억이 존재하는 순간부터 윤씨는 매몰찼다. 특히 오라비에게 무슨 일이라도 생겼다 하면 원인불문, 해명만 잡았다.

"네년이 하나밖에 없는 오라비 앞길을 막아서 이 모양인 것이다. 계집이 드세니 사내가 기를 펼 수가 있나!"

오라비 키가 작은 것도, 잔병치레가 잦은 것도, 몸이 약한 것도, 성격이 괴팍한 것도 다 해명 탓이었다. 왜 그게 내 탓이냐고한 번 되묻지도 못했다. 아니 되물을 생각조차 하지 못했다. 자라는 내내 지겹게 들은 말이라 해명은 그게 당연한 줄 알았다.

왜 그게 제 탓일까 의문조차 가지지 않았다. 그저 그 모든 건해명의 탓이었고, 해명의 잘못이었고, 해명의 죄였다. 그래서 해명은 별것 아님에도 오라비에게 잘못했다, 라고 사과하곤 했다. 왜 사과하는지도 모르면서 말이다.

하지만 머리가 굵어지고 공부가 깊어지면서 해명은 점점 왜 오라비와 관련되어 일어나는 일들이 조모의 말대로 모두 다 제 잘못인 걸까 의문을 가지게 되었다. 의문이 의심을, 의심이 반발심을 불러일으키기까지는 그리 긴 시간이 걸리지 않았다.

비를 맞으며 놀다 고뿔에 걸린 건 오라비인데 왜 그게 제가 혼나야 될 일인지 이해가 가지 않았다. 아무리 생각해도 오라비가기침을 하는 건 비 오는 날 논 탓이지 저와는 상관이 없었다.

오라비에게 자식이 생기지 않는 건 오라비가 새언니와 합방을자주 하지 아니 하고 기생집으로 도는 탓이지 제 탓이 아니었다. 오히려 저는 오라비에게 새언니와 좀 잘 지내라 권하기까지 했다. 헌데 왜 조카가 생기지 않는 게 제 탓이란 말인가.

억울했다. 이건 분명 잘못된 일이다. 해명의 확신이 확고해진 어느 날, 끝내 참다못한 해명은 처음으로 저를 혼내는 할머니에게 말대꾸를 했다.

"제가 뭘 어쨌다고 다 제 탓이라는 것입니까? 오라비에게 생기는 일들이 왜 다 제 탓이란 말입니까?"

"이년이! 어디서 눈을 똑바로 뜨고 대거리를 하는 게야?"

"그것이 아니라 제 말은!"

"시끄럽다! 어디서 계집이 눈을 똑바로 뜨는 게야?"

"할머니, 그게 중요한 게 아니지 않습니까. 제가 드리고 싶은 말씀은……."

"시끄럽대도! 네 감히 누굴 가르치려 드는 것이냐?"

윤씨 부인은 해명의 말을 들으려고도 하지 않았다. 그저 눈에 보이는 해명의 태도만을 문제 삼으며 진노했다.

"내 저년이 언젠가는 저럴 줄 알았다. 저럴 줄 알았어! 저 하는 것 좀 봐. 이래서 임자년엔 애를 낳으면 안 됐던 것을! 사주에 양인에 편관까지 있으니, 저년이 결국은 집안을 말아먹고 말 것이다!"

고함지르며 할머니가 쏟아내는 말들 중 사주, 양인, 편관, 임자년이 정확히 해명의 귀에 꽂혔다. 윤씨 부인이 그토록 자신을 싫어하던 감정의 실체가 어디서부터 비롯된 것인지 명확하게 해명에게 전달된 순간이었다.

영리한 해명은 할머니의 감정이 근거 없는 증오가 아니라 어딘가에 기반한 미움이라는 것을 알아차렸다. 그리고 그 해답을 사주, 편관, 양인, 임자라는 글자에서 찾을 수 있다는 것을 눈치 챘다.

"사주가 무엇입니까? 양인이랑 편관은 또 뭐고요? 임자년에 애를 낳으면 왜 안 됩니까?"

퇴청한 항수를 붙잡고 해명은 제가 들었던 말의 뜻을 알기 위해 질문을 쏟아냈다.

궁금함을 가득 품은 딸의 얼굴을 항수가 안쓰럽게 쳐다보았다. 굳이 어디서 들었냐고, 누가 그랬냐고 묻지 않아도 어떤 상황이 벌어진 것인지 짐작할 수 있었다. 그런 말을 해명에게 할 사람은 집에서 단 한 명뿐이었다.

"궁금하냐?"

"네, 알고 싶습니다. 알려주세요, 아버지."

사서삼경, 논어, 사기, 맹자에 시경까지 가르쳤지만 부러 주역은 가르치지 않았다. 해명의 성격에 주역을 공부하면 명리학까지 파고들 게 분명했다. 그리고 명리학을 알게 되면 분명 제 사주를 풀어볼 것이다. 헌데 책대로 해석하면 해명의 사주에서 좋은 말이 나올 리 없었다. 결국 실망하고 속상해할 것이다.

제 예상대로 흘러갈 게 뻔한 상황이 염려스러워 항수는 애초에 주역을 가르치지 않았다. 어차피 겪어내야 할 일은 겪어낼 수밖에 없고, 당할 일은 당하고 지나가야 한다는 게 항수의 생각이었다. 팔자 도망은 못한다는데 괜히 미리 제 사주의 나쁜 점을 알아 길게 남은 삶을 슬프게 속단하도록 하고 싶지 않았다.

"정녕 궁금한 것이냐."

"네, 꼭 알고 싶습니다. 꼭이요."

허나 이미 무엇인가 짐작한 바가 있어 물어오는 이상 더 감추는 것은 불가능했다. 제가 가르쳐주지 않는다 해도 해명은 어떻게든 알아낼 성격이었다. 잘못된 것을 알게 두는 것보단 바른 길로 인도하는 게 차라리 나을 성싶었다.

항수는 쌓여 있는 서책들 속에서 주역과 서자평을 찾아 해명에게 건넸다.

"읽어봐라. 읽으면 이해가 될 것이다. 이해가 되지 않는 대목은 물어보거라. 책은 그저 이론일 뿐, 그게 전부는 아니다. 명심해라. 책의 내용이 모든 것이라고 절대로 믿어서는 아니 된다."

"알겠습니다."

***

"아니 동생이 이미 서자평과 주역을 읽었다면 사주를 뭐 하러 보러 가오?"

계곡 근처에 이르자 운이 말을 멈추었다. 얼었던 길이 녹아 온통 진흙탕이 된 까닭에 말이 더 이상 앞으로 나가지 못하고 제자리 걸음 중이었기 때문이다.

"그때 동생은 공부하지 못했소."

"왜?"

"그때쯤 동생의 혼담이 오갔소. 하루가 멀다 하고 중매쟁이가 집을 드나들어 동생은 공부에 집중할 수 없었소."

운이 먼저 말에서 훌쩍 뛰어내렸다.

"내리시오. 걸어야 할 성싶소."

"여기까지면 됐소. 이제부터 혼자 걸어가겠소. 데려다줘서 고맙소."

말에서 내린 해명이 운에게 고개를 꾸벅 숙여 인사했다.

"싫소. 여기까지 왔는데 나도 품삯은 받아야지."

"품삯이라니? 돈을 달란 거요?"

"내가 돈 궁하게 생겼소?"

"아니, 그건 아니오만."

"품삯이 뭔지는 도착하면 말해주겠소. 거 이야기나 계속해보시오. 그래서 동생은 시집을 잘 갔소?"

운이 앞서 걷기 시작하자 해명이 잰 걸음으로 곁에 따라붙으며 말을 이었다.

"동생은 사주 탓인지 혼처를 정하기까지 오래 걸렸소. 그 사이 중매쟁이만 수없이 오가면서 애를 심란하게 만들었지. 긴 시간 끝에 결국 혼처가 정해졌소."

***

"드디어 네 혼처가 정해졌다."

항수가 기쁜 얼굴로 해명을 보았다.

"이제 사주단자를 보낼 것이다. 조부와 부친이 직제학을 지낸 학자 집안이다. 곧 시집갈 몸이니 앞으로 몸가짐을 단정히 하거라. 밖에 나가는 일은 삼가고."

사실 해명은 그다지 기쁘지 않았다. 허나 즐거워하는 아비 앞에서 제 속내를 보일 수는 없었다.

"부러 학문을 좋아하는 집안으로 골랐다. 딸과 아들을 똑같이 가르쳤다고 하니, 네가 책을 본다 하여 뭐라 하지 않을 것이다. 네 신랑 될 사람은 너보다 한 살이 많은데 벌써 초시를 통과할 정도로 아주 똑똑한 이라고 칭찬이 자자하더라."

혹여나 딸이 불행해질까 봐 항수는 사윗감을 고를 때 가문이나 재력보다 그 집안의 분위기를 살폈다. 학문을 좋아하는, 그래서 여자가 책 읽고 글 쓰는 것을 싫어하지 않는 집을 찾았다. 그렇게 오랫동안 고심한 끝에 고르고 고른 사윗감이었다.

"너는 현명한 아이니 시집가서도 잘살 게야."

항수의 위로를 들으며 돌아서는 해명의 심경은 복잡했다. 혼처가 정해지지 않을 때는 시집을 못 갈까 봐 걱정스럽더니, 막상 혼처가 정해지자 시집을 가는 게 내키지 않았다. 참 이상한 마음이었다.

윤씨 부인은 해명의 혼처가 정해졌단 소식을 듣고 기뻐하면서도 한편으론 사주 때문에 다 된 혼담이 끝내 깨지진 않을까 걱정했다. 그것은 항수 역시 마찬가지였다. 허나 어쩐 일인지 해명의 사주단자를 보고서도 신랑 될 집에서는 별다른 말을 하지 않았다. 윤씨는 혹시 남편 팔자가 더 사나워 아무 말 안 하는 거 아니냐며 끝까지 의심했으나 항수가 봤을 때 신랑 될 이의 사주는 지극히 평범했다.

항수는 해명의 복인 모양이라고 기뻐했으나 윤씨는 끝까지 불안해하며 의심했다. 결국 혼례 날까지 정해지고 나서야 윤씨는 안도하며 좋아했다. 허나 해명의 모친인 정씨는 그때까지도 마음을 놓지 못했다.

"알고 보면 사내에게 큰 흠이 있다거나 한 거 아닙니까."

"말도 안 되는 소리! 내 그런 것도 알아보지 않았을까 봐요? 부인 대체 왜 이러시는 게요?"

"그쪽에서 우리 애 사주를 보고도 아무 말이 없으니 하도 불안해서요. 어머님 말씀으로는 누가 봐도 드센 사주라…….""

"내 누누이 말하지 않았소? 어머니는 사주에 대해 잘 모르시오. 그저 들은 풍월을 가지고 말씀하실 뿐이에요. 왜 어머님 말씀만 듣고 그리 걱정하시는 게요? 사주란 게 그리 간단한 게 아니에요. 아주 흉한 것처럼 보이는 사주도 시기와 사람을 잘 만나면 그게 복으로 바뀌기도 한다더이다. 우리 애 사주가 그 집안에서는 복덩이일지도 모르는 일 아니겠소? 어찌 나쁜 생각만 하시는 게요?"

"어머님 말씀만 내도록 들었더니 저도 너무 걱정이 되어서요."

"그만하세요. 다 잘될 것이오. 내가 저 아이 혼처를 얼마나 고심해서 골랐는지 잘 알지 않소? 도성 바닥을 샅샅이 다 훑어서 고르고 고른 자리요. 염려 마세요."

항수는 불안해하는 부인을 달랬다. 허나 그럼에도 마음을 다놓을 수 없는 정씨는 혹시나 딸이 흠을 잡힐까 봐 할 수 있는 한 최선을 다해 혼수를 마련했다. 기둥뿌리가 뽑히겠다는 시어머니의 힐난을 받으면서도 굽히지 않았다. 처음으로 시어머니에게 반항하면서까지 정씨는 해명의 혼수에 애를 썼다. 보다 못한 해명이 부담스러워 말릴 정도였다.

"너무 과합니다, 어머니."

"너는 아무 말 할 것 없다."

"어머니."

"혼수는 아무리 과해도 부족하지 않다. 그래야 시집가서 할 말이 있어. 너는 기죽고는 못 살 성격이지 않니. 이게 네 기를 살려줄 것들이다. 그러니 가만 있어."

이렇게까지 해서 시집이란 걸 가야 하는 걸까. 해명의 마음은 복잡했다. 대단히 마음 써주는 부모가 고맙기는 했으나 아무리 봐도 짐짝처럼 치워지는 느낌을 저버릴 수가 없었다. 대체 제 사주가 뭐가 얼마나 그렇기에 이러는 건가, 궁금한 마음에 주역과 서자평을 들여다보기도 했으나 마음이 심란해서인지 글이 잘 들어오지도 않았다.

그러던 중 윤씨 부인이 먼저 나서서 시집 갈 손녀를 위해 신부수업을 자청했다. 헌데 그 신부수업이라는 것이 배우면 배울수록 갑갑하기 짝이 없어 안 그래도 복잡한 해명을 더 우울하게 했다.

"여자는 비록 능히 시서를 통하여 깨닫지 못하지만, 진실로 한 자락 부녀의 맑은 규범이 있는 것이다."

"어찌 여자는 시서를 통하여 깨닫지 못한단 말입니까? 저는 시서를 읽고 많은 것을 배웠습니다."

"이것이! 또 말대꾸를 하는구나! 네가 시집가서도 이리 오만방자하게 굴까 참으로 걱정스럽다. 시집가면 귀머거리 삼 년, 벙어리 삼 년, 장님 삼 년이다. 특히 너는 말을 조심해야 한다. 내훈을 배운 걸 기억하느냐? 마음에 두고 있는 것이 정이요, 입 밖에 내는 것이 말이니, 사람의 온갖 영예와 치욕에 관계되는 중요한 구실을 하는 것이며, 사람과의 관계에 있어서 친하고 먼 것의 중요한 마디를 뜻하는 것이다. 말은 능히 굳은 것을 풀게도 하고, 서로 다른 것을 합쳐지게도 하며, 원한을 사게도 하고, 적대감을 불러일으키게도 한다. 그러므로 이것이 커지면 나라를 뒤엎고 집안을 망치며, 사소한 것이라 할지라도 육친을 이간시키는 것이 된다. 이런 까닭으로 현명한 여인들은 입을 조심하며, 부끄러운 일이나 비방 따위를 불러들이지 않을까 두려워하는 것이다. 허니여인이 말을 많이 하면 집안의 근심이라. 입을 다물어라. 입을 다물란 말이다. 말대꾸 같은 건 절대 해선 안 돼!"

"허면 남편의 그릇된 점을 보고도 간언을 하지 말아야 한단 말입니까?"

"어찌 감히 여인이 남편의 행실을 옳다 그르다 함부로 판단한단 말이냐?"

"부부니까요."

"여인은 시집가기 전에는 부모를 모시고, 시집가서는 남편을 섬기고, 혼자된 뒤엔 자식을 받든다고 했다. 남편은 네가 모셔야할 사람이야! 감히 지아비에게 간언이라니? 쯧쯧쯧, 큰일이다. 정신머리가 이래서는 시집가서 딱 소박맞기 좋겠구나."

윤씨 부인이 가르치는 내용은 단순했다. 길고 길게 풀어썼으나 결국 하고자 하는 말은 그냥 죽은 사람처럼 납작 엎드려서 살라는 게 전부였다.

얼굴조차 모르는 사내와 혼인을 해야 하는 것도, 아는 사람 하나 없는 집에 가서 살아야 하는 것도 생각하면 숨이 턱턱 막힐 노릇인데 앞으로 제게 주어진 삶 역시 갑갑하기 짝이 없었다.

해명은 그제야 아버지가 왜 제 세상이 좁을 것이라 걱정했는지 알 수 있었다. 맞았다. 앞으로 살아내야 하는 해명의 세상은 너무나 좁았다. 그저 생각만으로도 숨이 쉬어지지 않을 정도로 좁았다.

"아씨는 왜 시집갈 새색시 얼굴이 그런대요? 안 좋습니까요?"

"좋긴 뭐가 좋으니. 좋을 거 하나 없다."

"시집가면 다 좋다고 하던데."

"그리 좋으면 니가 대신 갈래? 너랑 나랑 바꾸면 어떠냐?"

"아이고, 농이라도 누가 들으면 큰일 날 소리하십니다요."

몸종인 분이는 장난인 줄 알고 웃으며 손사래 쳤으나 해명은 진심이었다. 시간이 더디 가기를 빌었다. 하늘이 무너지고 땅이 꺼지기를 바랐다. 속절없이 뜨고 지는 해가 미워서 눈물이 다 날 지경이었다.

그랬기에 신랑 될 이가 급사했다는 소식을 들었을 때 가장 먼저 든 생각은 시집가지 않아도 된다는 것이었다. 그러자 슬프긴커녕 기뻤다. 온 집안이 초상난 집보다 더 초상집이었으나 해명만은 속으로 깨춤을 추고 있었다.

"저년이 결국 팔자대로 가는구나!"

악을 쓰며 윤씨 부인이 온갖 악담을 퍼부어도 해명은 괜찮았다. 얼굴도 모르는 사내였다. 이름 석 자도 제대로 들어본 적이 없는 이가 죽었을 뿐이다. 마당에 핀 들꽃이 시들었을 때보다도 가슴 아프지 않는 게 당연했다. 시집가지 않게 되어서 다행이란 생각밖엔 안 들었다. 부인 정씨가 울고 항수가 위로의 말을 건넬 때도 해명은 아무렇지도 않았다.

아무렇지도 않은데 아무런 척하는 게 오히려 더 곤욕스러워 힘들 정도였다. 생과부가 되었다고는 하나 그게 뭐 그리 큰일인가 싶었다. 생각해보면 이제 앞으로 그 어디에도 가지 않고 제가 살던 집에서 평생 살 수 있었다. 혼인이니 뭐니 이제 영원히 남 일이 된 것이다. 해명은 행복했다. 그래서 팔자가 드세서 혼인도 하기 전에 남편 잡아먹었다는 조모의 비난에 조금도 상처받지 않았다. 오히려 하늘이 도왔다 싶어 감사하기만 했다.

허나 얼마 지나지 않아 항수가 사화에 휘말려 귀양을 가게 되자 해명은 더 이상 제 팔자가 좋게 느껴지지 않았다. 이젠 조모가 하는 말들도 허투루 넘길 수가 없었다.

"저년이 지 신랑 될 사람을 잡아먹더니 결국은 집안을 다 말아먹는구나."

시집가지 않길 바랐다. 드센 제 사주가 하늘을 무너뜨리고 땅을 꺼뜨리길 바랐다. 조모가 입버릇처럼 말하는 흉악한 제 사주의 기운이 발휘되기를 빌고 빌었다. 그리고 끝내 시집가지 않게 되었을 때 드센 제 사주에 고맙기까지 했다.

하지만 아비가 귀양 가는 것을 바라진 않았다. 하늘이 무너지고 땅이 꺼지는 일 중에 제 아비가 귀양 가는 일도 있는 줄 알았다면 그런 소원을 경망스럽게 빌지도 않았을 것이다. 해명은 유배지로 떠나는 아비의 수레에 매달려 오열했다. 차라리 자신을 대신 끌고 가라며 울었다.

"네년 때문이다. 이 모든 게 다 네년 탓이야!"

항수가 귀양 간 그날부터, 윤씨 부인은 해명을 볼 때 마다 악을 썼다. 조모의 행패를 고스란히 당하면서도 해명은 꿀 먹은 벙어리였다. 혼담한 집에서 해명을 며느리로 받지 않겠다고 통보하자 윤씨 부인은 저 팔자 센 년이 이 집 구석에서 나가지도 않고 집안을 다 들어먹고 말 거라며 펄펄 뛰었다. 그러다 끝내 윤씨는 제 화를 이기지 못하고 자리보전을 하고 누웠다. 지나친 화가 병으로 번진 것이다.

누워서도 윤씨는 제 울화를 이기지 못하고 해명에 대한 저주를 쉬지 않고 퍼부었다. 그리하면 병이 낫질 않는다고 의원과 온 집안 식구들이 붙어서 말렸으나 아무 소용이 없었다. 결국 윤씨는 자리에서 일어나지 못한 채 그대로 세상을 떠났다.

**

해명은 한동안 말이 없었다. 운도 독촉하지 않았다. 두 사람은 말없이 어깨를 나란히 한 채 산길을 걷다 개울을 만났다.

"조심하시오."

작은 시내였으나 겨우내 얼었던 눈과 물이 녹아서인지 물살이 거셌다. 말을 앞세운 운이 먼저 건넜다. 해명이 두어 걸음 뒤에서 따라갔다.

"괜찮소?"

먼저 시내를 다 건넌 운이 걱정되어 뒤를 돌아본 순간 막 돌에 발을 딛던 해명이 놀라 비틀거렸다. 뒤로 넘어가는 해명을 운이 재빨리 잡아채 품에 안았다.

　"거 허우대 멀쩡하게 생겨서는 왜 이리 비실거리는 거요?"

　놀란 마음에 툴툴거리던 운이 단숨에 해명을 들어올렸다. 순식간에 운의 어깨에 떠메어진 해명이 버둥거렸다.

　"뭐하는 거요? 내려놓으시오!"

　"이러면 둘 다 물에 빠질 거요. 아직 물이 차단 말이오."

　운의 과장된 협박에 겁을 먹은 건지 해명이 얌전해졌다. 제 말을 얌전히 듣는 모습에 기분이 좋아진 운이 히죽거렸다. 앞서 간 말이 기다리고 있는 곳까지 운은 부러 천천히 걸어갔다.

　"왜 그리 빽하면 비틀거렸는지 알겠네. 사내가 이리 가벼우니 그렇지. 키에 비해서 이거 원, 뭐 밥은 먹고 다니는 거요?"

　"이제 그만 내려놓으시오!"

　그 순간 해명의 몸이 다시 뒤집혔다. 땅에 그대로 떨어지는 거라고 생각한 해명이 눈을 꼭 감은 채 몸을 웅크렸다. 허나 예상과 달리 엉덩이에 닿는 바닥이 푹신했다. 조심스럽게 눈을 뜨자 말 위였다.

　당황하는 사이 운이 훌쩍 말 위로 올라탔다. 등 뒤로 단단한 가슴이 닿았다. 자신도 모르게 해명이 숨을 들이켰다.

　"아까 어디까지 얘기했었소?"

　등을 타고 낮고 묵직한 운의 목소리가 울려왔다. 해명의 몸이 순식간에 뻣뻣하게 굳었다.

"얘기 또 안 할 거요?"

해명의 눈치를 살피기 위해 운이 몸을 숙였다. 더운 숨결이 해명을 덮쳤다. 아까보다 몸이 더 뻣뻣하게 굳었다. 이러다간 이상한 낌새를 눈치 챌 것이다. 무슨 이야기든 시작해야 했다. 해명이 목소리를 골랐다.

"할머니까지 돌아가시자 집안사람들은 더 이상 여동생을 곱게 보지 않았소."

***

사람들은 윤씨 부인의 말대로 해명의 팔자가 세서 이 모든 사달이 난 거라고 수군거렸다. 이젠 모친과 오라비조차도 해명과 눈을 마주치길 꺼렸다. 제 팔자가 기가 찼다. 정말 진심으로 기가 막히고 코가 막혀 숨이 쉬어지지 않아 가슴마저 답답할 지경이었다.

이대로 손을 놓고 있을 순 없단 생각에 벼슬아치들의 이름과 사는 곳을 모두 알아내 찾아가 볼 결심도 했다. 허나 부친과 가까운 곳 두어 곳을 갔다가 걸려 오라비 손에 끌려와 외출을 금지당했다.

그는 해명에게 집안 망신이라고 했다. 계집이 무슨 행동을 하는 건, 그것의 목적이 무엇이건 간에 집안 망신이었다. 그저 아무것도 안 하는 게 도와주는 거라고 하니 해명 역시 그 이상 어쩔 도리가 없었다.

시집을 간 것도 안 간 것도 아닌 채로 과부가 된 것도 모자라 이젠 집안의 모든 우환을 불러오는 문제적 인물이 되었다. 갈 곳도 없고 오라는 곳도 없는 해명은 자의 반, 타의 반 별당에 갇혔다. 어차피 나가봤자 자신을 환영할 이는 아무도 없었다. 해명은 한동안 아무것도 하는 일 없이 누구도 만나지 않고 별당에 처박혀서 지냈다.

흘러가는 시간이 하염없이 길었다. 지루하고 지루해서 견딜 수 없게 되었을 때 날짜를 꼽아봤다. 일 년이었다. 고작 일 년밖에 지나지 않았다. 해명은 아직 스무 살도 되지 않은 나이였다. 이대로 육십, 칠십까지 살아야 한다고 생각하자 끔찍했다. 이런 팔자라니, 이렇게 별당에 갇힌 채 없는 사람처럼 죽을 때까지 살아야 하는 팔자라니, 말도 안 된다는 생각이 들었다. 구차한 목숨을 억지로 이어갈 바에야 차라리 일찍 죽는 게 낫겠다 싶었다.

차라리 죽자, 하는 생각에 서까래에 천을 감고 목을 맸다. 대단한 결심으로 저지른 일이었으나 막상 매달리는 순간 숨이 막히면서 눈앞이 아득해지자 단호했던 마음은 순식간에 사라지고 말았다. 너무 아팠다. 그리고 아픈 게 싫었다. 이렇게 아파야 한다면 죽기 싫었다. 살아야 했다. 살기 위해 발버둥 쳤다. 처절한 몸부림 끝에 바닥으로 떨어졌다.

꽤 높은 데서 대책 없이 떨어진 까닭에 온몸이 욱신거렸다. 정신이 돌아오자 눈물이 왈칵 솟았다. 대체 내 팔자는 왜 이 모양이란 말인가. 이리 살아야 할 팔자라면 왜 태어났단 말인가! 울화가 치밀었다. 이럴 수는 없었다. 이번 생에 제게 주어진 이 삶은 너무 가혹했다.

그 순간 갑자기 사주가 떠올랐다. 제 조모가 그토록 입에 침이 마르도록 말했던 그 사주, 그 팔자.

정말 이 모든 게 사주 때문일까? 처음부터 저는 이렇게 살도록 정해진 것일까? 사주엔 자신이 앞으로 어찌 살아갈지 다 나와 있는 걸까?

답답한 해명은 구석에 처박아두었던 주역과 서자평을 꺼냈다. 그날부터 해명은 명리학을 공부하기 시작했다.

명리학은 태극도를 기본으로 한 우주관을 바탕으로 했다. 즉 토대는 성리학과 같았다. 따라서 성리학을 공부했던 해명은 어렵지 않게 명리학의 기본 개념을 학습할 수 있었다. 하지만 성리학과 명리학은 깊이 들어가면 전혀 달랐다.

음양오행의 우주관을 이론적으로 이해하는 건 어렵지 않았으나 그것을 실제로 해석하는 것은 전혀 다른 문제였다. 서자평과 주역을 읽는 건 어렵지 않았으나 그것을 읽었다고 해서 제 삶을, 제 운명을 해석해낼 수는 없었다. 책을 읽는 것과 실전에 적용하는 건 전혀 다른 문제였다.

그저 해명의 학문적 수준에서 알 수 있었던 건 제 사주팔자가 결코 녹록치 않다는 것이었다. 허나 거기까지였다. 허면 이 녹록치 않은 사주팔자를 가진 이는 어떻게 살아야 하는지, 책은 알려주지 않았다. 해명이 정작 궁금해서 알고 싶었던 대목은 책에 없었다. 답답했다. 어떻게든 답을 찾아야 했다.

몰래 분이를 시켜 안 입는 오라비 옷을 훔쳐오게 했다. 그 옷을 입고 담을 넘어 동네에서 유명한 사주쟁이 집을 찾아갔다. 그런데 딱 봐도 사기꾼이었다. 첫눈에 해명은 그자가 용하지 않다는 것을 알아차렸다. 이런 자와 실랑이하며 시간낭비하기 싫었다. 자신은 진짜 용한 사주쟁이를 찾아야 했다. 제대로 알고 싶었다.

그날부터 해명은 매일 담을 넘어 가출을 강행했다. 물론 별당은 그 누구도 신경 쓰지 않았기에 아무도 몰랐다. 분이만이 매일 발을 구르며 걱정했다.

일 년여의 외출 끝에 해명은 사대문 안에 있는 사주쟁이란 사주쟁이는 다 찾아다녔다. 하지만 해명의 성에 차는 이는 단 한 명도 없었다. 그러다 수소문 끝에 아주 용한 사주쟁이가 일 년에 한 번 관악산에 온다는 소문을 듣게 되었다.

***

긴 이야기를 끝내자 아까보다 한결 마음이 편했다. 확실히 이야기하길 잘한 것 같았다. 저 혼자 안고 있던 것을 털어놓는 것만으로도 짐이 한결 가벼워진 느낌이었다.

"그 용한 자가 지금 이 산에 와 있다는 거요?"

"그렇소."

"대체 얼마나 용하다는 거요?"

"뭐 소문이니 과장됐을 수도 있지만 사주만 보고도 그 사주가 닭인지 개인지 사람인지도 다 맞춘다 하오."

"뭐요? 그게 말이 되오?"

운이 고함을 빽 질렀다. 다섯 살짜리 아이 같은 반응에 잠시 인상을 찌푸렸던 해명이 피식 웃었다.

"말도 안 되는 소리요. 어떻게 사주만 보고 사람인지 동물인지를 맞춘단 말이오?"

"나도 들은 거요. 입을 모아 다들 그렇다고 하더이다. 어떤 이들이 얼마나 용한가 시험해보려고 집에 박씨를 심은 뒤 그 날짜를 적어가서 물었더니 박이라는 것도 맞췄고 심지어 그 박이 중간에 떨어지는 날까지 맞췄다고 하더라오."

"허허, 거 무슨 말 같지도 않은 소리를. 이야기만 들어봐도 보나마나 미욱한 백성들 등쳐먹는 나쁜 놈이구만."

운이 혀를 끌끌 차며 화를 냈다. 해명은 그러거나 말거나 어깨를 으쓱할 뿐이었다.

"나쁜 놈인지, 아닌지는 만나서 보면 알지 않겠소?"

"아니 그 정도 단수 높은 사기꾼을 보고 어찌 안단 말이오? 보아하니 그쪽도 딱 속기 쉽게 생겼구만."

"뭐 내가 그리 모자란 줄 아시오? 다 보면 보이오."

"모자라지. 모자라니 사주쟁이한테 동생 인생을 물으러 가는 거 아니오?"

비아냥거리는 운의 말에 해명이 휙 뒤돌아보았다. 꽤 매서운 눈빛에 운이 움찔했다. 허나 운의 예상과 달리 해명은 화내지 않았다. 대신 그를 보며 가볍게 미소 지었다. 그 미소에 오히려 운은 더 당황했다.

"왜 웃는 거요?"

"주역이 뭔 줄은 아오?"

"그걸 왜 모르오?"

"읽긴 했소?"

"읽었지."

"이상하네. 학문이 참 짧아 보이는데. 천자문이나 갓 뗀 거 아니오?"

"뭐요? 아니 이 사람이 사람을 어떻게 보고! 이보시오, 세 살 때 천자문을 뗀 사람이오. 주역은 당연히 읽었지."

"주역을 읽었는데 사주에 대해 어찌 그리 무식한 말을 하시오?"

해명은 침착하고 나긋했다. 그와 반대로 운은 어느새 점점 얼굴이 붉어지고 목소리가 커지고 있었다. 분명 먼저 시비를 건 사람은 운이었는데 겉으로 보기엔 누가 봐도 운이 놀림을 당하는 모양새였다.

자기도 모르는 사이 또 말리고 있었다. 속으로 욕지거리를 내뱉으면서도 운은 대체 어디서부터 잘못된 건지, 그리고 지금 어떻게 빠져나가야 하는 건지 알 수 없었다. 되돌릴 수 없다면 제기세로 밀어붙여야 했다. 운이 목소리를 더 높였다.

"이 사람 보게? 내가 무슨 무식한 말을 했단 거요?"

"사주쟁이한테 자기 인생을 물으러 가는 게 무식하다고 하질 않았소? 그걸 무식한 일이라고 하는 것 자체가 본인이 무식하다고 말하는 것과 진배없잖소."

"아니, 그게 왜 내가 무식하다고 말하는 거요?"

"공자님이 주역 책을 즐겨 읽어 가죽 끈이 세 번이나 끊어졌단 소리를 못 들었소? 학문을 많이 배운 이일수록 주역의 중요성을 다 알고 있소. 주역과 서자평, 성리학의 이론적 토대는 결국 같소. 같은 나무에서 뻗어 나온 줄기들이란 말이오. 셋 다 태극도, 그 우주관을 바탕으로 하여 써진 것이오. 우리가 사주라고 하는 것도 결국 우주만물의 이치에 대해서 풀이해놓은 해설서를 가지고 우리 인생을 설명해주는 것이오. 태극도의 우주관을 바탕으로 사람의 도리에 대해 이야기하면 성리학이고, 사람의 삶에 대해 이야기하면 명리학 아니겠소? 헌데 무조건 사주보는 걸 보고 무식하다니, 그것이야말로 무식한 것 아니오?"

또다시 운은 꿀 먹은 벙어리가 되고 말았다. 조근조근 설명하는 해명의 말은 하나도 틀린 것이 없어서 분하고 억울했지만 더 이상 따질 수도 없었다. 그런 운을 어린 남동생 보듯 보던 해명이 고개를 돌려 눈 덮인 나뭇가지를 바라보았다.

"보시오. 겨울이 지나면 봄이 오오. 해가 따뜻하지 않고, 바람이 아직 차서 눈이 다 녹지 않았더라도 그 절기가 되면 나무는 귀신같이 알고 새순을 내놓는다오. 그게 음양오행이오. 인간이 다 알 수 없는 오묘한 자연의 이치, 우주의 법칙이지요. 우린 미욱한 인간이오. 이 거대한 우주에 비하면 한 톨 먼지와 같은 존재들이란 말이오. 그러니 이 먼지는 흘러가는 자연의 흐름에 따라 움직일 수밖에 없소. 나는 우리를 둘러싼 우주가 어떻게 흘러가는지 알고 싶은 거요. 그 흘러감에 몸을 맡기고 사는 것이 가장 자연스러운 삶이라 생각하기 때문이오. 만약 별당에 처박혀 일생을 살아야 하는 게⋯⋯ 동생에게 주어진 인생이라면 그 삶을 받아들이도록 노력할 것이고, 출가하는 게…… 동생에게 주어진 삶이라면 그렇게 하도록 내버려두어야지요. 사회적 규범이나 세상 사람들의 시선은 중요치 않소. 그보다 나는 내게, 아니 여동생에게 주어진 태초의 흐름대로 살게 하고 싶소. 그래서 사주쟁이를 만나러 가는 거요. 이제 알겠소?"

긴 연설에 운의 눈이 뾰족해졌다. 그러거나 말거나 제 말을 끝낸 해명은 태연하게 몸을 돌려 앞을 보았다. 속은 부글거리는데 틀린 말이 없으니 따질 수도 없었다. 운이 입을 씰룩거리며 불만스럽게 웅얼거렸다.

"지 생각은 그렇다 쳐도 이건 여동생 사주고, 여동생 팔자인데. 여동생 생각도 그런지 알게 뭐람."

"동생도 동의했소. 우린 아주 의좋은 남매요. 내 마음이 곧 내 동생 마음이오."

한마디도 지지 않는다. 짜증난 운이 감정을 담아 고삐를 팽팽히 당겼다. 어찌나 힘을 줬던지 팔과 손목에 푸른 핏줄이 도드라졌다. 심상치 않은 기세에 긴장한 말이 콧김을 내뿜었다.

"이랴!"

운의 호령에 말이 걸음을 빨리 하더니 이내 뛰기 시작했다.

"산길이 험하니 꼭 잡으시오!"

운이 해명을 단단히 감싸 안았다. 두 사람을 태운 말이 바람과 같은 속도로 달리기 시작했다.

3장

———

팔
자
소
관

우주의 원리인 음양오행은 산에도 적용되어 산 역시 음산과 양산으로 나눌 수 있었다. 흙이 많은 산은 음산이었고, 바위가 많은 산은 양산이었다.

음산은 여인처럼 포근하고 얌전했고, 양산은 사내처럼 기세가 강했다. 그래서 음산은 어미처럼 사람들에게 제 품을 내주었으나 양산은 쉬이 제 공간을 허락하지 않았다. 그리하여 음산엔 생존을 위한 이들이 기대 살았고, 양산엔 수도를 하려는 이들이 산과 겨룰 작정을 하고 들어갔다.

그러나 그렇게 기세등등하게 양산에 수도를 하러 들어갔던 이들 중 거의 대부분은 산의 기운을 이기지 못하고 중도 포기하기 일쑤였다. 개중 심약한 이들은 제 기운을 잃고 심지어는 미치기까지 했으니, 양산은 아무나 함부로 가는 산이 아니었다. 하지만 산의 기세를 견디기만 하면 능히 나라에 이름을 떨치는 이가 되곤 했다.

그래서 수도하는 이들은 위험을 무릅쓰고 기세가 강한 양산으로 들어갔다. 그래야 제대로 된 도사가 되거나 이름 높은 중이 된다고 했다. 어차피 속세를 떠나 보편적이지 않은 삶을 살기로 작정한 이들이라면 이왕 미칠 거, 제대로 미치고 싶은 게 그들의 본심이었다.

관악산은 양산인 동시에 오행으로 따지면 화산(火山)이었다. 화기가 많은 화산은 정기가 좋아 예로부터 사찰이나 암자를 많이 지었다. 한양을 둘러싼 여덟 개의 산 중에서도 관악산은 그 기세가 가장 강한 것으로 유명했다. 오죽하면 관악산의 화기를 막기 위해 경복궁 안에 해태를 세웠을까. 그 정도로 관악산은 기운이 강한 산이었다.

그러니까 애초에 헌복의 부모가 화전민이 되겠다며 숨어든 산이 관악산인 것 자체가 크나큰 실수요, 오판이었다. 관악산은 사람이 살 수 있는 음산이 아니었다. 긴 시간 애썼으나 끝내 헌복의 부모는 관악산에서 자리 잡지 못했다.

부모가 관악산에 들어와 한 일은 헌복에게 스승을 만나게 해준 게 전부였다. 그리하여 부모는 떠났으나 헌복은 관악산에 남았고 결국 사주쟁이가 되었다.

아니 어쩌면 헌복이 사주쟁이가 될 팔자라서 부모가 관악산으로 들어오게 된 것일지도 몰랐다. 그러니까 그건 닭이 먼저냐 달걀이 먼저냐 같은 의미 없는 곱씹음에 불과했다. 그저 팔자 도망은 못한다는 옛 말이 헌복의 과거와 현재를 잘 설명해주고 있었다.

***

이른 새벽에 암자에서 나온 헌복이 잰 걸음으로 연주대로 향했다.

경사가 가팔랐으나 짚신을 신은 헌복의 발은 매끄러운 바위 위에서도 거침이 없었다. 단숨에 연주대에 도착한 헌복이 주변을 둘러보았다. 작은 암자가 산꼭대기 아래 바위 틈 사이에서 위태롭게 자리하고 있었다.

헌복이 허리를 숙이며 암자 안으로 들어갔다.

"스승님."

허나 안엔 아무도 없었다. 방금까지 향을 피운 듯 코끝엔 알싸한 내음이 감돌았으나 사람의 흔적은 찾을 수 없었다. 또 허탕이었다. 아무도 없는 텅 빈 공간이었으나 헌복은 누구라도 있는 것마냥 허리를 숙여 공손히 인사한 뒤 돌아 나왔다.

"아직도 아니란 말인가."

삼십여 년 전 난이 터졌을 때 헌복과 스승은 헤어졌다. 백성들 안으로 들어가 그들을 도우라는 게 스승의 마지막 가르침이었다.

헤어지면서 스승은 때가 되면 만날 것이라 했다. 그때 헌복은 스승이 말하는 때가 전쟁이 끝난 뒤 자신이 다시 관악산에 오는 때를 일컫는 줄 알았다. 전쟁이 끝나자마자 관악산으로 왔지만 그곳에 스승은 없었다. 그리고 그날 이후 헌복은 스승을 보지 못하고 있었다.

의도적으로 스승이 헌복 앞에 모습을 보이지 않는 것이 분명했다. 스승은 때를 기다리고 있는 모양이었다. 하지만 대체 그게 언제, 무슨 때인 건지를 헌복의 짧은 소견으로는 이해할 수 없을 뿐이었다.

"무슨 때일까. 이리 긴 시간 기다려야만 하는 때란 대체 언제란 말인가."

조선팔도 최고의 사주쟁이라고, 모두가 헌복을 그리 일컬었으나 그런 천하의 헌복도 제 스승의 한 길 마음속은 알 길이 없었다. 헌복이 긴 한숨을 내쉬며 먼 곳을 바라보았다.

막 동이 트려 하고 있었다.

***

관리들의 가렴주구를 피해 숨어든 산에서 부모는 먹고 살길을 마련하기 위해 바빴으나 아직 어려 철없는 헌복은 노느라 바빴다. 물장구를 치다 배가 고프면 지천에 깔린 열매를 따 먹었고 나른해지면 따뜻한 바위에 엎어져서 졸았다.

산에 들어온 이후 매일 매일 헌복의 일과는 똑같았다. 몸이 지칠 때까지 그저 신나게 놀았다. 바쁜 부모는 아들이 낮 동안 무엇을 하는지 조금도 신경 쓰지 않았다.

그러던 어느 날 헌복은 한 늙은 중과 부딪혔다.

"네 이름이 무엇이냐?"

허름한 옷을 걸쳤으나 어린 헌복이 보기에도 눈빛이 형형한 것이 보통 사람이 아니었다. 기세에 질려서 묻는 말에 대답도 하지 못한 채 줄행랑을 쳤다.

제가 사는 곳을 알려주지도 않았는데 그 중이 저녁에 집 앞에 서 있는 것을 봤을 땐 너무 놀라 까무러칠 뻔했다. 겁에 질려 덜 덜 떠는 헌복을 보며 중이 빙긋 웃었다. 그것이 평생의 스승이 된 진무대사와의 첫 만남이었다.

"아이의 눈빛이 맑고 총명한 것이 영특해 뵙니다. 제가 공부를 가르쳐도 되겠습니까?"

"마음은 감사하지만 저희 형편에 뭐 드릴 게 없어서……."

"그냥 매일 아이를 암자로 보내만 주세요. 어찌 부처님을 모시 는 제자가 사사로운 것을 바라겠습니까."

"아이쿠, 스님이 그래주신다면 저희야 감사하죠."

입에 풀칠하기 빠듯한 부모는 당장 출가를 시키라고 했어도 그 것을 거절하지 못하고 고민했을 것이다. 헌데 공짜로 공부를 가 르쳐준다니, 부모 입장에선 백팔 배를 해도 부족할 정도로 감사 한 일이 아닐 수 없었다.

그날 이후 헌복은 아침을 먹은 뒤 곧장 집을 나서 연주대 아래 있는 진무대사의 암자로 향했다.

진무는 일단 천자문부터 가르쳤다. 영특한 헌복은 빨리 깨쳤 다. 사서삼경과 소학을 떼기까지 그리 오래 걸리지 않았다. 그리 고 그 다음으로 진무가 꺼내든 책이 바로 주역이었다.

"오늘부터 이것을 배울 것이다. 읽어보아라."

"주역입니다."

"그래, 허면 주역이 무슨 내용이겠느냐?"

제목만 보고는 감히 짐작하기 어려웠다. 헌복이 고개를 저었다.

"글자를 잘 살펴보아라. 거기에 모든 답이 있다."

"두루 주(周)에 바꿀 역(易)입니다."

"무슨 뜻이냐?"

뜻은 더 어려웠다. 다시 고개를 젓자 이제 진무의 표정이 사나워졌다. 헌복이 겨우 목소리를 짜냈다.

"역을 두루 본다?"

"맞다. 이제부터 우린 역에 대해 공부할 것이다."

"역이 무엇입니까?"

"바꿀 역자는 도마뱀을 보고 만든 글자다. 도마뱀은 위험에 처하며 꼬리를 자르고 달아나지. 허니 역은 곧 변화다."

"변화요? 어떤 변화요?"

"우주는 어떠한 법칙으로 변화하는가, 자연은 어찌 변화하며 사회는 어찌 변화하는가, 그 속에서 인간은 어찌 살아야 하는가. 그것을 알고자 하는 학문이다."

혼란스러웠다. 주역은 헌복이 이전에 배운 소학이나 천자문, 사서삼경처럼 딱 떨어지지 않았다.

"왜 이것을 배워야 합니까?"

진무대사가 빙그레 웃었다. 속을 꿰뚫어 보는 듯한 미소였다.

"네게 주어진 소명이 이것이기 때문이다."

이해할 수 없었다. 어린 헌복에겐 처음부터 끝까지 너무 어려운 문답이었다. 무엇 하나 시원하게 설명되지 않았으나 더 캐묻지는 않았다. 스승의 '변화'라는 말에 헌복이 어느새 끌리고 있었기 때문이었다.

산에 들어와 깨닫게 된 것은 멀리서 보면 늘 똑같아서 언제나 그림처럼 있는 것만 같은 산이, 가까이서 보면 매일 다른 모습으로 변한다는 것이었다. 그 변화는 아름답기도 했고, 끔찍하기도 했다. 산의 변화를 알아차리지 못하면 산 속에서 살아남기 어려웠다. 이 학문을 배우면 제 부모에게 도움이 되지 않을까, 어린 헌복은 그리 생각했다. 그때만 해도 그것이 헌복을 전혀 예상치 못한 곳으로 인도할 줄은 꿈에도 몰랐다.

**

산에서 내려오는 길에 발이 뒤채이는 것이 있어 헌복이 걸음을 멈췄다. 작은 돌부리였다. 고개를 들어보자 해가 산 끝에 걸려 있었고, 붉은 꽃이 피어 있는 나뭇가지 끝엔 흰 새가 앉아 지저귀고 있었다.

"재밌는 손님이 오겠구나."

헌복이 빙긋이 웃으며 다시 걸음을 옮겼다. 그리고 순식간에 머물던 곳으로 돌아왔다.

헌복의 암자 근처엔 벌써부터 사람들이 길게 줄을 선 채 기다리고 있었다. 고개를 빼서 그들의 모습을 보던 헌복이 고개를 갸웃했다. 제가 기다리는 손님은 아직 그곳에 없었다.

"도착하지 않은 건가?"

그때 잠시 몸종으로 부리고 있는 격쇠가 가까이 다가왔다.

"어르신, 손님을 받을깝쇼? 벌써 서른 명이 넘어갑니다요."

헌복이 다시 한 번 고개를 길게 빼고 사람들을 살폈다. 아무리 봐도 없었다. 고개를 들어 하늘을 봤다. 둥근 해가 산 중턱에 매달려 있었다.

"몸이 좋지 않다. 정오가 지난 뒤부터 손님을 받는다고 해라. 그리고 흰 도포를 입은 붉은 꽃이 오면 곧장 내게 데려와라."

"예? 꽃이 도포를 입어요?"

꺽쇠가 머리를 벅벅 긁으며 인상을 찌푸렸다. 거칠게 얽은 얼굴이 더 두드러졌다. 헌복이 혀를 찼다.

"내가 여기 올 때마다 니가 시중을 들었으니 그 시간을 합치면 몇 년은 족히 되었을 텐데, 너는 어째 조금도 느는 게 없냐."

"네?"

"되었다. 일단 다 돌려보내고 정오에 보자."

귀찮다는 듯 손을 휘저어 꺽쇠를 쫓아낸 헌복이 돌아섰다. 기다리는 손님이 올 때까지 낮잠을 좀 자도 될 성싶었다.

***

"우주의 근원이자 출발점이 바로 음양이며, 동시에 이것은 우주의 기운을 일컫는 말이다. 음양이 기라면 오행은 우주의 구성 요소다. 우주는 오행인 수(水), 금(金), 토(土), 목(木), 화(化)로 구성되며 각각의 오행은 음양의 기운을 가지고 있다. 알겠느냐?"

"네."

"또한 이 오행은 서로 긴밀한 상생상극의 관계를 맺으며 우주를 구성한다. 생각해보거라. 오행 중 가장 먼저 무엇이 생겼겠느냐?"

"땅이요."

"아니지. 처음엔 이곳에 아무것도 없었다. 아무것도 없는 중에도 있는 것, 하늘과 땅 이전에 있었고 두 곳에 다 있는 것, 그것이 무엇이냐?"

스승의 물음에 헌복이 곰곰이 생각하다 무릎을 쳤다.

"물입니다."

"그래, 태초에 물이 생겼지. 그럼 물은 무엇을 자라게 하느냐?"

"곡식이요."

"그래, 그 곡식이 곧 나무다. 허면 나무는 무엇을 만들어내느냐?"

"땔감?"

"이놈, 땔감도 곧 나무지. 그 땔감이 무엇을 만드느냔 말이다."

깊이 생각하던 헌복이 이내 박수를 쳤다.

"불! 불입니다."

"옳지. 그 불을 가지고 네 부모가 산에서 무엇을 했느냐? 산에 오자마자 한 것을 떠올려 보아라."

산에 들어오자마자 한 것, 헌복이 다시 고민에 빠졌다. 그러다 문득 큰 불을 봤던 것이 떠올랐다. 집과 땅이 필요해서 아버지는······.

"불을 질렀습니다."

"그렇지! 불을 질러 싹 다 태웠지. 그리 다 태우고 나니 무엇이 나오더냐?"

"네?"

"다 탄 뒤 무엇만 남았느냔 말이다. 모두 사라진 뒤에 남은 것이 무엇이냐?"

"재랑⋯⋯."

"또?"

헌복이 고민에 빠졌다. 진무는 재촉하지 않고 기다려주었다. 긴 고민 끝에 헌복이 고개를 번쩍 들었다.

"땅이요. 땅이 남았습니다. 불태우고 나온 땅 위에 집을 짓고 농사를 지었습니다."

"잘했다."

곧잘 따라오는 헌복을 보며 진무가 뿌듯하게 웃었다.

"허면 땅이 곧 무엇이냐?"

"땅은 곧 흙입니다."

"그 흙이 뭉쳐서 딱딱해진 것이 뭐냐?"

"돌입니다."

"그래. 이 산엔 돌이 참 많지?"

"예."

"그 돌들 틈에선 또 무엇이 나오더냐?"

그제야 헌복은 이 대화의 흐름을 눈치 챘다. 헌복이 자신 있게 웃으며 답했다.

"물이요. 물이 나옵니다."

"그래, 수생목(水生木), 목생화(木生火), 화생토(火生土), 토생금(土生金), 금생수(金生水), 이것이 바로 오행의 상생관계다. 기억해두어라."

***

삼삼오오 사람들이 모여서 웅성거리고 있는 모습을 본 해명이 서서히 걸음을 늦추었다.

"여긴가 보오."

해명의 말에 운이 그제야 주변을 둘러보았다.

모여 있는 사람들의 행색이나 말투가 천차만별인 것으로 보아 조선팔도 방방곡곡에서 온 사람들인 모양이었다. 하루에 이 많은 사람들이 사주를 보러 이 깊은 산 속까지 왔다는 게 놀라웠다.

"어디 암자가 있다고 들었는데……."

해명이 까치발을 들고 주위를 두리번거리며 암자를 찾으려 애썼다. 허나 큰 키 덕분에 별다른 노력을 하지 않아도 운의 시선이 해명보다 더 먼저, 더 멀리 가서 닿았다.

"저쪽인가 보오."

암자를 발견한 운이 해명을 잡아끌었다. 어찌나 힘이 좋은지 발이 땅에 닿을 사이도 없이 질질 끌려갔다.

순식간에 사람들을 헤치고 앞으로 나간 운이 암자 앞에 섰다.

"아프오!"

뒤늦게 해명이 고함을 지르며 운에게 붙들린 팔을 뿌리쳤다.

붙잡혔던 팔이 욱신거리는 것을 보니 멍이 들었을 게 분명했다.

"거참, 그것 좀 잡았다고 죽는 것도 아니고."

쨍알거리는 해명을 운이 시큰둥하게 내려다보았다.

투덕거리는 소리를 들은 꺽쇠가 험한 표정을 지으며 달려왔다.

"어이, 어이, 물러서시오. 여기서 이러면 안 되오."

사대가 떡 벌어져 마을에서 천하장사로 유명한 꺽쇠였으나 운 앞에 서자 영 땅딸보처럼 보였다. 해명이 자신도 모르게 튀어나오려는 웃음을 참기 위해 볼이 팽팽해질 정도로 턱에 힘을 줘야 했다.

의기양양하게 왔던 꺽쇠는 운이 뚱한 표정으로 내려다보자 위기감을 느끼고 뒤로 물러났다. 꺽쇠는 어떻게든 운과 같은 위치에서 시선을 맞추려 애를 썼으나 아무리 뒷걸음질 쳐도 눈을 맞추긴 영 어려웠다.

"손님이 오셨군."

그때 암자의 문이 열리더니 헌복이 고개를 내밀었다.

헌복이 웃으며 해명을 보다 그 옆에 선 운을 보고 놀란 듯 눈을 크게 떴다. 그러다 이내 알겠다는 듯 고개를 끄덕였다.

"아, 이래서 해가 뜨거웠군."

의미심장한 시선으로 둘을 번갈아보던 헌복이 해명에게 손짓했다.

"자네만 들어오시게. 거기 덩치는 기다리시고."

"뭐요? 덩치?"

욱한 운이 한 걸음 앞으로 나가자 해명과 꺽쇠가 앞을 막아섰다.

꺽쇠는 한 주먹거리도 안 될 게 분명해서 겁나지 않았지만, 한심하게 쳐다보는 해명의 표정은 운의 기운을 꺾기에 충분했다.

"기다리시오. 내 곧 부르겠소."

해명의 말에 운이 어쩔 수 없이 고개를 끄덕이며 물러났다. 꺽쇠는 마치 제가 대단한 일을 한 것처럼 어깨를 펴고 암자 앞에 버티고 섰다. 운이 코웃음을 치며 뒤로 물러났다. 곧 암자의 문이 닫혔다.

***

"상생은 오행이 어찌 서로를 도와주는지를 알려준다. 서로를 생하는 관계라서 상생이라 하는 것이다."

"상생이 있다면, 상극도 있겠군요."

하나를 가르쳐주면 둘을 아는 제자는 스승을 뿌듯하게 했다. 눈을 반짝이는 헌복을 진무가 흐뭇하게 보았다.

"당연히 상극이 있지. 상생처럼 물부터 시작해보자. 물은 무엇을 꺼뜨리느냐?"

"불이요."

"불은 무엇을 녹이느냐?"

"나무?"

"나무는 불을 살리지. 목생화, 방금 상생을 배웠지 않느냐."

진무의 타박에 헌복이 머리를 긁적였다.

"불이 그 형체를 없애버리는 것이 무엇이냐. 오행 중 무엇이 불

때문에 형체가 사라지느냐?"

헌복이 고민에 빠졌다. 꽤 어려운지 미간에 깊게 주름이 졌다. 빙긋 웃은 진무가 도움을 주었다.

"대장간을 생각해보아라."

"금, 금입니다."

떠올린 것이 기뻤는지 헌복이 엉덩이를 들썩이며 좋아했다.

"그럼 금이 잘라내 버리는 것은 무엇이냐?"

"나무요. 그리고 나무는 흙을 못 살게 굽니다."

조금씩 앞서가는 제자를 진무가 기특하게 보았다.

"그럼 흙은 무엇을 방해하느냐?"

"흙은⋯⋯."

헌복이 또 다시 고민에 빠졌다. 진무는 느긋하게 기다려주었다. 이내 헌복이 답을 찾은 듯 고개를 들었다.

"흙은 물길을 막습니다."

"맞다. 수극화(水克火), 화극금(火克金), 금극목(金克木), 목극토(木克土), 토극수(土克水) 이것이 오행의 상극이다. 서로를 극한다 해서 상극이지. 오행은 이렇듯 서로를 생함과 동시에 서로를 극하는 관계로 이루어져 있다. 이 오행이 때론 상생하고 동시에 때론 상극하면서 자연을 구성하고 인간사를 만들어낸다. 잊지 말거라."

헌복이 열심히 고개를 끄덕였다. 그러다 무언가 깨달은 듯 진무를 보았다.

"허면 생하는 것은 좋고, 극하는 것은 나쁜 것이네요."

제 딴에는 대단한 것을 발견했다고 생각했는지 얼굴이 썩 좋았다. 그런 헌복을 보며 진무가 빙그레 웃었다.

"세상의 이치가 어찌 그리 단순하겠느냐?"

"허면요?"

"과유불급을 배웠지?"

"넘치는 것은 모자라는 것만 못하다는 뜻 아닙니까."

"그렇지. 비를 생각해보거라. 비는 나무에게 꼭 필요하지만 너무 많이 오면 나무뿌리를 썩게 하고 더 심하면 아주 뽑아버리지. 홍수가 나면 어찌되더냐? 허니 너무 많이 생해주는 건 극하니만 못해."

어린 헌복이 다 이해하기는 어려운 말이었다. 알 것 같기도 하고 모를 것 같기도 해서 헌복이 이마를 찌푸렸다.

"기억하거라. 자연엔 옳고 그름도, 좋고 나쁨도 없다. 그저 지나침과 모자람과 균형이 있을 뿐이야. 좋고 나쁘고 옳고 그름을 판단하는 건 오로지 인간만이 하는 짓이지. 그게 사람이 가진 한계야. 오행은 그저 오행이다. 자연 현상일 뿐이란 말이다. 그것을 보고 옳고 그르고 좋고 나쁘다는 판단을 함부로 해선 안 돼. 네가 그 판단을 하는 순간, 너는 제대로 하늘을 읽을 수 없게 될 것이다."

어려운 말이었다. 헌복은 의미를 알지도 못한 채 그저 무작정 고개를 끄덕였다. 그러다 문득 의문이 들었다.

"스승님."

"왜?"

"지나침은 모자람만 못하다고 하였습니다."

"그렇지."

"너무 많이 생해주는 건 극해주는 것만도 못하다고 하셨구요."

"그래."

"허면 너무 강하게 극하게 되면 지나쳐집니까, 모자라집니까?"

***

해명이 암자 안으로 들어간 뒤 할 일이 없어진 운은 주위를 어슬렁거리다 나무 아래 자리를 잡고 앉았다.

허리춤에 차 온 물 항아리를 꺼내 마시며 주변을 둘러보자 남루하게 입은 백성들이 둥글게 모여 앉아있었다. 그들이 떠드는 소리가 바람을 타고 들려왔다. 먼 곳을 보는 척 딴청을 피우며 운이 그들의 이야기에 귀를 기울였다.

"이러니 어찌 살겠나. 전쟁 끝난 지 얼마나 되었다고 겨우 한숨 돌리기도 전에 관리랍시고 내려온 것들이 속에 든 것까지 게워내라고 야단을 부리니 말이야."

"내 말이 그 말이야. 이건 뭐 떼놈들이 낫다 싶다니까."

"늙은 부모만 없으면 산으로 도망가고 싶어."

"도적떼가 되겠단 말인가?"

"어차피 우리 고을 사또가 칼만 안 든 강돈데 산 도적이 대순가."

자조 섞인 웃음소리와 함께 여기저기서 욕설이 추임새를 더했다. 운이 씁쓸한 마음을 숨기기 위해 고개를 숙였다.

"하긴 지리산 산채 아래 가면 마을이 아주 크다더군."

"지리산뿐 아니라 계룡산 아래에도 있고, 풍문에 따르면 이 관악산 깊숙한 곳에도 산채가 있다고 합디다."

"말이 쉽지, 산 생활이 호락호락하나."

"단순히 산 생활을 하려고 모인 이들이 아니라더오."

"그럼?"

"비결서 이야기 못 들었소? 조만간 천지가 개벽할 거라는 비결서가 떠돈단 말이오."

"천지가 개벽하면 산에서는 어찌 살고?"

"이런 답답한 사람하고는. 그 천지가 지금 왕……."

"도둑이야!"

찢어질 듯한 고함소리에 모두가 일제히 고개를 돌렸다.

귀를 쫑긋 세운 채 대화에 집중하고 있던 운도 놀라 소리가 난 쪽을 쳐다보았다. 나무에 가려져 사람들의 시선에 잘 띄지 않는 곳에서 두 사내가 서로를 붙잡고선 도둑이라고 고함지르고 있었다. 사람들이 우르르 그들에게 몰려갔다. 운 역시 자리에서 일어나 뒤따라갔다.

"도둑이요! 이자가 내 명주를 훔쳤소!"

"무슨 소리! 이자가 도둑이요! 이자가 내 명주를 훔쳤소!"

하나의 명주를 붙든 채 두 사내는 서로가 도둑이라고 주장하고 있었다. 이런 일은 또 처음이라 다들 어리둥절했다.

"아니 명주가 하나고 사람이 둘이면 한 사람이 주인이고 한 사람이 도둑이지."

"어째 도둑이 둘이고 주인도 둘이란 말이오?"

"이자가 도둑이오! 이건 내 명주요."

"이런 미친놈을 봤나! 이건 내 것이요! 이자가 도둑이오!"

둘 다 매우 절박하고 진실해 보였다. 사람들은 웅성거릴 뿐 쉬이 판단내리지 못했다. 그것은 운도 마찬가지였다.

"이놈! 어디서 거짓부렁이냐! 이 나쁜 놈!"

"누가 할 소리를 하는 게야! 이 찢어죽일 놈이!"

금세라도 큰 싸움이 날 것 같아 사람들이 겨우 둘을 떼어놓았다. 두 사람은 억지로 떨어지고 나서도 서로 분을 못 이겨 씩씩거렸다.

***

"여동생 사주를 보러 왔습니다."

해명이 품에서 사주가 적힌 종이를 꺼내자 헌복이 기가 막히다는 듯 웃었다.

"왜 웃으십니까?"

"내가 누군 줄 알고 여기에 왔느냐?"

"조선에서 사주를 가장 잘 보시는 분이라 하여 찾아왔습니다."

"그래, 헌데 네가 계집인 것을 내가 모를 줄 알았더냐?"

놀란 해명이 손에서 종이를 놓쳤다. 헌복이 그것을 재빨리 낚아챘다.

"임자년, 신해월, 임자일, 무신시라."

종이에 적힌 해명의 사주를 읊으며 헌복이 가볍게 웃었다.

"찾아온 게 어찌 늦었구나. 이 년 전에 찾아왔어야 했을 텐데. 이미 지금쯤은 풍파가 다 지나갔을 터인데 왜 이제야 날 찾아왔느냐?"

놀란 해명이 재빨리 무릎을 꿇고 이마를 바닥에 댔다.

"어르신."

헌복이 어깨를 으쓱했다.

"무얼 이거 가지고 어르신은. 어쨌거나 이 년 전에 날 찾지 아니 한 걸 보면 버티고 지나간 모양인데 그럼 되었다. 올해부터는 훨씬 나을 터이니 그리 알고 돌아가거라."

입맛을 다시며 엎드린 해명을 훑어보는 헌복의 표정이 영 아쉬웠다.

"붉은 꽃이 곱게 피고 흰 새가 지저귀기에 기대를 했는데, 생각보다 그저 그렇네. 넌 내 취향은 아니다."

자리를 떨치고 일어나는 헌복의 다리를 해명이 붙들고 늘어졌다.

"왜 이러느냐?"

"이 년 전에 일은 쉬이 지나가지 않았습니다. 그때 이미 저는 죽었습니다. 그리고 앞으로의 제 삶 역시 제대로 될 것이라 기대되지 않습니다. 어찌 살아야 할지 모르겠습니다. 답을 주십시오. 어르신은 제게 무언가를 알려주시리라 믿고 여기까지 찾아왔습니다. 이대로 그냥 갈 수 없습니다."

어찌나 세게 움켜쥐었던지 바지가 흘러내릴 지경이었다. 헌복이 다급하게 바지를 추슬렀다.

"아니, 이걸 좀 놓고! 아, 올해부턴 좀 나아질 거라니까."

"무엇이 어찌 나아진다는 것입니까? 이미 저는 이 년 전에 남편을 잃어 생과부가 되었고, 아비는 귀양을 갔습니다. 시댁에서는 없는 사람으로 취급한 지 오래고 집안에서는 죽일 년이 되었습니다. 살아도 사는 게 아닙니다. 저는 할 수 있는 일이 없습니다. 헌데 올해부터 대체 무엇이 나아진단 말입니까?"

"아니, 남편이 있든 없든 어차피 조선 반가에서 여인의 삶이라는 게 다 거기서 거기지! 재작년처럼 갑갑한 일은 더 이상 없을 거래도! 거기에 위안을 얻어. 이건 좀 놓고!"

헌복이 바지를 붙든 채 버둥거렸으나 해명은 지지 않고 더 가까이 당겨 앉았다.

"별당에 처박힌 채 사는 게 제게 남은 전부인데 무엇이 달라진단 말입니까? 어찌해야 달라질 수 있는지 답이라도 알려주십시오!"

"일단 이걸 좀 놔봐! 좀!"

헌복의 고함소리에 그제야 해명이 쥐고 있던 손을 놓았다. 그 순간 몸의 균형을 잃은 헌복이 뒤로 발라당 넘어졌다.

쿵, 하며 방바닥이 울릴 정도로 엉덩방아를 찧으며 넘어지는 바람에 헌복이 입을 딱 벌린 채 제 엉덩이를 잡고 바닥을 굴렀다. 꼬리뼈가 제대로 찍힌 건지 온몸이 다 욱신거렸다.

"아이고, 아이고! 아이고, 나 죽네!"

한참을 바닥을 기며 앓던 헌복이 겨우 자리에서 일어났다. 하늘로 매섭게 치솟은 눈이 해명을 째려보았다. 괜스레 찔린 해명이 움찔하였다.

"답을 달라고?"

"네."

"그 팔자를 벗어나고 싶은 게냐?"

"네."

"결국 그 말은 넌 조선의 여자로 살기 싫다는 말 아니냐! 조선의 양반집 여식으로는 더 이상 살기 싫어? 흰 옷 입고 수절과부하는 삶은 못 하겠어?"

헌복의 질문에 해명이 잠시 답을 망설였다.

"너도 알지 않느냐. 어차피 반가 여인들의 삶이 다 똑같다는 것을. 그나마 제일 큰일이라는 게 어르신들 봉양하고 자식 낳고 가끔 들르는 남편이랑 자고 뭐 그런 거거든. 근데 넌 시부모, 남편, 자식이 없으니 뒤치다꺼리 할 일 없고 골 썩을 일 없을 테니 다른 부녀자들보단 좀 나은 형편 아니냐. 세 끼 밥 먹고 책이나 좀 읽고 그림이나 그리면서 평생 살 수 있잖아. 헌데 그런 삶이 싫다는 게냐? 다른 답을 원해?"

무어라 답해야 좋을지 두려웠다. 다른 답을 찾기 위해 온 것이긴 하나 막상 닥치자 헌복의 입에서 나올 말이 두려웠다. 해명이 말을 돌렸다.

"제 사주가 드세다 들었습니다."

"드세지. 보편적으로 봤을 때 드센 사주야. 사주쟁이 열에 아홉은 드세다고 할 게야. 나는 아니지만."

"왜 도사님은 아닙니까?"

"네 눈엔 내가 장바닥에 굴러다니는 놈들이랑 똑같아 보이냐? 내가 그런 놈들 같으면 뭣하러 네가 날 찾아 여기까지 왔겠냐?"

열에 아홉이 나쁜 해석인데 설마 남은 하나가 그보다 더 나쁜 해석일 리는 없을 거다. 해명이 자꾸만 움츠러들려는 자신을 속으로 격려했다.

"도사님은 제게 뭐라고 하시겠습니까? 사주쟁이 열에 아홉은 드세다고 하는 제 사주에 대한 도사님의 해석은 무엇입니까?"

"나는……."

헌복이 잠시 말을 멈추고 씩 웃었다.

"좀 특별한 여인의 사주라고 하겠지. 여인으로 살기엔 타고난 배포가 큰 계집이라고. 그건 결국 제 살기 나름인데 법도가 많은 양반 댁에서 태어났으니 살아내기가 다른 의미에서 쉽지 않을 수도 있다고 말이다. 허나 어차피 넌 거기서 태어나 그리 자랐으니 밖으로 나오지도 못할 것 아니냐? 그 틀을 어차피 스스로 깰 수 없다면, 아무리 새로운 해석도 무용지물일 터! 나는 이미 네가 궁금해하는 답을 주었다. 이 년 전보다는 앞으로의 네 삶이 훨씬 나을 게다. 거기에 희망을 품고 그만 돌아가. 그게 내가 네게 해줄 수 있는 말의 전부다."

"만약에 그 특별한 여인이, 반가의 여인이 아니라 다른 삶을 꿈꾼다면 어떤 삶을 살라고 추천해주시겠습니까?"

헌복이 해명을 빤히 쳐다보았다.

"진심이냐?"

"다른 삶이 있긴 한 것입니까?"

"세상엔 수없이 많은 삶이 있다. 그 담장 밖만 뛰쳐나오면 수천 수만 가지 다양한 삶이 있지. 헌데 담장 안만큼 따뜻하지도 포근하지도 편안하지도 않다는 게 문제야. 편안한 안락함을 포기하고 거친 베옷을 입고도 다르게 살아보고 싶다면 방법이야 얼마든지 있지. 문제는 결국 네가 그럴 수 있느냐 하는 거다. 네 사주가 드세고 안 드세고는 차후의 문제야. 네가 그럴 의지가 있느냐, 없느냐가 제일 중요하지."

헌복이 엄한 시선으로 해명을 보며 말을 이었다.

"사람들은 운명(運命)이라고 하면, 처음부터 정해져 있는 삶을 의미한다고들 생각하지. 잘못된 해석이야. 운명이란 한자를 풀이해보자면 내 명을 스스로 움직인다는 뜻이거든. 어느 정도 정해진 명이 있을 수도 있으나 그보다 중요한 것은 그것을 움직이는 사람의 의지라는 뜻이야. 그러니까 네게 어떤 명이 주어졌느냐, 그보다 중요한 것은 네게 어떤 의지가 있느냐, 하는 것이란 말이다."

해명이 마른침을 꿀꺽 삼켰다.

"다른 삶을 살고 싶습니다."

놀라 헌복이 진짜냐 묻는 듯 눈을 동그랗게 떴다.

"담장 안에서 일생을 오늘과 내일이 똑같은 삶을 사느니 비가 오고 바람이 불어도 밖으로 나와보고 싶습니다."

"객기가 아니라 진심인 게냐?"

"진심입니다."

역시 사주만큼이나 보통 계집이 아니었다. 헌복은 그것이 썩 마음에 들었다.

"좋다."

헌복이 해명을 보며 씩 웃었다.

"허면 내 제자가 되어라."

"네?"

해명이 놀라 입을 딱 벌렸다. 헌복이 말한 수천 수만 가지의 삶 중에 이런 삶도 있다는 건 전혀 생각지 못한 일이었다.

***

"이 명주는 내 딸의 혼수요. 딸이 태어나면서부터 매달 한 되씩 보리를 아껴 겨우 마련한 거란 말이오!"

"이 명주는 우리 어머니의 약값이오. 아픈 어머니의 약값을 마련하느라 아들놈 장가갈 때 예단으로 받은 것을 새 옷 만들어 입지 않고 아껴둔 거란 말이오!"

둘은 서로 삿대질하며 명주가 제 것이라 주장했다. 사람들은 사내들의 주장에 따라 이리 몰려갔다 저리 몰려갔다만 반복할 뿐이었다. 지루한 말싸움은 도무지 결판이 날 기미가 보이지 않았다. 지켜보던 운이 답답함을 참지 못하고 앞으로 나섰다.

"둘 다 각자 제 것이라 주장한다면 고을 원님께 가서 주인을 가려달라 합시다."

"아니 되오!"

"안 되오!"

"안 될 말이오!"

"헛소리!"

운의 말이 떨어지기 무섭게 여기저기서 반대하는 목소리가 높았다. 운이 놀라 그들을 둘러보았다. 모두가 대단히 강경한 태도로 단호하게 고개를 젓고 있었다.

"이대로 가면 분명 주인이 없으니 고을 것이다, 라며 자기들 주머니를 채울 게 분명하오."

"그럼! 안 봐도 뻔하지."

"누구 좋으라고 고을 원에게 가져간단 말이오? 말도 안 되는 소리."

"거 청년이 물색없는 소리를 하는군."

"곱상한 것이 양반인갑소."

"팔이 안으로 굽는 게지."

사람들의 비난에 떠밀린 운이 주춤거리며 뒤로 물러났다. 뿌리 깊은 백성들의 불신이 속상해 가슴 깊이 한탄스러웠다. 그러는 사이 몇 번의 고성이 두 사내 사이에서 더 오갔다. 어느새 사람들은 두 편으로 나뉘어 각자가 주인이라 생각하는 사내 뒤에 서 있었다.

"자, 그럼 이왕 이렇게 된 거 각자 이 명주가 왜 자기 명주인지 말해봅시다."

"그렇지! 진짜 주인은 사연이 더 그럴싸할 거거든."

모두가 고개를 끄덕이고 추임새를 넣으며 동의했다. 한참의 웅성거림이 지나간 뒤 조용해지자 오른편에 선 사내가 먼저 손을 들었다.

"딸년 혼사가 다음 달이오. 애 엄마가 몸이 약한 데다, 없는 살림이라 산후조리를 잘못해서 딸년 하나 낳고선 그 뒤로 밑이 빠져 더 이상 자식을 못 봤소. 무남독녀 금쪽같이 귀한 외동딸이오. 애 돌이 지난 뒤부터 우리 부부는 매 끼니 때마다 한 홉씩 보리쌀을 덜어냈소. 그리고 그것을 독에 모아두었다가 가득 차면 명주로 바꾸었소. 그렇게 십 년 넘게 재여놓은 명주로 시집갈 애 혼수를 마련한 거요. 그리고 이제 마지막 남은 이 한 필로 혼례 치를 비용을 마련하기 위해 명주를 팔러 가는 길에 사위될 이랑 딸년이랑 잘 살려나 궁금해서 사주 보러 들린 거요."

자식을 가진 부모라면 누구라도 눈물 지을 만한 이야기였다. 둘러선 사람들이 웅성거리며 동요했다. 그러자 초조해진 왼쪽 사내가 곧장 손을 들어 좌중을 조용히 시킨 뒤 서둘러 제 이야기를 시작했다.

"어머니는 전쟁 통에 혼자되신 뒤 나를 기르셨소. 아버지도, 형제들도 모두 난 중에 잃으신 터라 나와 어머니 사이는 보통 모자 사이보다 훨씬 더 애틋하오. 어머니는 폭약이 터질 때 나를 감싸 안으시느라 탄을 미처 피하지 못해 다리를 절게 되시었소. 오 년 전부터 그 부분이 계속 아프시더니 이젠 아예 걷질 못하시오. 그런데도 없는 살림에 의원에게 가서 한 번 보이지도 못했소. 그러던 중에 아들 놈 장가갈 때 처갓집에서 예단이라고 명주를 보내온 거요. 나는 어머니를 생각해 옷을 맞춰 입는 대신 정말 위급할 때 쓰려고 이 명주를 농에 보관해왔소. 어머니는 결국 지난달부터 몸져 누우셨소만 의식이 있는 동안에는 죽어가는 몸에 돈 쓸 거 없다며 약도 못 짓게 하시었소. 그러다 끝내 어젯밤부터는 의식을 잃으셨소. 그래서 의원을 만나러 가는 길이오. 그 길에 우리 어머님이 이 고비를 넘기실 수 있을까 궁금해서 사주를 보러 온 거요."

두 사람 모두 사연이 꽤 구체적이었고, 근거가 분명했다. 둘의 이야기에서 딱히 흠을 찾지 못한 사람들은 이제 달려들어 명주를 관찰했다.

"이건 색이 살짝 바랜 것이 오래된 명주요. 최근에 산 건 아니오."

"그럼 오 년 전 아들 혼수 때 받은 게 맞는가 보오."

"그렇다니까. 내 말이 맞소."

"이보시오. 나도 딸년이 돌이 되면서부터 보리쌀을 모아 항아리가 찰 때마다 명주로 바꾸어 그것들을 모았다고 하지 않았소? 개중 비교적 최근에 산 깨끗한 새 명주는 모두 딸년이랑 사위, 사돈댁 식구들 옷을 지어 입혔소. 그리고 남은 오래된 명주를 팔아서 엽전으로 만들어오라고 마누라가 시킨 거란 말이오."

듣고 보니 또 그럴듯했다. 사람들은 다시 제각기 웅성거리며 쉬이 결론내리지 못했다.

"통성명이나 해봅시다."

"그러게. 각자 자기 소개 한번 해보오."

"어디 사는 누구요?"

"나는 못골에 사는 김가요."

"나는 샛골에 사는 이가요."

그때 누군가가 손을 번쩍 들었다. 사람들의 시선이 모두 그를 향했다. 자연스레 발언권을 얻은 이가 입을 열었다.

"거 각자 집에 사람을 보내 물어오면 어떻겠소? 누구 발 빠른 두 사람이 각자 두 사람 집에 대신 다녀오시오. 그럼 누가 거짓말하는지 바로 알 수 있지 않겠소?"

"그거 좋구만!"

"좋은 생각이오!"

사람들이 박수를 치며 기뻐했다. 허나 정작 주인공인 두 사람의 표정은 떨떠름했다.

"아니 되오. 나는 오늘 안에 의원에게 가야 하오. 어머님이 위독하시단 말이오! 일각이 여삼추요. 집에 들렀다 오면 저녁이 다 될 텐데, 그럼 언제 의원에게 가서 약을 짓는단 말이오?"

"나 역시 마찬가지요. 장이 파하기 전에 이 명주를 팔아야 하오. 거기다 호랑이보다 더 무서운 마누라가 이 사실을 안다면 지 명주도 뺏기고 다니는 모질이라고 내 머리를 다 뜯어놓을 거요."

둘 다 반대하고 나섰다. 사건은 다시 미궁 속으로 빠졌다.

***

"어이하여 제게 제자가 되라고 하십니까?"

"예로부터 사주에 금과 수가 많으면 금수쌍청이라 하여 사주쟁이의 사주라고 했거든. 너는 사주에 금과 수가 많으니 사주쟁이를 하기에 좋다. 특히 수다하여 총명하고 통찰력이 있으며 직관

력이 좋으니 사주를 제대로 공부한다면 남들이 하나를 알 때 너는 열이나 스물을 알 게다. 거기다 시지 편인인 신금(申金)이 도를 닦는 데 도움을 주고 월간 정인 신금(辛金)이 주역과 서자평을 공부하게 해줄 터이니 일생 동안 공부를 하고 도를 닦아야 하는 사주쟁이에게 필요한 덕목을 이미 가지고 있다고 할 수 있지. 또한 네 사주를 보면 올해부터 기유(己酉)대운으로 바뀌는데 이 기유가 너한테는 귀문관이라, 귀신을 보는 눈이 생기거든. 바로 이럴 때 사주 공부를 하면 앞이 트인단 말이지. 귀신을 보는 눈이 생기는데 사주를 공부하면 얼마나 귀신같이 사주를 잘 보겠느냐. 허니 내 제자가 되거라. 너는 나보다 더 유명한 사주쟁이가 될 수도 있다."

사주쟁이가 되는 것은 정말 생각지도 못한 일이었다. 평생을 별당에 갇힌 채 사는 것도 원치 않았지만 사주쟁이가 되어 전국을 떠도는 삶 역시 썩 달갑지 않았다. 대답을 못하고 망설이는 해명을 보던 헌복이 피식 웃었다.

"왜? 사주쟁이는 싫으냐?"

"아니 그것이 아니오라……."

"아님 뭐 다른 하고 싶은 일이 있는 게냐?"

딱히 무엇이 하고 싶은 건 또 아니었다. 아니 다른 삶에 대해서 구체적으로 생각해본 적이 없으니 하고 싶은 일도 없는 게 당연했다.

"그냥……. 생각지도 못한 일이라 당황스러워서요."

"별당에 처박혀 일생을 허비하는 것보다야 전국을 자유롭게 떠도는 게 네 성미에 훨씬 맞지 않느냐? 연주와 일주에 도화가 있으니 네가 사주를 본다면 사람들에게 아주 큰 사랑을 받을 터이니 밥줄이 끊기진 않을 게다. 아, 대문 안에서만 살지 않는다면 비 맞고 바람 불어도 상관이 없다며? 그런데 심지어 이름 날리는 사주쟁이가 될 수도 있다니까? 그럼 역사에 남을 수도 있는데 대체 싫을 게 무어야?"

해명이 대답을 망설였다. 어쨌거나 양반가 규수로 태어나 요조숙녀로 교육받으며 자랐다. 가출해 남장을 한 채 역학을 공부해서 남의 사주를 봐주며 일생을 살라는 건 해명이 알고 살아왔던 세상에선 있을 수 없는 일이었다. 허니 헌복의 제안에 선뜻 그러마, 결심하는 건 쉽지 않았다.

"물론 네겐 힘든 선택일 게다. 곱디고운 별당아씨로 평생을 살았고, 시집가면 안방마님이 될 줄 알았는데 네 팔자가 이리 꼬일 줄 꿈에도 몰랐을 테니."

마치 제 속마음을 고대로 들여다본 듯한 말에 해명이 놀란 눈으로 쳐다보자 헌복은 어깨를 으쓱했다.

"뭐 말했다시피 네 대운은 올해부터 괜찮아지는 편이니 아버지의 귀양살이도 조만간 풀리실 게다. 허나 아버지 귀양살이가 풀리고 살림살이가 나아진다고 해서 네 앞에 주어진 그 갑갑한 일생이 바뀌는 건 아니지. 너는 내게 답을 달라고 오지 않았느냐? 나는 네게 단지 제안을 한 것이다. 선택은 네 몫이지. 일생을 창살 없는 감옥소 같은 그 별당에서 살다 죽을 것인가, 앞에 어떤 일이 벌어질지 모르는 위험을 무릅쓰고 자유롭게 뜻대로 한번 살아볼 것인가. 너라면 무모하지만 좀 색다른 선택을 할 수도 있을 것 같은데 말이다."

해명이 마른침을 꿀꺽 삼켰다. 헌복의 눈이 빛났다.

"저는……."

"악!"

"으아악!"

막 해명이 입을 여는 순간, 갑자기 여러 사람들의 경악에 찬 고함소리가 밖에서 들려왔다.

"이게 무슨 일이야?"

헌복이 자리를 박차고 나갔다. 해명 역시 재빨리 자리에서 일어나 그 뒤를 따라갔다.

"아니, 저 친구가?"

바깥에는 사람들이 한데 모여 있었다. 헌데 그 원을 둘러싼 가운데 운이 칼을 뽑은 채 두 사내를 향해 겨누고 있는 중이었다. 해명이 헌복을 제치고 앞으로 달려갔다. 그 모습을 보던 헌복이 빙긋이 웃었다.

"이건 또 무슨 재밌는 일인가."

느긋하게 뒷짐을 진 헌복이 천천히 걷기 시작했다.

***

"누구의 것인지 솔직히 자백하라. 아니면 둘 다 여기서 살아남지 못할 것이다."

"내 거요. 저자가 거짓말하는 거요."

"이 와중에도 거짓말을 하다니 간도 큰 놈이구나. 네 이놈! 어서 사실대로 고하지 못할까!"

두 사내가 서로를 향해 고함을 질러댔다.

운의 이마에 파랗게 핏줄이 섰다.

"대체 이게 어찌된 일이냐?"

쫓아온 해명이 멀리 서 있는 꺽쇠를 붙잡고 버럭 고함을 질렀다. 움찔하여 돌아보는 꺽쇠의 얼굴은 이미 울상이었다.

"명주 한 필을 가지고 서로 제 것이라고 우기면서 상대가 도둑놈이라고 몰아붙이다 싸움이 났습니다. 아무리 싸워도 해결될 기미가 안 보이자 저 선비님이 칼을 뽑았습니다요."

"안 말리고 무얼 했어!"

"칼이잖요!"

억울해하는 꺽쇠는 거의 울기 직전이었다. 그의 어깨를 두어 번 두드려 위로한 뒤 해명이 사람들을 헤치고 운의 가까이 다가갔다.

꺽쇠의 말로 유추해보건대 끊임없이 이어지는 이야기와 사람들의 소란스러움에 운의 얄팍한 인내심이 바닥나 칼을 뽑아든 듯했다. 함께 올라올 때도 느꼈지만 참 참을성이라곤 약에 쓸래도 없는 사내였다.

운의 턱이 팽팽히 당겨지고 어금니가 꽉 물리는 순간, 해명이 운의 허리를 와락 안았다. 방심하는 사이 힘에 밀린 운이 비틀거리느라 칼을 놓치고 말았다. 해명이 재빨리 땅에 떨어진 칼을 집어 들었다.

"이 친구, 이거 위험하게 이러면 어쩌나!"

해명이 생글생글 웃으며 운을 보았다.

"내놓으시게."

"어허! 함부로 칼을 뽑으면 장부가 아니거늘! 자넨 배우지도 못하였나?"

"내놓으라니까!"

키는 작지만 몸은 더 유연한 해명이 요리조리 운의 손을 피해 갔다. 칼을 되찾기 위해 애를 쓰던 운은 아무래도 모양새가 좋지 않은 것을 깨닫고 해명에게서 칼을 뺏는 것을 포기했다. 자유로 워진 해명이 싱긋 웃으며 운의 칼을 이리저리 살폈다.

"거 아주 좋은 칼이네, 그려. 휘둘렀다면 정말 몸이 두 동강 났 겠어."

"그러게. 왜 내 진작 그걸 휘둘러 자네를 두 동강 낼 생각은 못 했을까."

"거 마음에도 없는 소리 하기는."

해명이 호탕하게 웃으며 운의 등을 두드렸다. 두 사람이 만담 을 하는 것 같이 장난스럽게 대화를 주고 받자 모여든 이들은 순 간 어리둥절한 얼굴이 되어 서로를 쳐다보았다.

"거 명주 주인 찾기가 무에 그리 어렵다고 칼까지 휘두르나."

"뭐?"

어깨를 으쓱하는 해명의 얼굴엔 여유가 넘쳤다. 그 모습을 보 자 운은 아까보다 훨씬 더 약이 바짝 올랐다.

"그렇게 잘났으면 자네가 한번 찾아보지 그러나?"

"당연히 나는 쉽게 찾지. 내가 하는 걸 잘 보시게."

눈을 찡긋한 해명이 놀란 가슴을 쓸어내리고 있는 두 사람에게 다가갔다.

"죄송합니다. 제 친구가 경솔하였습니다."

"괜찮소. 뭐 어차피 양반네들에게 우리 목숨은 개미만도 못한 거 아니오."

"이놈의 날파리 같은 인생!"

불퉁하게 대답하는 두 사내의 목소리엔 적의가 가득했다. 허나 해명은 조금도 아랑곳하지 않고 웃음 띤 얼굴로 말을 이었다.

"무슨 그런 말씀을 하십니까. 사람의 목숨은 다 귀하지요. 그 나저나 두 분 다 급히 명주를 파셔야 할 텐데 이리 지체되니 속이 많이 상하시겠습니다. 벌써 정오가 지났어요."

"망할! 의원한테 해가 지기 전에 가야 하는데."

"나도 장이 끝나기 전에 가야 한단 말이오."

"고을 원에게 갈 수도 없고, 여기서 입씨름을 한다고 될 일도 아니고."

"그러게나 말이오. 재수 없으니 미친 도둑놈한테 엮여서."

"뭐야? 이놈이! 누가 누구더러 도둑이라는 게야!"

"이거 못 놓소?"

눈 깜짝할 사이 두 사내가 서로의 멱살을 잡고 뒤엉켰다. 그 모습을 보며 운이 그럼 그렇지, 라는 얼굴로 비웃었다. 허나 그러거나 말거나 해명은 제 눈앞에서 벌어지는 싸움을 말리지도 않고 느긋하게 보기만 할 뿐이었다.

해명이 속내를 짐작할 수 없는 웃음만 지으며 가만히 있자, 결국 꺽쇠가 끼어들어 두 사람을 떼어놓았다. 잠시 진정되자 다시 해명이 둘에게 다가갔다.

"제게 좋은 방법이 있는데 제 뜻을 따르시겠습니까?"

"좋은 방법이요?"

"그게 뭐요?"

자신만만한 해명의 목소리에 두 사람이 솔깃했다. 숨을 죽인 채 자신에게 집중한 좌중을 해명이 느긋하게 한 번 둘러본 뒤 천천히 입을 열었다.

"명주로 줄다리기를 하는 거지요."

"줄다리기요?"

"줄다리기? 명주로?"

"네, 두 분 보아 하니 체격도 비슷하고, 힘도 비슷해 보입니다. 명주를 사이에 두고 힘껏 잡아당겨서 이기는 쪽이 가져가는 겁니다. 어떻습니까? 더 절박한 쪽이 더 열심히 젖 먹던 힘까지 다해 명주를 당기지 않겠습니까? 물론 약간 명주가 상할 수는 있지만 그래도 자르는 것보다는 낫고, 고을 원에게 가져가 빼앗기는 것보다도 낫지요. 아직 겨울이라 해도 짧으니 이 산속에서 조금만 더 지체했다가는 의원에게도 못 가고 장에도 못 갑니다. 해가 떨어질 때까지도 해결이 안 나면 꼼짝없이 고을 원에게 가서 시시비비를 가려 달라 할 수밖에 없어요."

차분한 해명의 설명을 들은 두 사내가 고민에 빠졌다. 그 사이 해명이 둘러싼 이들을 보며 은근히 분위기를 유도했다.

"제 생각이 어떻습니까? 좋은 생각 아닙니까? 이 시비가 길어지는 걸 다들 원치 않으시지요?"

"나쁘지 않은 거 같소."

"나쁘지 않기는? 좋은 생각이지."

"그래, 이렇게 둘이 계속 우기다간 내년이 되어도 결판이 안 날걸?"

"줄다리기 한다고 해서 명주가 끊어지거나 늘어나거나 하진 않잖소."

"어차피 오 년 묵은 명주니 줄다리기로 좀 상한다고 해도 지금과 별로 큰 차이는 안 날 거요."

"차이가 난다 해도 어쩔 수 없지. 일이 이리 되어버렸는데 그것 말고 다른 수도 없잖나."

순식간에 둘러싼 이들이 웅성이며 해명의 편을 들기 시작했다. 한번 사람들의 여론이 조성되자 이젠 두 사내가 거절하기 어려운 분위기가 되었다. 이제 와서 싫다고 했다간 영락없이 도둑이라서 거절한다고 몰릴 판이었다. 결국 썩 내키지 않는 얼굴로 둘은 고개를 끄덕였다.

"어쩔 수 없지. 그렇게라도 합시다."

"방법이 없으니, 뭐."

"좋습니다, 그럼."

해명이 땅 가운데 선을 그은 뒤 명주를 길게 펼쳤다. 그리고 명주 가운데다 제 손수건을 맸다.

"양끝을 잡으시지요. 제가 시작, 하면 힘껏 당기는 것입니다."

두 사내가 서로를 마주보고 서서 명주를 손에 감았다.

"자, 시작!"

해명의 고함소리와 함께 줄다리기가 시작되었다. 그러나 팽팽하리란 예상과 달리 시작과 동시에 너무나 싱겁게도 한쪽의 일방적인 승리로 끝이 났다.

사람들이 이긴 사람을 보며 환호하고, 진 사람을 향해 손가락질했다.

바로 그 순간, 해명이 어깨에 걸쳐놨던 칼을 바로 잡고 이긴 사내의 목 끝을 향해 겨누었다.

"네가 도둑이구나."

낮고 서늘한 목소리였다. 뒤에 물러서서 팔짱을 낀 채 삐딱한 시선으로 보던 운조차 움찔하게 할 정도로 무서운 얼굴을 하고 있었다. 방금 전까지 넉살 좋게 웃던 사람이라고 할 수 없을 정도로 순식간에 해명의 분위기는 싸늘하게 가라앉아 있었다.

칼끝에 선 사내가 긴장했다. 주변을 둘러싸고 있던 이들도 모두 뒤로 물러났다. 그들 사이를 헤치고 운이 가까이 다가갔다.

"제 물건이 귀한 자는, 그 물건에 손해를 끼치는 일을 감히 하지 못한다. 설마 빼앗기더라도 말이지. 너는 명주가 상하든 말든 상관없이 손에 칭칭 감은 뒤 있는 힘껏 잡아당겼다. 그것은 몇 년씩이나 옷장 안에서 아껴온 귀한 명주를 대하는 자의 태도가 아니다. 네놈이 도둑인 것이다."

금세라도 찌를 것처럼 칼끝이 사내의 목에 닿았다. 놀란 운이 해명의 손을 잡았다.

"왜? 직접 찌르시겠소?"

올려다보는 시선엔 조금의 감정도 들어 있지 않았다. 운이 마른침을 삼켰다. 그 순간 앞에 서 있던 사내가 오줌을 지리며 울음을 터뜨렸다.

"잘못, 잘못했습니다요. 어머니가 너무 아프셔서 제가 그만 눈이 뒤집혀 죽을죄를 지었습니다요."

사람들 사이에서 낮은 감탄사가 튀어나왔다. 사내가 바닥에 주저앉자 그제야 해명이 칼을 거둔 후 운에게 건넸다.

"잘 썼소. 훌륭한 칼이었소. 좋은 칼은 이리 써야 하는 것이오. 경솔히 휘두르지 말고."

금방이라도 살인을 저지를 자처럼 굴었으면서 삽시간에 언제 그랬냐는 듯 천진난만한 얼굴로 싱긋 웃는다. 순식간에 바뀌는 두 모습을 보는 운의 얼굴이 질렸다.

그러거나 말거나 해명이 어깨를 으쓱하며 바닥에 떨어진 명주를 주워 먼지를 턴 뒤 진짜 주인에게 건넸다. 명주의 주인 역시 반쯤 넋이 나간 얼굴을 하고 있었다.

"얼른 딸 혼수 준비를 하시오. 부모가 이리 딸에게 공을 들여 시집을 보내는데 어찌 못살겠소? 사주 볼 필요도 없으니 얼른 늦지 않게 장에나 가시오."

"고맙습니다. 고맙습니다요."

뒤늦게 정신을 차린 주인이 이마가 땅에 닿게 절을 한 뒤 쏜살같이 달려갔다.

주인이 사라진 뒤 해명이 여전히 울고 있는 도둑에게 다가갔다.

"네 처지는 딱하나 그렇다고 해도 남의 물건을 훔치는 것은 큰 죄다."

"사또가 군역을 핑계 삼아 집에 쌀 한 톨 남겨놓지 않고 다 가져갔습니다. 어머니는 오늘 내일 하시는데 약 한 첩 지을 돈이 없어서……. 사주도 보시고 더러 묏자리도 봐주신다기에 그거라도 물으러 왔다가 명주를 보니 눈이 뒤집혀서, 죽을죄를 졌습니다요."

목 놓아 우는 도둑의 사연에 다른 이들도 고개를 돌리고 눈물을 찍었다. 해명이 딱한 시선으로 도둑을 보았다.

"사대문 안의 의원 중에 복씨 성을 가진 이를 찾아가라. 그리고 민씨 대감댁에서 왔다고 하고 약을 지어라. 내 네 말이 참인지 거짓인지 꼭 확인해볼 것이다. 만약 이조차 거짓이었다면 이번엔 저 칼이 아니라 내 칼이 너를 가만두지 않을 것이다. 내 칼은 자비가 없다."

"예, 예. 아무렴요, 아무렴요."

도둑이 후다닥 자리에서 일어나 쏜살같이 사라졌다. 주변을 둘러싼 이들이 수군거렸다. 해명이 그들을 둘러보며 씩 웃었다.

"선생님이 곧 사주를 봐주신답니다. 줄 서세요!"

순식간에 사람들이 앞 다투어 암자로 향했다. 운이 기막혀하며 해명을 보았다.

"무서운 자로군."

해명이 코웃음을 쳤다.

"앞뒤 안 재고 칼 꺼내는 그대만 할까."

"사주는 잘 봤소?"

"잘 봤소."

"용한 자였소?"

"용하지. 내가 안 용하면 누가 용하겠나."

뒤에서 들리는 목소리에 운이 돌아보자 헌복이 싱긋 웃으며 서 있었다.

운이 암자 앞에 줄 선 자와 헌복을 번갈아보다 경악한 얼굴로 해명을 보았다.

"이 사람이 사주쟁이면, 저 사람들은 뭐요? 뭐, 이것도 거짓이 었소?"

"거짓이라니! 나는 곧 사주를 봐준다고 했지, 당장 봐준다고는 하지 않았소."

"허!"

딴청을 피우는 해명을 운이 기막힌 얼굴로 보았다. 그런 운을 헌복이 유심히 보며 가까이 다가왔다.

"자네, 불덩어리구만. 불도 보통 불이 아니야."

"하!"

운이 헌복의 말을 크게 비웃으며 해명을 보았다.

"이자가 사주를 잘 보는 자라니, 세상에서 온갖 똑똑한 척은 다 하면서 실상은 완전 헛똑똑이구만."

"뭐요?"

190

"나는 불이 아니오."

운의 단언에 헌복이 당황했다. 당황하는 헌복을 보며 해명 역시 놀랐다.

"불이 아니라니?"

"나는 흙덩어리요. 병오년, 무술월, 무신일, 무오시오. 이런 나를 보고 불이라니, 돌팔이구만. 역시 사기꾼이었어."

한껏 비웃으며 내뱉는 운의 말에 헌복이 인상을 찌푸렸다.

"그럴 리가. 무언가 잘못되었겠지."

"미안하지만 잘못될 리가 없는 집안이오. 내 사주는 그게 맞소."

의기양양하게 대답한 운이 해명과 헌복을 번갈아보았다. 할 말을 잃은 두 사람의 멍해진 얼굴을 보자 아까 맺힌 체증이 다 내려가는 기분이 들었다.

"이래서 사주는 믿을 게 못 된단 말이지. 그런데 그걸 보자고 여기까지 오다니. 어리석기는."

실컷 비웃은 운이 그제야 등을 돌렸다.

"그럴 리가 없는데. 병오년, 무술월, 무신일, 무오시라니. 그럴 리가 없는데."

계속해서 혼잣말을 중얼거리던 헌복이 해명을 보았다. 황망하여 어쩔 줄 모르는 두 사람의 눈이 마주쳤다.

"언제부터 알던 사인가?"

"오늘 오는 길에 우연히 만났습니다."

"이상해, 이상한 일이야. 분명 무언가 잘못되었어."

헌복이 고개를 가로저으며 돌아섰다.

"저기……."

"왜?"

"저는 어떻게?"

"너 뭐? 나는 제안을 하였다. 이제 네가 답을 할 차례지. 오늘은 이만 가고, 네 마음에 결심이 서면 그때 다시 찾아오거라."

헌복이 성큼성큼 걸어 암자로 향했다. 홀로 남은 채 어쩔 줄 몰라 하던 해명이 산 아래로 내려가는 운을 향해 뛰기 시작했다.

"그나저나 둘이 어찌 만났을꼬. 우연이라기엔 너무 기막힌 인연이구나."

잠시 걸음을 멈춘 헌복이 다시 돌아서서 뛰어가는 해명의 뒷모습을 보았다. 곧 재미난 생각이 떠오른 헌복의 입가에 개구진 미소가 걸렸다.

4장

———

정해진 팔자

"이보시오! 같이 갑시다!"

못 들은 척하기엔 목소리가 너무 컸다. 적토마도 도무지 모른 척할 수가 없었는지 콧바람을 내뿜으며 주춤거렸다. 결국 운이 걸음을 멈추었다.

"거참, 축지법이라도 쓰시나 싶게 빠르시네."

어느새 달려온 해명이 헐떡이며 운의 앞에 섰다. 허리를 숙이고 무릎을 짚은 채 숨을 고르는 해명을 운이 뚱하게 쳐다보았다.

"왜 따라오는 거요?"

"따라오기는! 어차피 나도 이 산을 내려가야 하니까 가는 길에 같이 가자는 거지요."

"또 태워달라고?"

"뭐 꼭 그런 건 아니지만, 그리 해준다면 사양하진 않겠소."

씩 웃는 모습이 참으로 뻔뻔했다. 그런데 왜 화가 나는 와중에도 피식 웃음이 새는 건지 모를 일이었다.

끝내 웃고 마는 운의 모습에 마음이 놓인 건지 해명의 표정이 한결 더 여유로워졌다.

"산세가 깊지 않소. 혼자 내려가면 심심할 터이니 말동무나 합시다."

대답 대신 운이 말고삐를 쥔 채 앞장섰다. 해명이 바싹 그 뒤를 따랐다.

"칼을 휘두르는 게 서툴지 않던데, 누구한테 배웠소?"

샌님처럼 보였는데 의외라는 말은 굳이 덧붙이지 않았다. 몇 번의 경험으로 인해 이제 이자에게 시비를 걸었다간 결국 말리는 건 자기라는 걸 운은 깨달은 것이다.

"아버지한테 배웠소. 알아두면 나쁘지 않을 거라며 가르쳐주셨소. 잘 다루진 못하오. 그냥 내 몸 하나 건사할 정도요. 그쪽이야말로 아주 능숙하더군. 정말 둘 다 죽일 기세더만."

그러고 보니 덩치나 칼솜씨가 범상치 않은 것이 무사인가 싶기도 했다. 해명이 새삼스러운 시선으로 자신을 보자 운이 무심히 어깨를 으쓱했다.

"협박이었지, 어찌 사람을 죽이겠소."

"그쪽이 휘두르는 칼이면 능히 사람이 죽고도 남겠더오. 힘도 좋은 사람이 그러니 어찌나 무섭던지."

걸어가던 운이 걸음을 멈추고 뒤를 돌아보았다.

"무서웠소?"

"무서웠지."

"그대보다 내가 더 무서웠단 말이지?"

"당연한 거 아니오? 그대가 덩치도 더 크고 기골이 나보다 훨씬 장대하잖소. 칼을 쓰는 것도 더 능숙했고."

"다른 이들 눈에도 그리 보였겠지?"

"다들 벌벌 떠는 거 못 봤소?"

대체 뭘 확인받고자 하는 건지 이해가 되지 않는 해명은 이자가 이 와중에 농을 치나 싶어 기가 막혔으나 운은 심각하기만 했다.

"왜 그러오?"

"이상하지 않소?"

"뭐가 말이오?"

"누가 봐도 내가 그대보다 더 칼을 잘 쓰고, 더 무섭고, 덩치도 더 큰데 왜 내가 칼을 겨눌 땐 아무도 자백하지 않았을까?"

손에 쥔 엿이라도 빼앗긴 것 같은 얼굴에 해명이 웃음을 터뜨렸다. 운의 미간에 깊게 주름이 졌다.

"비웃지 마시오."

"비웃는 게 아니오. 그냥 그대 표정이 너무 절박해 보여서 말이오."

"절박한 것까진 아니고."

무안한 운이 헛기침을 하며 몸을 돌려 걷기 시작했다.

"그냥 궁금한 거요. 왜 내 칼은 하지 못한 일을, 그대의 칼은 했는지 말이오."

"도둑질을 해본 적이 있소?"

"없소."

"한 번도?"

"그렇소."

"유복하게 자란 모양이구려. 하긴 뭐 그래 보이오."

"그대는 그럼 뭘 훔친 적이 있단 말이오?"

놀라 걸음을 멈춘 운이 돌아보자 해명이 싱긋 웃었다. 운의 눈이 휘둥그레졌다.

"정말 도둑질을 한 적이 있단 말이오?"

"물건을 훔친 건 아니오. 다만."

"다만?"

"그 비슷한 걸 해본 적은 많소."

"비슷한 거라면?"

"담을 몰래 넘는다든가, 눈을 피해 뭔가를 한다든가 하는 뭐 그런 거 말이오."

"그건 도둑질은 아니잖소."

"뭐가 다르오? 하면 안 된다는 짓 한 건 똑같은데."

"그건 그렇긴 하지만."

아버지가 없는 낮 동안 해명은 공부를 할 수 없었다. 조모는 해명에게 수놓기 같은 여인들의 일을 하라고 강요하기 일쑤였다. 그게 싫어서 아프다는 핑계로 드러누운 뒤 조모의 눈을 피해 오라비의 방에 숨어들어가곤 했다. 오라비는 책을 읽기 싫어했고, 해명은 책을 보고 싶어 몸살이 날 지경이었기에 가능한 거래였다.

오라비가 놀러 나간 사이 이불을 뒤집어쓰고 오라비인 척하면서 몰래 책을 읽었다. 뿐만 아니라 계집은 밖에 나가선 안 된다는 조모의 눈을 피하기 위해 몰래 담을 넘어 밖으로 나가 말을 타곤 했다.

거짓말을 하고 속이고 누군가의 눈을 피하고 몰래 해서는 안 될 짓을 하는 일 같은 건 해명에겐 익숙했다. 당장 오늘만 해도 아무도 몰래 담을 넘어 집을 빠져나왔으니 말이다.

"그런 짓을 많이 했소?"

"꽤 자주 했지."

"나쁜 사람이구만."

"누구에게 손해 끼치거나 피해준 거 없소."

"누구에게 손해 끼치거나 피해준 게 없다고 해서 나쁜 짓이 나쁜 짓이 아닌 게 되오?"

운의 물음에 해명이 인상을 찌푸렸다. 하면 안 된다는 짓을 몰래하긴 했으나 그게 딱히 나쁜 짓이란 생각은 해본 적이 없었다. 법도를 좀 어기긴 했으나 그게 무슨 죄를 저지른 건 아니지 않는가.

"금기는, 금기요."

허나 운은 단호했다. 생긴 건 건달패가 울고 갈 판인데 하는 짓은 영 다른 모양이다. 해명이 의외라는 듯 운을 보며 고개를 갸웃했다.

"금기는 금기다?"

"그렇지!"

"허면 어기면 안 되는 거요?"

"안 되지."

"나쁜 짓이오?"

"나쁜 짓이지. 하면 안 되는 일을 하는 게 그럼 옳단 말이오?"

"옳진 않지만, 그게 왜 나쁘오?"

살면서 꽤 많은 금기를 어겼다. 하지만 그게 나쁘다는 것을 고민해본 적조차 없었다. 그저 그러고 싶거나 필요하면 그리했다. 어차피 법도나 규율이라는 것도 인간이 필요에 의해 만든 거였다. 그러니 가끔 인간의 필요에 의해 어길 수도 있다고 생각했다. 다만 누군가에게 피해 주지만 않는다면 말이다. 적어도 지금까지 해명이 금기를 어겨서 피해를 본 사람은 없었다. 그런데 왜 그게 나쁜 짓이란 얘기까지 들어야 하는 건지 이해할 수 없었다.

"그 쪽은 늘 법도에만 맞춰서 산 거요? 금기를 어긴 적이 살면서 단 한 번도 없소?"

"없소."

"살면서 단 한 번도 하지 말라는 짓을 한 적이 없단 말이오? 진짜?"

해명의 물음에 운이 잠시 침묵했다. 나가지 말라는 외출을 강행해서 혼났던 수많은 기억들이 떠올랐다. 물론 그것들을 하지 말라는 소리를 듣긴 했다. 어쩌면 금기라면 금기랄 수도 있다. 하지만 동시에 그것들은 운에겐 조금도 금기가 아니었다. 그래서 수없이 혼나면서도 수없이 그러한 행동을 했다. 그 이유는.

"나는 내가 법도였소. 그러니 법도를 어긴 적이 없지. 날 어긴 적이 없으니까. 그러니까 그런 건 내겐 일종의 놀이일 뿐이오."

운에겐 늘 자기 나름의 엄격한 규칙과 법도가 있었다. 그리고 그것을 어긴 적은 단 한 번도 없었다. 그러니 스스로 생각했을 때 자신은 어겨선 안 되는 금기를 어긴 적이 단 한 번도 없었던 것이다.

"해선 안 되는 잘못을 저지른 일은 없소. 그러한 일을 의도하진 않았으나 우연히라도 했다면, 스스로 반성하고 입을 다물었지. 예를 들어 어쩌다보니 몰래 엿듣게 된 대화 같은 건, 내 선에서 정리하였소. 그러니 그건 어긴 게 아니지. 의도하지 않은 실수를 잘못이라고 할 순 없잖소?"

"그대 말은 그러니까, 그대가 곧 법도이니 그대는 무슨 짓을 해도 괜찮다, 이거요?"

"맞소. 내가 정리하면 그걸로 끝이지. 남들이 내게 이래라 저래라 하는 걸 내가 어긴 건 금기라거나 잘못이라고 할 수 없소. 그건 그냥 그 사람이 한 말이지, 내가 지키겠다고 한 게 아니잖소? 내가 타인의 규칙까지 지켜줄 필요는 없지. 대신 내 안의 규칙은 보통 사람보다 아주 엄격하다오. 허니 그것을 잘 지키는 것만으로도 어지간한 사람보다 엄격한 삶을 산다고 봐야지."

대단히 오만한 대답에 해명의 말문이 막혔다. 저보다 곱절은 더한 자가 자신에게 금기를 운운하고 있었다. 기가 막힐 노릇이었다. 잠시 황당해하던 해명이 고개를 저으며 헛웃음을 터뜨렸다.

"이제 알겠소. 그러니 그댄 안 되었던 거요."

운이 잔뜩 인상을 찌푸렸다.

"뭐가 안 됐단 말이오?"

"그대의 칼 말이오. 아마 그대는 왜 그대의 칼이 먹히지 않았는지 평생 모를 것이오. 살면서 무언가 뜻대로 안 되어 보거나 너무 절박해서 위험을 무릅써본 적이 없는 그대는 절대로 아까 일을 이해할 수 없소."

막 자신을 스쳐 지나가려는 해명을 운이 돌려세웠다. 표정이 더할 나위 없이 진지했다.

"무슨 뜻이오? 말해보시오."

"이해 못할 거래도."

"말하시오. 내 이해는 그대가 신경 쓸 일이 아니오. 내 이해는 내가 알아서 할 거요. 그대는 설명이나 하면 되오."

대단히 강압적인 말투에 해명이 기막힌 얼굴로 운을 올려다보았다.

"대체 그대는 어느 집 자식이오?"

"뭐요?"

"나도 그리 부족하거나 모자라게 자라진 않았는데 그대는 정말 머리끝부터 발끝까지 유아독존이라서 말이오. 대체 어느 집에서 어떤 대접을 받고 자랐기에 이 모양인 거요?"

"궁금하오?"

"궁금하오."

"이번엔 그대가 절박해졌군."

"절박한 건 아니오. 그냥, 궁금한 거지."

운이 씩 웃으며 말에 올라탔다. 그리고 해명을 내려다보았다.

"이제부터 말을 타고 갈 거요."

태워줄 생각이 없는 듯 운은 말 위에서 자세를 잡았다. 금방이라도 달려갈 것 같은 모습에 해명이 눈을 치켜떴다. 치사하다는 말을 막 하려는 순간, 운이 해명을 불렀다.

"그대는 아마 내 대답도 궁금하고 말도 타고 싶을 거요."

"맞소."

"내가 물은 말에 답해준다고 약조한다면 말도 태워주고 대답도 해주겠소."

운이 손을 내밀었다. 해명이 고개를 끄덕였다.

"좋소."

해명이 손을 잡자 운이 맞잡은 손을 힘주어 당겼다. 눈 깜짝 할 사이 가볍게 끌려온 해명이 운의 앞에 앉았다. 막 운이 고삐를 양손에 쥐는 순간 해명이 뒤를 돌아보았다.

"바로 이런 거요."

"바로 이런, 뭐요?"

"필요에 의한 필연적인 거래. 도둑질을 한 사람은 명주가 필요했소. 그래서 위험을 무릅쓰고 목숨과 명주를 바꾼 거요. 애초에 죽을 각오로 한 일이란 말이오. 그대는 확실하지 않은 상태에서 칼을 겨누었소. 둘 중 누가 도둑인지 전혀 모르면서 성급하게 칼을 꺼낸 거지. 누가 봐도 그건 그저 협박이었소. 애초에 목숨을 걸고 일을 저지른 자가, 아직 아무도 자신이 도둑인지 확신하고 있지 못하는 상태에서 자수를 할 리 있겠소? 그대의 칼은 두 사람 다 겨눈 게 아니라 아무도 겨누지 못한 거요. 허니 그 칼은 조

금의 위협도 될 수 없었소. 아무것도 아닌 그 칼 앞에서는 누구도
겁을 먹지 않았고, 겁을 먹지 않았으니 내놓을 게 없었던 거요."

무슨 말인지 알 것 같았다. 운이 고개를 끄덕이며 해명을 보았
다.

"하지만 그대는 이미 도둑인 걸 확신하고 칼을 뽑았구려."

"그렇소. 그 칼은 정말 자신을 찌를 칼이었거든. 아무리 죽음을
각오했다고 해도 눈앞에 죽음이 다가오는 건 막연한 각오와는 전
혀 다른 문제요. 개똥밭에 굴러도 이승이 낫다고 아무리 그래도
죽는 것보단 도둑놈이 되는 게 낫지. 게다가 두 사연 다 절박하긴
하나 자신의 문제는 아니었거든. 하나는 어머니, 하나는 딸자식.
부모와 자식이 귀하긴 하나 그 정도에 자기 목숨을 내놓긴 아깝
지. 내 칼은 제대로 겨누어 생명이 담보로 되었으니 진실을 내놓
을 수밖에 없었던 거요. 목숨과 진실을 바꾼 거지. 그건 꽤 거래
할 만하잖소."

운이 너털웃음을 터뜨렸다. 해명의 설명엔 조금의 허점이 없었
다. 아니 솔직히 말하면 그의 현명함에 감탄했다. 자신은 죽었다
깨어나도 해명처럼 생각하지 못했을 것이다. 하지만 그것을 이리
쉽게 인정하긴 싫었다. 운이 마지막 고집을 부렸다.

"애초에 주인이 명주를 더 세게 잡아당길 수도 있었잖소. 그랬
으면 어쩔 뻔했소?"

꽤 그럴싸한 반박이라고 자신했으나 그 질문을 들은 해명은 어
이없다는 표정이었다.

"정말 부자로 부족함 없이 자랐나 보오. 살면서 무언가 애틋하

거나 아까워본 적이 없었던 거요? 무언가가 애틋해서 그게 흠이 갈까봐 어쩔 줄 몰라 한 기억 같은 건 없는 거요?"

운이 곰곰이 생각하다 고개를 저었다.

"없소. 그리 아끼는 물건 같은 건."

"그러니 알 리가 있나. 쓰지 않은 채 오 년씩이나 곱게 보관한 명주라면 말이오, 그 사람에겐 정말 귀한 거요. 귀하고 귀한 거란 말이오. 그런 명주를 어찌 세게 당길 수가 있겠소. 손 대기도 아까울 만큼 귀한 건데 마음에서 그런 짓을 할 수가 없소. 힘을 줄래야 줄 수가 없단 말이오. 그게 상할까 봐. 그냥 진짜 주인은 힘을 줄 수가 없소. 그냥 그건 그럴 수가 없는 거요. 이건 그대 같은 사람이 이해할 수 있는 문제가 아니오."

멍한 운의 얼굴을 해명이 경이롭게 바라보았다.

"정말 그대는 하나도 모르는구랴. 누가 보면 왕이라도 되는 줄 알겠소."

그 말에 고삐를 쥔 운의 손이 움찔했다. 내색하지 않기 위해 애를 썼지만 곧장 표정이 굳어버리고 말았다. 허나 다행히도 그런 것을 다 보기 전에 해명은 몸을 돌렸다. 운이 비로소 참았던 숨을 내뱉었다.

그의 말이 맞았다. 운은 왕자였다. 세상 물정은 하나도 모르고, 사람들의 마음이나 백성들의 상황 같은 건 짐작하지도 못하는, 왕자였다.

자괴감이 밀려왔다. 이런 채로 왕이 되어 백성들을 다스린다니, 과연 자신이 무엇을 알고 무엇을 할 수 있을 것인가. 아찔한 일이 아닐 수 없었다.

"이제 내 질문에 답해주시오. 그대는 대체 뭐하는 집 아들이 오?"

돌아보는 해명의 눈이 말갰다. 운의 말문이 막혔다.

"대답하시오."

"나는."

목이 메었다. 운이 기침을 해 목을 가다듬었다.

"그냥 부잣집 철없는 아들이오. 돈만 많은 그런 집 말이오."

부끄럽고 창피해서 일국의 세자라고 말할 수가 없었다. 지금 제가 하고 있는 꼴은 그저 철없는 부잣집 망나니 아들과 다를 바가 없는데 어찌 자신이 누구라고 밝힐 수 있단 말인가.

"그래서 그대가 사주를 안 믿는군."

"뭐요?"

"아쉽거나 절박한 적이 없었으니, 지푸라기라도 잡는 마음을 모르는 거요. 내 인생인데 내 인생을 확실할 수가 없어서 다른 사람한테 물어라도 봐야 하는 그 심정이 어떤지 모를 거요. 그대는 그런 미신 같은 걸 왜 보냐고 비웃지만, 그거라도 보러 가야 하는 이들의 마음은 대체 어떻겠소? 그 무엇도 내 뜻과 의지대로 할 수 없어서 도무지 앞길이 보이지 않아서 그거라도 보러가는 거란 말이오. 내 인생인데 내 인생을 내 뜻대로 못해서 남의 말을 들으러 가는 사람 마음이 오죽하겠소? 그대는 아마 평생 모를 거요."

그 순간 운은 뒤통수를 맞은 것 같았다. 자신은 사주를 안 믿었다. 대신 맞지 않는 사주에 화를 냈다. 왜 이리 된 거냐고 설명해 보라고 분개했다. 당연히 모든 것이 제 뜻대로 되어야 했기에 뜻대로 되지 않는 상황을 인정하지 않았다. 믿고 싶지 않았다. 안 맞는 사주에 애통하거나 원통해한 것이 아니라 분노하고 무시했다.

그래도 상관없었다. 사주가 어떻든 자신의 삶은 잘 굴러 갈 테니까 말이다. 그걸 절박하게 산 속 깊은 암자까지 찾아가서 봐야 하는 이들이 있다는 걸, 그런 인생도 조설팔도 안에 존재한다는 걸 여태까지 생각해본 적이 없었다.

"단단히 잡으시오. 이제부터 달릴 터이니."

더 이상 아무 이야기도 하고 싶지 않았다. 앞에 앉은 해명에게 제 기분과 심경을 들키고 싶지도 않았다. 그러기 위해선 달려야 했다. 운이 있는 힘껏 세게 발을 굴렀다. 놀란 적토마가 뛰기 시작했다.

**

"궐에 갈 차비를 하라니요? 그게 무슨 말씀이십니까?"

"형식적으로는 당분간 옹주의 놀이친구로서 함께 지내기 위해 들어가는 것이오. 허나 실제로는 세자저하와 미리 친해지는 것이 좋겠다고 전하께서 판단하셔서 명하신 일이오."

"그 말씀은?"

"그렇소. 간택은 형식일 뿐, 우리 아이는 이미 빈궁으로 정해졌소이다."

"어머나, 세상에."

기뻐 어쩔 줄 몰라 하는 국환의 부인 배씨의 눈엔 어느새 눈물
이 그렁그렁했다.

"부인."

국환이 다정하게 손을 어루만지며 위로했다.

"망극합니다. 제가 주책이지요."

"무얼요."

"첫 아이를 그리 보내고 자식이라곤 저것밖에 없어 내내 대감
을 뵐 면목이 없었는데, 빈궁으로 간택되다니 이제야 대감께 제
가 면이 섭니다."

"내 말하지 않았습니까. 애초에 우리 수진이는 국모가 될 아이
였다니까요."

"대감."

"전하께서 하루라도 빨리 들어오라고 하십니다. 허니 빨리 차
비해주세요."

"네."

배씨가 허둥대며 자리에서 일어났다. 홀로 앉은 국환 역시 만
감이 교차했다. 허나 그것은 부인이 가지는 것과는 다른 감상이
었다. 결국 이리 되었다, 라는, 결과적으로 제 인생이 제 뜻대로
흘러가고 있는 것에 대한 감격이었다.

보료에 몸을 비스듬히 기댄 국환이 눈을 지그시 감았다. 이내
감긴 눈앞으로 국환의 과거가 그림처럼 스쳐 지나갔다.

어려서부터 신동이란 소리를 들으며 자랐다. 다섯 살에 사서삼경을 뗀 데다 초시를 열세 살에 붙었으니 온 가문이 들썩일 만했다. 안 그래도 명문가 안평 김씨 가문의 장손인데 타고난 자질이 빼어나기까지 하니 일문의 기대가 국환에게 모이는 것은 당연한 일이었다.

초시에 합격하고 열여섯에 대과에 합격한 뒤 벼슬을 하사받았다. 하지만 그 해 어머니가 돌아가시면서 잠시 벼슬에서 물러날 수밖에 없었다.

명문 있는 양반가라면 모두가 그러했듯이 국환 역시 어머니 묘소 옆에 움막을 치고 삼년상을 치렀다. 그 마지막 삼 년째 되던 해 국환은 운명처럼 우도사를 만났다.

"밥 좀 있나?"

혼자 지내는 움막 생활에 물릴 대로 물린 상태였던 국환은 갑자기 불쑥 나타난 그가 누군지도 모르면서 반가웠다. 산짐승이 내려와도 말을 걸 판에 사람이 나타났으니 마냥 좋을 수밖에 없었다.

본래 삼년상을 지내는 동안 먹는 음식은 초라하기 짝이 없었으나 국환은 제가 할 수 있는 한 최선을 다해서 우도사를 대접했다.

"아주 잘 먹었네. 고마우이. 이대로 가기는 염치가 없으니, 내 사주를 봐줄까?"

그것이 국환과 우도사 인연의 시작이었고, 동시에 국환이 사주를 공부하게 된 계기였다.

"신사(辛巳)년에 기해(己亥)월 갑인(甲寅)일 계유(癸酉)시라. 겨울나무인데 뿌리가 튼튼하고 주변에 물이 풍부하니 사시사철 푸른 상록수라 할 수 있겠구나. 사주가 아주 기가 막히군. 열셋에 초시를 치렀겠고, 열여섯에 대과에 급제했겠네. 혼인은 열다섯에 했겠군. 아직은 자식이 없겠어. 집안도 좋고 본인도 영특한 데다 글도 잘 쓰고 스스로도 학문하는 것을 즐겨하니 앞날이 아주 탄탄대로야. 다만 겉으로 인자해 보이는 것과 달리 자존심이 강하고 스쳐 지나가는 말도 그냥 넘기질 못해 스스로를 들볶는 성격이라 아주 피곤하겠네. 잘못하면 두통을 달고 살겠어. 거기다 경쟁심과 질투심이 강해 자기보다 뛰어난 사람은 가까이 두지 못하니 정치에는 득이 되질 않아. 타고난 학자로 살면 좋겠으나 또 그렇기엔 야망이 크니, 일생이 좀 고달프겠네."

제 개인사에 대해 아무것도 말해준 것이 없었으나 생년월일만 보고 우도사는 귀신같이 국환의 모든 것을 알아냈다. 아니 국환이 인정하고 싶지 않아 하는, 남들은 모르는 국환의 단점까지도 모두 잡아냈다. 기가 막힐 지경이었다.

"무당이시오?"

한참을 멍하니 있다가 겨우 입을 열어 꺼낸 첫마디였다. 그 말에 우도사가 펄쩍 뛰었다.

"떽! 어찌 나를 무당 따위와 비교하나? 이건 학문이야. 신 내린 게 아니란 말일세. 자넨 주역도 안 배웠나."

"주역은 배웠습니다만……."

어느새 우도사 앞에 국환은 공손히 앉았다. 말투 역시 깍듯해 졌다.

"자연의 이치로 인간사를 꿰뚫어보는 거지. 하늘을 읽는 거라 고. 잡과에도 있지 않나. 명과학이라고. 내가 그거네."

"벼슬을 하십니까?"

"무얼. 그건 제대로 사주를 못 보는 자들이나 하는 거지. 천하 의 사주쟁이인 내가 어찌 시시한 벼슬 따위에 얽매일 수가 있겠 나. 뭐 또 궁금한 거 없나?"

혼이 빠져나간 듯 정신이 하나도 없었다. 겨우 국환이 메인 목 을 가다듬은 뒤 질문했다.

"자식은, 자식은 어찌 됩니까?"

"아들은 없네. 낳아도 오래 살지 못할 게야. 특히 자넨 서른셋 이후로 아들은 없어."

집안의 장손인 국환 입장에선 청천벽력과 같은 소식이었다.

"허나 아들 낳자고 첩을 두면 좋은 관직을 얻지 못하니 아내에 게 충실해. 그럼 관직에서 승승장구할 게야."

"허나 아들이 없으면!"

"아들이 없어도 자넨 잘 나간다니까? 만에 하나 어디선가 아들 을 낳는다면 자넨 그리 성공하진 못할걸. 인생사 그리 다 뜻하는 대로 되는 게 아니라네. 무언가를 얻으면 하나는 내놓아야지. 선 택하셔야겠네. 자식인가, 개인의 영달인가."

또다시 할 말을 잃은 국환이 멍하니 우도사를 보았다. 그가 말 한 것은 모두 다 맞았다. 허나 그가 말한 것들이 다 사실이라고 믿고 싶지 않았다. 그러나 어찌 믿지 않을 수가 있겠는가. 이리다 맞는데 말이다. 몇 번의 심호흡 끝에 겨우 국환이 정신을 추슬렀다.

"정말 이 모든 것들이 사주를 공부하면 나옵니까?"

"나오지. 근데 재주가 있고 공부를 잘해도 나만큼 볼 수 없어. 난 타고 났거든. 이게 어렵고 심오한 학문이라 아무나 나만큼 볼 수 있는 게 아니야. 개나 소나 책만 보면 다 보는 줄 아니까 사주쟁이들이 다 개나 소나인 줄 안다니까. 통탄할 노릇이지."

"저는 어떻습니까?"

무슨 뜻이냐는 듯 우도사가 국환을 빤히 보았다.

"저는 배우면 조금이라도 알겠습니까?"

"배우고 싶나?"

"네. 궁금합니다. 학문이라면서요. 스승님으로 모시겠습니다. 가르쳐주십시오."

우도사가 다시 국환의 사주를 유심히 들여다보았다. 그러다 빙긋이 웃었다.

"올해가 무술년이라, 그대에겐 없는 귀문관이 들어오는군. 그래서 자네가 올해 날 만났나 보네."

알아들을 수 없는 말에 국환이 멍해졌다. 그 모습을 보며 우도사가 눈을 반짝였다.

"오늘처럼 밥 잘 먹여줄 텐가?"

"네?"

"밥 말일세, 밥. 끼니 때마다 밥 잘 먹여줄 거냐고."

"그럼요. 스승님으로 모실 터인데 밥이 문제겠습니까?"

"그럼 가르쳐주고."

우도사의 말에 국환이 곧장 큰 절을 했다.

"감사합니다. 정말 감사합니다."

***

그날부터 우도사와 국환의 공부가 시작되었다. 하지만 그 공부라는 게 국환이 예상했던 것과는 아주 많이 달랐다. 우도사는 제 맘대로 어딘가를 열심히 쏘다니다가 밥 때가 되면 기가 막히게 찾아왔다. 그럼 밥을 먹으면서 둘은 이야기를 나눴다. 그게 우도사식의 공부였다.

처음엔 선문답 같기만 하던 이야기들이었으나 서자평을 한 권 다 읽고 나자 우도사가 무심히 던지는 한마디조차 대단한 가르침이라는 것을 알게 되었다. 그러자 우도사가 불쑥 찾아오는 밥 시간이 국환에겐 그 어느 시간보다 소중해졌다.

"자네 사주공부 한다고 서자평만 들입다 들여다보고 있지? 벌써 세 번이나 읽었지?"

"네."

"그거 너무 열심히 보지 말게. 그 시간에 움막 밖으로 나가 나무를 보고 해를 보고 구름을 봐. 그게 공부에 더 도움이 될 테니까."

"왜 그렇습니까?"

"사주쟁이들이 왜 다 산으로 수양하러 오는 줄 아나? 결국 인간이란 존재는 자연에 기생해서 사는 거야. 자연의 입장에서 보면 벌레나 인간이나 다를 바가 없단 말이지. 벌레나 동물들이 자연에 맞춰 살기 위해 노력하는 것처럼 인간 역시 이 자연 속에서 어찌하면 잘 살까를 고민했고, 그 고민의 결과를 글로 적은 게 사주야. 음양오행이라는 것도 결국 자연 아닌가. 허니 자연 속에 들어와 자연을 관찰해야만 음양오행이 무엇을 말하는지 진정으로 깨달음을 얻을 수 있단 말이지. 나무의 특성을 모르면서 어떻게 양목과 음목의 차이를 이해하겠는가. 흙을 제대로 만져보지 않았으면서 어찌 더운 흙과 찬 흙과 진흙과 마른 흙을 구분할 수 있겠느냔 말이야. 허니 책만 들여다본다고 사주쟁이가 되는 게 아니네. 자연을 봐야지. 답은 거기 있는데."

우도사의 말에 국환은 당장 움막 밖으로 나왔다. 움막에서 지내야만 하는 산 생활은 사주를 공부하기에 더할 나위 없이 좋은 환경이었다. 아마 민가에 있는 동안 서자평을 공부했다면 국환은 그리 사주에 대해 잘 배우지 못했을 것이다. 하지만 산에서 시간을 보내는 동안 국환은 우도사의 가르침을 충분히 체득할 수 있었다.

함께하는 시간이 길어지면서 자연스레 서로에 대해 더 많은 이야기를 나누게 되었다. 우도사는 이십여 년 전에 한 스승을 만나 사주의 길로 들어섰다고 했다. 막상 따지고 보자 우도사와 국환의 나이 차이는 열 살도 채 나지 않았다. 헌데 겉으로 보기엔 우도사가 국환보다 스무 살은 더 많아 보여서 어디 가서 아비자식간이라 해도 믿길 정도였다.

"아니 도를 닦으면 영생을 누린다는데 도사님은 어찌……?"

"잘 모르는 소리 하고는. 이 얼굴로 쭉 가는 거야. 그러니까 한 이십 년 지나서 만나면 내가 자네보다 열 살은 어려 보일걸?"

우도사는 겉보기엔 괴짜나 돌팔이 같았으나 제 스스로 그리 꾸며냈을 뿐 실은 대단히 재주가 뛰어난 이였다. 그와 가까워질수록 국환은 그를 진심으로 존경하게 되었다.

"오늘 아침에 산에 갔다 내려오는 길에 보니 시커먼 고목이 입을 딱 벌리고 있더군. 자네 작은아버지가 오후에 들를 게야. 그 양반이 입이 메기같이 크고 얼굴이 시커멓지 않나."

그럼 정말 그날엔 그의 작은아버지가 들렀다. 대체 그런 것들을 어떻게 알게 되었는지는 절대로 알려주지 않았다.

"그건 말로 해선 이해할 수 없어. 자네 같은 먹물은 절대 이해할 수 없을 걸세."

그는 국환을 도련님이라거나 먹물이라고 놀렸다. 가끔 약이 올랐으나 그것이 애정에 기반을 둔 것이란 걸 알았다. 그는 국환이 '도련님'이라서 자신의 진짜 제자가 될 수 없음을 아쉬워했다.

"나는 똑똑한 이가 좋아. 세상을 볼 줄 모르는 자와 무슨 대화를 하겠나. 자네는 똑똑해. 똑똑한 사람일수록 사주를 배워야 해. 그래야 사주를 제대로 볼 줄 알거든 또 자네 같은 사람이 들어와야 이 분야도 발전을 하지. 허나 자네는 사주쟁이는 못 될 게야. 자넨 도련님이잖나."

스승님이란 호칭은 얼마 지나지 않아 도사님이 되었다. 그가 도사님이란 호칭을 더 좋아했기 때문이다. 그의 꿈은 도사가 되어 영생을 사는 것이었다. 그것만이 자신의 특별함을 증명할 수 있는 길이라고 했다.

"도사님과 시장 바닥에 있는 사주쟁이들의 다른 점이 무엇입니까?"

"그들은 시간 속을 살지. 나는 시간을 넘어서 살고."

"그것이 무슨 뜻입니까."

"세상 속에서 살아가는 인간의 삶이 어찌 흘러갈 것인지를 유추하는 게 사주야. 헌데 그 세상이란 뭔가. 자연이지. 허면 자연의 속성이 무엇인가? 변화지. 끊임없이 변화하는 것이 바로 자연이란 말일세. 허니 그 변화하는 자연 속에서 사는 인간들도 변해야지. 고인 물은 썩어. 물이 썩지 않는 방법은 흐르는 거야. 그것이 자연의 이치란 말이지. 헌데 장바닥 놈들은 그걸 몰라. 그래서 장바닥에서 그네는 현실을 팔지. 당장 눈앞에 보이는 것들을 팔아야 장사가 되니까. 그들은 사주쟁이가 아니라 장사치야."

"현실을 가지고 장사를 한다는 게 무슨 뜻입니까?"

"예를 들어 말일세, 황진이 같은 이가 지금이야 기생이라 천출이라고 손가락질 받지만 몇백 년 지나 세상이 바뀌면 그러한 재주를 가진 이가 왕보다 더 대단한 사람이 될지 누가 알겠나? 왕보다 더 대단한 사람이 될 수도 있어. 몇백 년 후엔 신분보다 재주가 더 중요해질 수도 있단 말야. 눈에 보이는 것보다 눈에 보이지 않는 게 더 중요해지는 세상이 온다면 말이지. 그런 건 보통 사람들은 몰라. 알 리가 없지. 허나 진정한 사주쟁이라면 그런 것을 알아야 하거든. 그런 것을 알고 시간을 넘어서 진정 그 사람에게 필요한 조언을 해줄 수 있어야 해. 눈앞에 보이는 것이 아니라 당장 보이지 않는 그 너머의 일까지 알려줘야 한단 말이야. 구름이 보인다고 구름을 말해주면 아니 되고 그 구름이 물러간 뒤 해가 뜰지 바람이 불지 비가 올지를 알려줘야 한단 말이지. 헌데 시장 바닥에 있는 이들은 구름만 말해. 눈앞의 현실만 판다고. 그러니 지금 기생인 이에게 그저 기생에 대한 말 밖에 못해준단 말일세. 그게 그들의 문제야."

알 것도 같고, 모를 것도 같은 말이었다.

"그럼 도사님은 세상이 변하는 것을 알 수 있단 말씀이십니까."

"알지. 내 눈엔 보이지."

"허면 세상이 어찌 변합니까. 알려주십시오."

"조만간 나라에 변고가 일어날 게야. 백성들의 삶은 더 힘들어지겠지. 첫 번째 난리가 지나고 나면 사람들은 다 끝났다고 생각할 테지만, 아니야. 그건 시작일 뿐 더 큰일이 벌어질 걸세. 그리고 뒤에 벌어지는 일이 더 민초들의 삶을 힘들게 할 게야. 첫 번째 난리는 사람의 욕심으로 인한 거지만, 두 번째 난리는 자연의 변화로 인한 것일 테니, 적응하는 데 더 오래 걸리고 힘들 테지. 당연히 난리가 지나가고 난 자리는 황폐하겠지만, 그 황폐함 속에서 또 다른 싹이 나는 게 또한 자연의 이치이니, 꼭 나쁘게 볼 것만은 아니지. 좋은 지도자가 나타난다면 그 변화가 새로운 세상을 여는 열쇠가 될지 누가 알겠는가."

단 하나도 이해할 수 있는 구석이 없었다. 넋이 나간 국환을 보며 우도사가 싱긋 웃었다.

"명리학을 잘 공부해 두시게. 아마 범인의 소견으로 예측 불가능한 시대가 곧 도래할 테니, 이제 곧 명리학이 세상을 구원하는 학문으로 대두될 걸세."

"그게 대체 무슨……. 이해하기 어렵습니다. 좀 더 자세히……."

아무리 애를 써도 알 수가 없어 국환은 자세히 캐물으려 했다. 허나 우도사는 그럴 기회를 주지 않겠다는 듯 막힘없이 말을 이었다.

"세상에 변화가 닥치면 곧 비결서가 떠돌게 될 게야. 난이 끝나고 난 뒤 피폐해진 백성들의 마음을 사로잡을 만한 내용이 가득할 걸세. 그렇게라도 희망을 부여잡고 싶은 백성들의 마음을 어루만져줄 만한 혜안을 가진 이가 왕이 되어야 할 텐데, 모자란 이가 왕이 되면 그 예언서 때문에 엄한 목숨이 죽어나가게 되겠지."

들으면 들을수록 우도사의 이야기는 국환을 어지럽게 했다. 허나 제 할 말을 끝낸 우도사는 가뿐한 얼굴로 자리에서 일어났다.

"모레쯤 비가 올 것 같네. 움막을 잘 단속하시게."

그렇게 제 할 말을 마치면 그는 사라졌다. 그리고 그가 남긴 말대로 사흘 뒤엔 정말 비가 왔다.

빗속을 헤치고 그는 어디서 얻어온 건지 모를 곡차와 고기를 가지고 왔다.

"상중이라 저는 이런 것을 먹을 수 없습니다."

"자네는 왜 삼년상을 치르는지 아나?"

"아이가 태어나 삼 년까지는 어머니의 살뜰한 보살핌이 필요합니다. 우리가 어렸을 때 삼 년 동안 부모님이 돌봐주신 만큼 우리 역시 부모가 돌아가신 후 삼 년 동안 그 마음을 기리는 것입니다."

"그렇지. 그럼 그 삼 년 동안 부모님이 술도 안 마시고 고기도 안 먹고 잠자리도 안 하셨겠나? 그럼 이 세상 연년생들은 뭐 다 제비가 물어준 박씨로 태어난 애들인가?"

"도사님!"

민망하여 얼굴이 붉어진 국환을 보며 우도사가 껄껄 웃었다.

"인간이 어리석은 게 바로 이런 게지. 상중에 술과 고기, 계집을 멀리하라는 것은 마음이 흐트러질까 경계하는 거야. 느슨해져서 부모를 제대로 기리지 못하고 방만해질까 봐 주의사항을 내려준 거란 말일세. 허나 내 스스로 술과 고기, 계집을 가까이 해도 방만해지지 않는다면 먹어도 된단 말이지. 글자 그대로 지키는 것보다 더 중요한 건 이 내 마음가짐이란 말일세. 원효대사가 설총을 낳았다고 해서 파계하셨나? 진정 깨우친 이는 사사로운 유혹에 망령되지 않아."

우도사의 말에 넘어간 국환은 결국 이 년 반 만에 처음으로 술과 고기를 먹었다. 오랫동안 거친 음식만 먹던 국환에게 그것은 대단히 큰 자극이었다. 목구멍을 타고 넘어가는 기름기에 정신이 다 혼미했다. 국환이 고개를 절레절레 저었다.

"왜 술과 고기, 계집을 금기시켰는지 알겠습니다."

"그래, 그런 걸 아는 것도 바로 진짜 공부지. 그저 남이 하지 말라니 안 하는 것과 내가 알고 스스로 안 하는 건 차이가 크다네. 이제 그만하시게."

우도사가 껄껄 웃었다.

"기억하시게. 자네는 똑똑하고 가문이 좋은 데다 성실하고 사회적 규범도 잘 지키는 성향이고, 타고난 사주까지 좋으니 아주 승승장구할 게야. 허나 그게 자네에겐 독이 될 수도 있어."

"무슨 뜻입니까?"

"사주란 세상의 흐름이야. 인간의 힘이나 의지와는 아무 상관 없이 돌아가는 우주의 법칙이란 말일세. 똑똑한 사람은 그저 그 우주의 법칙을 남들보다 조금 더 빨리, 많이 알 뿐이야. 조금 앞 서 간다고나 할까. 하지만 앞서갈 뿐이지, 그것을 움직이지는 못 해. 헌데 자네같이 똑똑한 사람이 사주나 풍수나 관상 같은 걸 잘 못 공부하면 오만해지지. 오만해져서 내가 우주를 만들고 움직일 수 있다는 착각에 빠져. 대부분 거기서 실패하지."

우도사가 국환을 지그시 바라보았다.

"내 스승으로 마지막 충고 하나 하지."

"마지막이라니요?"

"더 이상 오지 않을 걸세. 스승님이 날 부르셨어. 금강산으로 오라시네. 내일 거기로 옮겨야 해. 자네에게 가르칠 건 다 가르쳤 어. 이제 혼자해도 충분할 게야."

"제대로 감사 인사도 못 드리고, 답례도 못했는데……."

"무얼. 그런 쓸데없는 건 도사에겐 짐만 될 뿐이야. 이별주로 곡차나 한 잔 따라주시게."

국환이 술잔을 가득 채우자 우도사가 단숨에 비웠다.

"자, 술도 마셨으니 이제 내가 마지막 충고를 해도 되겠나?"

"말씀하십시오."

"자네는 하늘을 읽는 자야, 하늘을 만드는 자가 아니야. 자네는 매우 총명하나, 아마 언젠가는 그 총명함이 스스로의 발목을 잡을 것이야. 자네는 자신의 총명함을 스스로 경계해야 한단 말이지."

"제가 실수한단 말입니까? 언제요? 어떻게요?"

국환의 물음에 우도사가 쓰게 웃었다.

"하긴 이게 무슨 소용 있겠는가. 아무리 내가 지금 이리 말해도 일이 벌어진 뒤에야 무슨 말인지 알 수 있을 것인데. 중이 원래 제 머리 못 깎는 법이거든."

그 말을 마친 우도사가 술병을 비운 뒤 자리를 박차고 일어났다.

"난 이만 가보겠네. 그동안 대접 잘 받았네."

국환이 우도사를 붙잡았다.

"도사님, 마저 말씀해주십시오."

"나는 다 말했네. 이제는 자네 몫이지. 내 전에 말하지 않았나. 자네에게 주어진 천명이 있다고."

"왜 사람마다 주어진 삶이 다른지 생각하라고 하셨지요."

"그래, 사람마다 주어진 삶이 다르지. 자네에게도 자네만의 길이 있음이야. 그 길을 가시게. 그럼 실수하지 않을 게야. 허나 자네가 행로를 이탈한다면 상황은 달라지겠지. 만약 자네가 새 길을 만들려 한다면 문제가 커질 거야."

"그것이 무슨 말씀이십니까? 자세히 알려주십시오."

아직 묻고 싶은 것이 많은데, 선문답이 명쾌히 해결되지 않았는데 우도사는 이미 나갈 채비를 하고 있었다. 다급해진 국환이 우도사의 다리에 매달렸다.

"금강산 어디로 가십니까? 삼년상이 끝나면 찾아가겠습니다."

"도사의 행선지가 어디 정해져 있겠나? 지금은 스승님이 부르시니 금강산으로 가지만 거기서 어디로 갈지는 나도 모르네. 갔다가 백두산으로 갈지 탐라국으로 들어갈지 누가 알겠나. 찾지 마시게. 우리 인연은 여기서 끝이니."

"다시 뵐 수도 없습니까?"

다리를 놓지 않고 거듭 청하는 국환을 우도사가 가만히 내려다보았다.

"조만간 삼년상이 끝나면 관직을 하사받을 게야. 전에 말한 대로 얼마 지나지 않아 나라에 큰일이 벌어질 걸세. 그때 몸조심하시게. 그 고비만 무사히 잘 넘기면 자네는 앞으로 승승장구할 테니. 아, 아들 욕심 버리고 아내에게 잘하는 거 잊지 말고."

씩 웃은 우도사가 움막을 나섰다. 그것이 우도사와 국환의 마지막이었다.

***

우도사 말대로 삼년상이 끝나자마자 국환은 관직을 하사받았다. 그리고 얼마 지나지 않아 전쟁이 터졌다. 국환은 직관적으로 이것이 우도사가 말한 나라의 난리라는 것을 깨달았다.

당시 국환에게 주어진 일은 내명부의 여인들을 보필하는 것이었다. 배를 구해서 여인들을 모시고 삼전도까지 들어갔다. 그때 빈궁과 부부인에게 좋은 인상을 남긴 인연으로 심양까지 가게 되었다. 세자와 대군을 지근거리에서 모시는 자리였다. 몸은 고되지만 국본을 가까이 할 수 있는 위치니 앞으로의 출세가 보장된 자리라 할 만했다. 모든 일이 우도사의 말대로 술술 풀리고 있었다.

그러던 차에 심양으로 가기 직전, 국환은 아들을 얻었다. 갓 태어난 아이가 아들이라는 소식에 온 집안은 경사가 났다고 좋아했으나 국환은 도저히 기뻐할 수가 없었다.

"나으리, 어찌 아들을 보고도 좋아하시질 않으십니까?"

"아니요, 기쁘오. 어찌 기쁘지 않겠소? 너무 좋아서요. 믿기지 않아 그러오."

분명 우도사는 제게 아들이 없거나 아들이 있다면 성공할 수 없다고 했다. 그런데 아들이 태어났다. 태어난 아들을 보며 국환은 대체 어떤 기분을 느껴야 하는지 알 수 없었다. 심경이 복잡했다.

한동안 펼쳐보지 않았던 서자평을 다시 펴서 읽기 시작한 건 그쯤이었다. 무언가 방법을 찾고 싶었다. 방법이 있으리라 믿고 싶었다.

제 사주를 다시 자세히 들여다보자 우도사가 무엇을 보고 그리 말했는지 알 수 있었다.

국환의 사주는 23살 때부터 10년간 병신(丙申)대운이 들어오는데 이로 인해 천간에 있는 정관 신금과 지지에 있는 식신 사화(巳火)가 각각 합이 되었다. 그리하여 천간은 병신(丙辛)합수 되고 지지는 사신(巳申)합수 되어 관이 사라지고 둘 다 수인 인성 기구신으로 바뀌었다.

이 관성이 사내에겐 자식이면서 동시에 관직이니 이는 곧 자식이 사라지거나 관직이 사라진다고 해석될 수 있었다. 아예 없다면 모를까 일단 들어오게 되면 사라진다. 특히 국환의 사주엔 없는 아들이 대운에서 편관 신금이 들어와 생긴 것이니, 이것이 합되어 사라지면 우도사의 말대로 일생 동안 아들이 없을 팔자였다.

병신대운 십 년 동안 아들을 지켜내지 못하면 앞으로 영영 아들은 가질 수 없었다. 제 사주를 풀어본 국환의 얼굴은 사색이 되고 말았다.

하지만 국환이 서자평을 봤을 때 합이 된다 해서 무조건 합화가 되어 형태가 변하는 것은 아니었다. 그것은 조건이 갖추어졌을 때만 변하는 것이 가능했다. 그저 합만 되고 합화는 되지 않는 경우도 많았다. 물론 국환의 사주엔 인성인 수가 충분했기 때문에 합수가 될 요건이 갖추어져 있긴 했으나 만약 의도적으로 제 인생에서 수인 요소를 다 뺀다면 합화가 이루어지지 않을 수도 있었다. 만약 합화가 이루어지지 않는다면 합이 되더라도 형태가 변하지 않으니 이는 자식도 관직도 잃지 않을 가능성이 있다는 얘기였다.

"여봐라! 집안의 모든 우물을 다 메워라."

그것이 국환이 유일하게 희망을 걸 수 있는 요소였다.

심양으로 떠나기 전 국환은 아내를 시켜 집 안에서 검은색은 모두 없앴다. 자신과 부인이 가지고 있는 옷이나 노리개 중 검은색인 물건은 모두 버렸다. 우물도 모두 메웠고 뜰에 정자도 없앴다.

북쪽으로 난 모든 문도 막았고 모든 집의 위치는 남쪽을 향하게 했다. 그리고 집 안에 흙을 많이 두었으며 특히 아이가 있는 방은 노랗게 꾸몄다.

"명심하세요. 이 아이는 물을 멀리 해야 합니다. 검은색도 멀리해야 해요. 숫자도 1과 6은 좋지 않습니다. 잊으면 아니 됩니다."

"명심하겠습니다, 대감."

운명이 그저 타고난 대로만 흘러간다는 것을, 인간이 조금도 그것을 바꿀 수 없다는 것을 믿고 싶지 않았다. 제 운명은 제가 만들어 가야 했다. 국환은 아들도 지키고, 정승도 하고 싶었다.

***

전쟁을 치러내면서 비로소 국환은 우도사가 했던 그 선문답 같은 말의 의미를 온전히 이해할 수 있었다. 또 사주 공부를 하면 할수록 훌륭한 지도자가 필요하다는 생각 역시 확고해졌다.

삼 년간 치른 전쟁의 피해를 복구하기 위해서 삼십 년은 족히 걸릴 것이다. 허니 적어도 두 세대 이상 좋은 왕이 필요했다. 그렇지 않으면 정말 역모가 일어나거나 혹은 역모를 빙자한 권력

다툼이 일어날 게 분명했다. 그렇다면 이미 흉흉한 민심은 더욱더 걷잡을 수 없어지고 피폐한 백성들의 삶은 도탄에 빠져 전쟁보다 더 큰 혼란이 벌어질 것이다. 이 모든 환란을 극복하기 위해선 훌륭한 왕이 바로 서야 했다. 그래야만 백성들을 안정시킬 수 있었다.

그래서 국환은 심양에 가자마자 세자에게 합방을 신중히 하여 좋은 후손을 보아야 한다고 권했다.

입태일과 출태일에 맞추는 것은 훌륭한 후손을 보는 데 필수였다. 무엇보다 사내의 기를 제대로 모으기 위해선 술도 마시면 아니 될 뿐 아니라 아무 날이나 합방을 해 기를 낭비해서도 안 되었다. 적어도 백 일은 정기를 모은 뒤 합방해야 훌륭한 아이를 잉태할 수 있었다.

국환이 그런 말을 했을 때 세자는 기막혀 했다.

"심양관 꼴을 보라. 사랑채와 안방을 분간할 수 없는 형편이다. 헌데 어찌 조선처럼 합방을 하라는 것인가? 그대가 권하는 것을 결코 지킬 순 없다. 허나 그대의 권유를 지킨다는 말이 조선에 들어가면 아바마마께서는 매우 좋아하시겠지. 날짜는 뽑아라. 지킨다는 약조는 못한다. 다만 조선엔 합방 날짜를 뽑았다는 것을 써서 장계로 올리라. 그것만으로도 왕실의 어른들은 흡족해하실 것이다."

세자는 심약했고, 세자빈은 강건했다. 특히 청나라에서 고립무원으로 있으면서 세자는 빈궁에게 이미 몸과 마음을 상당히 의탁한 상태였다. 따라서 세자는 조금도 빈궁에게서 떨어지고 싶어

하지 않았다.

국환은 그러한 세자의 태도가 지극히 실망스러웠으나 더 간할 수는 없었다. 기운 없이 처소에서 돌아나오는 국환을 금창대군이 붙잡았다.

"밖에서 자네가 하는 말을 들었네. 나는 노력해보고 싶어. 나와 부인의 합방일도 뽑게. 지키도록 하겠네."

"진심이십니까?"

"그럼. 나 역시 서자평을 읽었네. 학문이 짧아 잘 알지는 못하나 그게 얼마나, 왜 중요한지는 잘 알고 있다네. 날짜를 뽑아주시게. 난 꼭 지키도록 하겠네. 부부인도 나와 뜻이 같으니 염려할 것 없네."

그날 밤, 국환은 합방일을 뽑는다는 핑계로 세자와 금창의 사주를 모두 뽑아보았다.

세자의 사주는 을해년, 임오월, 임자일, 경자시였다. 수다(水多)하고 신강한 사주였다.

총명하지만 지나치게 생각이 많고 그 생각에 옥죄어 스스로를 갉아먹기 쉬웠다. 청과 조선 사이에서 일어나는 사소한 갈등에도 힘겨워하다 늘 앓아눕고 마는 세자의 사주다웠다.

월지가 재성인 데다 딱 하나뿐이니 아내에게 약할 뿐 아니라 심하게는 휘둘리기도 쉬웠다. 하지만 예민한 만큼 감각적이었고, 창의적이었으며 예술적이었고 감수성이 빼어났다. 아마 그가 평화로운 시대에 왕이 되었다면 특별한 왕이 되었을 것이다. 문화를 발전시키는 대단히 아름다운 왕이 되었을 수도 있다. 하지만 혼란을 극복해야 하는 지금의 시대에 걸맞은 왕의 사주는 아니었다.

다음으로 금창의 사주를 보았다. 금창의 사주는 무인년, 무오월, 무오일, 갑인시였다. 금창의 사주를 보고 국환은 무릎을 쳤다. 왜 세자와 금창은 완벽하게 서로가 서로를 보완해주는 관계인지 알 수 있었다.

둘은 서로를 좋아했고 의지했으며 사이좋은 형제였다. 사주만 봐도 알 수 있었다. 세자에게 부족한 게 금창에게 있었고, 금창에게 부족한 게 세자에게 있었다. 세자가 주로 물로만 이루어졌다면 금창은 흙과 나무가 주였다.

세자가 가진 그 지나치게 많은 생각과 상념들을 금창이 대신 처리해주는 역할을 하곤 했다. 또 금창이 미처 생각하지 못하는 부분을 세자는 섬세하게 헤아릴 줄 알았다. 실제로도 세자가 아플 때마다 금창이 형을 대신 해 사냥터나 전쟁터를 나가곤 했다.

세자와 달리 금창은 육체적으로 정신적으로 강건했고 뚝심이 있으며 자신이 생각하는 바를 그대로 밀고 나가는 실천력도 더 강했다. 앞에 나서거나 스스로를 내세우지 않는 겸손함 역시 가지고 있었다. 하지만 다소 고집이 세고 멀리 헤아려 생각하지 못하는 단점이 있었다.

세자와 금창은 각자 장점과 단점이 확실한 사주였다. 둘 다 왕이 되기에 부족하지 않았다. 허나 지금 현재 많은 위기를 극복하고 다시 일어서야 하는 조선에 필요한 왕은 금창과 같은 사주를 가진 이여야 했다. 국환은 누구에게 더 좋은 합방 날짜를 뽑아줘야 할지 마음을 정했다.

*＊＊

   그렇게 금창이 국환에게 입태일과 출태일을 받아 생산한 것이 운이었다.

   허나 운은 출태일에 맞춰 태어나지 않았다. 그것은 인간의 의지를 거스르는 하늘의 뜻이었다. 국환은 운의 탄생을 지켜보면서 결국은 어쩔 수 없단 말인가, 라는 한탄과 동시에 제 아들에 대한 걱정이 밀려왔다. 정말 하늘의 뜻을 어쩔 수 없다면 결국 자신의 아들도, 라는 생각에 등골이 서늘했다. 그리고 예감은 무섭도록 들어맞아서 정말 국환은 병신대운의 마지막 해에 아들을 잃고 말았다.

   끝내 그리 애를 쓴 아들이 죽었을 때 국환은 사주고 뭐고 다 집어치우겠다고 생각했다. 그래서 모든 사주 관련 서적을 불에 태우려는 순간, 우도사가 했던, 아들은 없을 것이나 승승장구할 것이라는 말이 떠올랐다.

   그렇다면 자신은 자식 없이 얼마나, 어떻게 성공할 수 있을까, 확인해보고 싶었다. 제 앞에 대체 어떤 삶이 있으며, 그 삶이 자신을 어디까지 데려갈 것이기에 아들을 끝내 잃어야 했는지 궁금했다. 하늘을 만들 수는 없지만 하늘의 뜻이 거기 있다면 그리고 제가 그 뜻을 먼저 알 수 있다면 그것을 충분히 이용해보고 싶었다.

   아들이 없는 집안에서 가문의 영달을 꾀할 수 있는 최고의 길은 중전감을 낳는 것이다. 아들을 잃은 뒤 입태일과 출태일을 받아 딸을 낳았다. 국환이 원하는 대로 태어난 딸의 사주는 완벽했다.

허나 세손이나 다른 왕자들과 나이 차이가 꽤 나는 게 유일한 문제였다. 단순히 정경부인이 되는 것으로는 국환의 성에 차지 않았다. 제 딸은 중전이 되어야만 했다. 그래야 우도사의 말이 맞았다.

그때 마침 인질 생활이 끝난 세자와 금창 내외가 귀국했다. 그리고 세자의 귀국과 동시에 정국은 요동쳤다. 끝내 세자가 죽고 금창이 세자가 되었을 때, 국환은 그제야 비로소 하늘의 뜻을 알았다. 우도사가 제게 했던 말이 무엇인지도 깨달았다. 왜 운이 그리 태어나버렸는지도 알았다. 하늘의 뜻은 국환에게 있었다. 국환은 하늘의 뜻을 남보다 먼저 알았다. 이제 그 뜻을 제게 맞게 이용할 차례였다.

***

"수진입니다."

"들라."

국환은 곱게 절을 올리는 수진을 보며 흐뭇하게 웃었다.

"준비가 다 끝났느냐?"

"예."

운은 사주에 맞게 태어나지 못했다. 그것이 운이 가진 최고의 약점이었다. 그리고 그 약점을 아는 이는 국환과 왕 내외뿐이었다. 그리고 자신에겐 운과 사주가 딱 맞지는 않지만 타고난 사주가 기가 막힌 딸이 있었다.

운이 만약 완벽한 사주로 태어나 제대로 혼례를 치렀다면, 운과 나이 차이가 나는 수진에겐 기회조차 없었을 수도 있다. 하지만 운이 완벽하지 못했기에 수진에게 기회가 왔다. 이것이 하늘의 뜻이었다.

"세자마마는 쉬운 분이 아니시다. 게다가 상처한 지 얼마 지나지 않아 아직 너를 받아줄 여유가 없으실지도 모른다."

"네, 괜찮습니다."

"수진아."

"네."

부르는 말에 수진이 고개를 들었다. 네모진 반듯한 이마, 작지만 오뚝한 코, 단정한 눈매에 아담한 입술과 동그란 얼굴형까지, 외모조차 왕실에서 사랑하는 국모의 얼굴이었다. 국환이 찬찬히 제 딸을 뜯어보며 흐뭇하게 웃었다.

"너는 내게 아들보다 더 귀한 딸이다. 아느냐?"

"네, 아버지."

"실망시키지 마라."

"늘 너는 국모가 될 거다, 라고 하시지 않으셨습니까."

"그랬지."

"그리될 것입니다. 심려 마세요."

당당히 미소 짓는 얼굴이 우아했다. 국환이 그 모습을 보며 호탕하게 웃었다.

***

"다 왔소."

"다 왔구려."

처음 만났던 곳에 도착하자 운이 말을 멈추었다. 해명이 훌쩍 뛰어내렸다.

"고맙소."

운이 말에서 내렸다. 왜 굳이 내리냐는 듯 빤히 올려다보는 해명을 보며 머뭇거리던 운이 입을 열었다.

"여동생의 사주를 물었잖소."

"그랬지."

"그래서 여동생은 어쩌기로 했소?"

"어, 그 아이는."

해명이 잠시 말을 멈추었다. 재촉하듯 보는 운과 눈이 마주치자 해명이 씩 웃었다.

"올해부터 괜찮다더오. 일단 그냥 내버려두라 하였소. 이제 그만큼 힘든 일은 없고 나아질 일만 있다 하니 그게 어디요."

"다행이구려. 그대 마음도 좀 편해졌겠소."

해명이 고개를 끄덕였다. 운이 발끝으로 흙을 툭툭 차며 다시 말을 걸었다.

"혹시 그대의 사주도 물어봤소?"

해명은 곧장 대답하지 않고 한참을 가만히 있다가 겨우 고개를 끄덕였다. 사실은 아니라고 하고 싶었으나 거기까지 가서 여동생 사주만 물어보고 왔다는 말을 믿을 리 없다는 생각이 들었다. 캐물으면 어쩌나, 라는 걱정에 해명의 온몸이 긴장되었다.

"뭐라더오?"

"뭘 말이오?"

"그대 사주 말이오. 그대 사주 보고는 뭐라더오?"

"나는."

또다시 해명이 말을 멈추었다. 대화가 쉬이 오가지 않고 자꾸만 끊기자 짜증이 난 건지 운이 인상을 찌푸렸다.

혀로 볼 안쪽을 쓰다듬으며 고민하던 해명이 피식 웃음을 터뜨렸다. 어차피 다 꾸며낼 순 없는 노릇이었다. 거기까지 태워다주고 또 여기까지 데려다주고 넋두리까지 다 들어줬는데 인연이라면 인연일 사람을 완전 바보로 만들 수는 없었다. 해명이 단단히 마음을 먹은 뒤 고개를 들어 운을 보았다.

"나더러 사주쟁이가 되라더오. 그럴 팔자라고."

운의 눈이 휘둥그레졌다.

"아니 대체 그럴 팔자란 게 어디 있소? 멀쩡한 반가의 도령에게 사주쟁이라니!"

펄쩍 뛰는 운을 보며 해명이 어깨를 으쓱했다.

처음 헌복에게 사주쟁이가 되란 말을 들었을 땐 황당하고 기막혀서 정신이 멍했다. 하지만 우습게도 지금 운이 난리를 치자 반대로 해명의 마음은 점점 편안해지고 있었다. 운을 보자 까짓 이렇게까지 펄쩍 뛰며 못한다고 할 게 무언가, 싶은 생각이 불쑥 솟아났다. 참으로 청개구리 심보가 아닐 수 없었다.

"못 될 건 뭐요. 그런 팔자도 있는 거지."

"혼인하지 않았소?"

"아직 안 했소."

"여동생은 했는데 그대는 안 했다고?"

이건 진짜 실수다. 해명이 입술을 깨물었다. 운의 눈이 막 가늘어지려는 순간, 다행스럽게도 변명이 떠올랐다.

"과거를 치른답시고 암자에 처박혀서 집에 연락도 안 하고 몇 년을 지냈소. 그 사이 동생 혼인을 더 늦출 수가 없어 먼저 집에선 치러버린 게요. 사주도 그 모양이니까 사람이 있을 때 얼른 해치우려 하셨던 게지요. 난 동생이 혼인하는 거 못 봤소. 아버지가 귀양 갔단 소식을 뒤늦게 듣고 산에서 내려온 지 얼마 안 됐소."

급히 둘러댄 말에 속을까 싶었지만 다행히도 운은 꽤 납득한 얼굴로 고개를 끄덕였다. 그 모습을 보며 해명이 몰래 가슴을 쓸어내렸다.

"그래서 산 속에 있다는 사주쟁이 소식도 아는 거였군."

"그렇지! 그리된 거요."

"그래서 사주쟁이가 될 참이요?"

"그게 팔자라면 못할 것도 없지요."

"아니 아버지는 귀양을 가고 집안은 풍비박산이 났는데 그댄 사주쟁이가 되겠다고 다시 산에 들어간다는 거요? 미친 거 아니오?"

"뭐 의외로 굉장히 유명한 사주쟁이가 되어 집안을 일으킬 수도 있잖소?"

"뭐요?"

턱이 빠질 것처럼 입이 딱 벌어진 운을 보자 웃음이 터졌다. 이제 완전히 마음이 편해졌다. 농을 치거나 놀리는 게 아니라 진짜 사주쟁이가 될 수도 있을 것 같았다. 못 될 게 무언가.

"나는 그대와 다르오."

"뭐가 다르단 거요?"

"그대는 그대가 법도이기에 무슨 일을 하기 전에 남의 시선보다 자기 안의 법칙을 먼저 세우기 바쁘겠지만, 나는 그런 거 상관없소. 남의 시선도 알고 세상이 어찌 굴러가는지 다 알지만 그런 것들에 얽매이지 않아. 유연하거든. 법도를 알지만 어길 수 있소. 금기라도 내가 필요하면 어기지. 양심의 가책 같은 거 별로 느끼지 않소."

"아주 몹쓸 사람이구만."

"자기 법칙만 지키고 남의 법칙은 아무 상관없다는 그대도 뭐 그다지 착한 사람은 아니잖소."

"그거는!"

발끈하려는 운을 해명이 손을 들어 저지했다.

"그게 꼭 나쁘다, 틀렸다라고 말할 건 아니란 거요. 그냥 다른 거지. 우린 둘 다 남에게 피해주지 않잖소. 그대와 같은 사람도 있고, 나 같은 사람도 있으니 세상이 재밌게 굴러가는 거 아니겠소."

"그래서 결국은 사주쟁이를 하겠다는 거요?"

"그럴 거요."

운과 대화를 하면서 해명의 결심은 점점 더 확고해졌다. 제가 어떻게 살아왔는지 안다. 남들이 어떻게 볼지도 안다. 앞날이 쉽지 않을 거란 것도 예상할 수 있다. 하지만 제 욕망이 우선이었다. 갇힌 채 죽어 가느니 유연하게 빠져나가는 게 저다웠다. 그리고 해낼 수 있다는 확신도 생겼다.

"대체 어느 집 자식이오?"

"내가 어느 집 자식인지 말해주면 그대도 어느 집 자식인지 말해줄 거요?"

이번엔 운이 입을 다물었다. 순식간에 꿀 먹은 벙어리가 된 운을 보며 해명이 웃음을 터뜨렸다.

"거 보시오. 서로 답할 수 없는 질문은 상대에게 하지 맙시다."

해명이 고개를 숙여 인사한 뒤 돌아서서 걷기 시작했다. 한참을 서서 걸어가는 뒷모습을 바라보던 운이 결심한 듯 성큼성큼 걸음을 옮겼다. 그리고 순식간에 해명을 따라잡아 팔을 낚아챘다.

휙 돌려지는 몸에 해명이 놀라 눈을 동그랗게 떴다. 코앞에 운이 있었다. 자신도 모르게 해명이 숨을 멈추었다.

"그럼 우린 다신 못 보는 거요? 이것도 인연인데 이대로 영영 이별이란 말이오?"

씨근덕거리는 숨이 온 얼굴에 닿았다. 잡힌 팔이 후끈거렸다. 긴장한 해명이 마른침을 삼켰다. 금세라도 닿을 듯이 두 얼굴이 가까웠다.

운은 무엇 때문인지 대단히 절박해 보였다. 그가 왜 이러는지 해석되지 않았다. 동시에 해명의 심장이 뛰기 시작했다. 왜 뛰는지 모를 일이었다. 영특하다는 머리가 지금 이 순간엔 아무런 소용이 없었다. 제게 일어나는 일들을 단 하나도 이해할 수 없었다.

"이대로 못 보는 거요?"

운이 거듭 대답을 재촉했다. 자신도 모르게 붙잡은 팔에 힘이 들어갔다. 이 허여멀건한 사내와 이대로 헤어지기 아쉬웠다. 입만 열면 미운 소리만 하고 말싸움에선 백전백패를 당하고 자신에게 고분고분하지도 않은 데다 성격도 정반대인데 이상하게 그와 이대로 헤어져서 다시 못 본다고 생각하자 아쉬웠다.

자신의 정체를 알려줄 수도 없는데 이자가 누군지는 궁금했다. 다시 만나고 싶었다.

"나는, 나는, 사주쟁이가 될 거요."

해명이 자신도 모르게 말을 더듬었다. 운이 단 하나도 놓치지 않겠다는 듯 해명을 뚫어져라 쳐다보았다. 그 시선에 숨이 막혔다. 목이 잠겨서 말을 하기 위해선 몇 번이나 마른 침을 삼켜야 했다.

"산으로 오시오. 거기 있을 거요."

말을 마친 해명이 운에게 잡힌 제 팔을 빼냈다. 어찌나 세게 잡혀 있었던지 팔이 욱신거릴 정도였다.

그제야 운은 제가 해명에게 바싹 붙어 있었다는 것을 깨달았다. 놀라서 저도 모르게 두어 걸음 뒤로 물러났다. 잠시 두 사람 사이에 어색한 분위기가 감돌았다. 둘은 각자 반대 방향으로 고개를 돌린 채 딴청을 피우며 숨을 골랐다.

"산?"

해명이 운을 쳐다보았다. 두 사람의 눈이 다시 마주쳤다. 왜인지 시선이 닿는 것만으로도 민망해서 둘은 황급히 서로의 시선을 외면했다.

"그렇소."

"관악산에 말이오?"

"아마 당분간은 거기 있을 거요."

"정말로 사주쟁이가 될 거란 말이군."

"그건 내 선택이오. 그대가 더 이상 왈가왈부할 문제가 아니오."

"산엔 언제 갈 거요? 오늘 당장?"

"아니, 그건 아니고. 곧 갈 거요. 며칠 내로. 짐을 챙기는 대로 말이오."

"부모님에겐 사주쟁이가 된다고 말할 거요?"

"그런 말은 못 하지 않겠소."

"거짓말을 하겠다는 거군. 부모에게 말이지."

"그대는 못해도 나는 한다니까. 거짓말이 꼭 다 나쁜 것만도 아니고 뭐."

그 말에 운이 웃음을 터뜨렸다. 그제야 해명 역시 웃었다. 바람이 불었다. 훈풍이었다. 두 사람이 그제야 서로를 마주 보았다.

"그럼 내가 산에 간다면 우린 다시 만나겠구려."

"산세는 깊소. 찾기 쉽지 않을 거요."

"날 다시 보기 싫소?"

불퉁한 운의 물음에 해명이 웃으며 고개를 저었다. 다시 눈이 마주쳤다. 이번엔 둘 다 피하지 않았다.

"다시 만납시다."

"산에서."

"인연이 있다면."

"인연이 있다면."

고개를 끄덕인 운이 돌아섰다. 성큼성큼 걸어 말에게 가는 운을 보던 해명 역시 몸을 돌렸다. 해가 지고 있었다.

5장

———

운명과 팔자

"어디 갔다 이제야 오십니까?"

하루 종일 발을 동동 구르며 기다린 듯 맞이하는 유내관의 얼굴이 핼쑥했다. 처음 있는 일이 아닌데도 유내관은 늘 처음 당하는 일 마냥 놀라고 맘을 졸여서는, 운이 외출한 사이 십 년은 더 늙은 것처럼 눈 아래가 푹 꺼진 얼굴을 하고선 운을 기다리곤 했다.

"바람을 쐬고 온다고 하지 않았나. 왜? 아바마마께서 뭐라 하셨는가?"

"뭐라 안 하셨지요. 그러니 더 무서운 게지요."

동궁전에 들어오자마자 유내관이 의대를 대령했다. 손을 길게 뻗고 서자 차례대로 옷이 벗겨지고, 다시 차례대로 옷이 입혀졌다. 운이 할 일은 그저 가만히 서 있으면서 조금씩 몸을 움직여주는 것뿐이었다. 그리 서 있자 문득 자신이 세 살짜리 어린애와 다를 바가 없다는 생각이 들었다.

"이러니 아무것도 모르는구나."

"네?"

자신도 모르게 중얼거린 혼잣말에 유내관이 펄쩍 뛰듯이 놀라며 운을 보았다.

"어디 불편하십니까?"

"내가 혼자 살 수 있을까?"

"그것이 무슨 말씀이십니까."

뜬금없는 선문답이었다.

"아무도 없는 곳에 혼자 남게 된다면 내가 살아갈 수 있을까? 없겠지? 태어나서 지금까지 내 손으로 옷도 입어본 적도 없는데 혼자 살 수 있을 리가 없지."

"어찌 그런 말씀을 하십니까. 마마께서 혼자 사실 일이 무에 있다구요. 오히려 마마께서는 많은 백성들을 어찌하면 잘살게 할 수 있을까를 고민하셔야지요. 이 나라 주인이 되실 몸 아니십니까."

운이 괴로운 듯 눈을 지그시 감았다. 오늘따라 유내관의 말을 도저히 그냥 넘길 수가 없었다.

"제 혼자서 살지도 못하는 자가 어찌 다른 이들을 잘살게 할 수 있단 말이냐."

"네?"

낮은 신음소리와 함께 조용히 흘려보낸 말을 유내관은 또다시 제대로 듣지 못한 모양이었다. 궁금증을 가득 품은 얼굴을 보면서도 뭐라 딱히 할 말이 없는 데다 설명하기도 귀찮은 운이 손을 휘휘 저어 물러가라 명했다.

유내관과 궁녀들이 허리를 굽히며 뒷걸음질 쳤다. 그 순간 자리에 앉으려던 운이 갑자기 몸을 일으켰다.

"여봐라."

"예, 저하."

"서자평을 가져와라."

"서자평이요? 관상감에서 보는 그 서자평 말씀이십니까?"

"그래, 그 서자평 말이다. 내가 좀 봐야겠으니 지금 당장 가져오라."

이미 몇 번 빈궁 때문에 관상감을 뒤엎고 서자평 가지고 난리를 쳤던 전적이 있는 운이었다. 그렇기에 지금 이 명은 결코 유내관에겐 달갑지 않을 뿐만 아니라 덜컥 겁까지 집어먹게 했다. 또 대체 무슨 트집을 잡을 셈인가 싶어 질린 얼굴을 한 유내관이 대답하는 것조차 잊은 채 운을 쳐다보았다.

"뭐하느냐? 가져오라니까?"

선뜻 그러마 답하지 않고 서서 제 얼굴만 살피는 유내관을 보며 운이 눈을 부라렸다. 그제야 움찔한 유내관이 고개를 숙인 채 뒷걸음질 쳐 동궁전을 나갔다.

"저게 당연한데 말이야."

제 한마디에 순식간에 눈앞에서 사라지는 이들의 모습을 보며 운은 또다시 해명을 떠올리고 있었다. 아무리 생각해봐도 이상한 자가 아닐 수 없었다. 헌데 더 이상한 건 그런 이상한 자를 자꾸만 생각하고 있는 자기 자신이었다.

담을 훌쩍 뛰어넘은 해명이 잠시 몸을 숙이고 주위를 살폈다. 고요했다. 조용히 자리에서 몸을 일으킨 뒤 재빨리 움직여 별당 안으로 들어가자 마루에 앉아 있던 분이가 후다닥 달려 나왔다.

"왜 이리 늦으셨습니까요?"

"오늘은 좀 멀리 다녀왔거든. 왜 누가 날 찾았어?"

"아니요, 찾는 이는 없었습니다."

대답하는 목소리가 기어들어갔다. 민망한지 눈도 마주치지 못하고 고개를 숙이는 분이를 해명이 가볍게 토닥여 되려 위로했다.

"아무도 안 찾았다니 아주 다행한 일인데, 뭘."

방에 들어간 해명이 입고 있던 옷을 벗고 벗어두었던 치마와 저고리로 갈아입었다. 거기에다 갓을 벗고 머리까지 풀자 순식간에 아름다운 여인으로 변했다. 뒤따라온 분이가 해명이 벗어놓은 바지와 저고리를 개켜 안쪽 서랍에 숨겼다. 서랍 안엔 분이가 틈틈이 여기저기서 훔쳐온 사내 옷이 여러 벌 들어 있었다.

"분아."

"네."

"어머니는 안에 계시지?"

"네, 계시죠. 왜요?"

"이따 밤에 어머께 가서 너 칠성이랑 혼인시켜 달라고 말씀 드리려구."

예상치 못한 말에 분이의 눈이 휘둥그레졌다.

"예전부터 칠성이랑 너 서로 좋아했잖아. 혼인하려고 약조도 했구. 내가 예정대로 시집갔으면 너두 혼인했을 건데 나 때문에 못한 거 알아. 미안하다."

"아씨!"

상전의 혼인이 어그러지면서 자연스레 분이도 독수공방하는 신세가 됐다. 그걸 알면서도 지금까지 해명은 굳이 나서서 해결하려 하지 않았다. 제가 처한 상황이 버거워서 다른 일에 신경 쓰고 싶지 않기도 했고, 분이가 시집가고 나면 다른 아이를 몸종으로 둬야 하는데 그게 썩 내키지 않기도 했기 때문이다. 결국은 제 이기심에 분이의 마음을 지금까지 모른 척한 거였다. 참으로 몹쓸 주인이었다.

"어찌 제가 아씨를 두고 갑니까요."

하지만 이제 떠나기로 마음먹은 이상, 저 때문에 망가진 것들을 바로하고 가고 싶었다. 만약 제가 이대로 사라진다면 분이는 끝내 혼인을 못 할 수도 있었다. 아니 제가 사라졌단 이유만으로 분이가 곤욕을 치를지도 모를 일이었다. 그런 일은 없게 하고 싶었다. 있을 때도 골치였는데 사라지면서까지 많은 사람에게 피해를 주는 인간이 되고 싶지는 않았다.

"너와 칠성이는 이미 서로 마음이 통한 사이니, 굳이 혼례 날을 멀리 잡지 않아도 되겠지. 빠르면 빠를수록 둘 다 좋지 않아? 내 일이라도 할 수 있으면 해 달라고 어머니께 조를게. 괜찮지? 그게 너도 좋지?"

분이의 눈에 순식간에 눈물이 그득 찼다. 해명이 다정하게 손을 어루만지며 위로했다.

"내가 세 살이고 네가 다섯 살일 때부터 네가 내 몸종이었지. 너도 어려서 어미가 필요한 나이인데 유모마저 나한테 빼앗겨버리고, 그래도 너는 싫다 소리 한번 안 했어. 팔자 드센 년이라고 온 가족이 손가락질할 때도 피 안 섞인 네가 더 가슴 아파하며 날 위해 동동 거린 거 다 안다. 고맙다. 절대 안 잊을게."

"왜, 왜 그런 말씀을 하십니까요. 꼭 마지막인 것처럼요."

마지막이니까, 라는 말 대신 해명은 흐리게 웃었다. 분이는 끝내 소리 내어 엉엉 울고 말았다.

"울지 마라. 이따 어머니께 말씀드리고 나서 밤에 칠성이를 만나야 할 텐데 얼굴이 부으면 못났어. 칠성이한테 예쁘게 보이고 싶다고 분단장 하는 거 모르는 줄 아니? 오늘 밤은 내가 너 단장 해줄게. 그러니 울지 마, 응?"

해명이 분이를 꼭 안아주었다. 그래도 떠나기 전에 좋은 일 하나쯤은 하고 갈 수 있어서 다행이란 생각이 들었다.

***

운이 잔뜩 인상을 찌푸린 채 서자평을 덮었다. 이 책만 읽어서는 제가 궁금하게 여기는 부분을 알기는 어려울 성싶었다. 아무래도 자세한 설명을 해줄 이가 필요했다. 운이 유내관을 불렀다.

"찾아계시나이까?"

"관상감의 서교수를 들라 하라."

"또요? 왜 그러십니까?"

말이 떨어지기 무섭게 유내관이 울상을 지었다. 서자평에 관상감 명과학 교수라니, 몇 년 전의 악몽이 떠오를 수밖에 없는 조합이었다.

"서자평을 읽어도 모르겠어서 그런다. 물어볼 게 있어 그러니 좀 들라 해라. 아직 퇴청은 안 했을 거 아니냐."

"빈궁마마께서 돌아가신 지 일 년이나 지났습니다. 이제 와서……."

"누가 빈궁 때문에 부른다더냐?"

"그게 아니면 어찌……."

"쓰흡."

운이 혀를 차며 눈을 부릅뜨자 유내관이 어깨를 잔뜩 움츠렸다.

"불러오래도!"

결국 유내관이 거북이마냥 목을 쏙 집어넣은 채 밖으로 나갔다. 혼자 남은 운이 만족스럽게 씩 웃었다.

"역시 저래야 정상이라니까."

일생 동안 운이 봐온 건 저런 반응이었다. 생각하고 또 생각해봐도 해명은 역시 이상한 자였다. 제가 화를 내도 무서워하지 않다니, 어찌 그럴 수 있단 말인가.

물론 그보다 더 황당한 건 자신의 반응이었다. 운은 끝내 그에게 화를 내지 않았다. 아니 오히려 헤어질 땐 아쉬워하지 않았던

가. 저를 무서워하지도 대접해주지도 않는 사내에게 호감이 생겨 버리고 말았다니, 뭐에 홀린 게 틀림없다.

게다가 아까부터 시작해서 이렇게 자꾸 떠올리고 있지 않은가. 그것도 부족해서 심지어 그자가 말한 책을 제대로 공부하려고 하기까지 하니, 이건 분명 뭔가 잘못된 거다.

"이상한데."

되짚어 생각하자 확실히 오늘 제가 했던 모든 일들이 상식적이지 않았다. 서교수를 대체 왜 불렀지? 돌이켜보니 스스로를 이해할 수 없었다.

"여봐라, 거기 유내관,"

"저하, 관상감의 서교수 들었사옵니다."

막 유내관을 불러 됐다고 말하려는데, 어찌나 재빠르게 움직인 건지 벌써 서교수가 문 앞에 대령해 있었다. 평소 불 같은 운의 시중을 드는 데 익숙한 유내관의 움직임이 다른 이들보다 몇 배는 빠른 탓이었다. 순간 운은 할 말을 잃고 멍해졌다.

"저하, 명과학겸교수 들었사옵니다."

두 번째로 문 밖에서 유내관의 목소리가 들리고 나서야 운이 퍼뜩 정신을 차렸다.

"들라 하라."

이대로 문 앞에서 돌려보낼 수는 없으니 일단은 만나는 것이 예의였다. 문이 열리고 명과학겸교수가 들어와 절한 뒤 자리에 반듯하게 앉았다.

"찾으셨습니까?"

250

헌데 막상 그의 얼굴을 보자 돌아가란 소리가 나오지 않았다. 방금 책을 읽으면서 생겼던 궁금증들이 다시 떠올랐다. 이런 모든 행동이 저답지 않다는 건 이미 저만치 사라지고 호기심이 그 자리를 채웠다. 어차피 이왕 부른 거 몇 개만 물어보자 싶었다.

"내가 서자평을 읽다 궁금한 점이 생겨서 불렀네."

"예, 저하. 하문하시옵소서."

"사주라는 게 말일세. 단순히 사람 팔자나 인생만 말해주는 게 아니라 성격이나 생김새 같은 것도 보여주는가?"

"네, 그렇습니다. 오행에 의거하여 사주에 목이 많으면 나무와 같은 기질을 가지고 태어나 성장욕과 학습욕이 강하고 인자하며, 토가 많으면 흙과 같은 기질을 타고나 고집이 세고 인내심이 강하다고 합니다. 뿐만 아니라 외모와 골격도 유추 가능한데 예를 들어 양목(陽木)인 갑목(甲木)과 양화(陽火)인 병화(丙火)가 사주에 많으면 골격이 장대하다고 하고 음화(陰火)인 정화(丁火)일주를 타고나면 얼굴이 작고 이목구비가 오목조목하여 미인이 많다고 합니다."

아까 만난 그 사주쟁이가 왜 자신에게 불이라고 했는지 알 것 같았다. 운은 누가 봐도 다른 사람보다 머리 하나는 더 크고 이목구비 역시 큼직했으며 기골이 장대하고 기운이 셌다. 게다가 성격이 드세고 인자함은 없으니 겉으로만 보면 불같아 보일 만했다.

"용한 사주쟁이는 외양만 보고도 그 사람이 사주에 어떤 오행이 많은지 알아맞힐 수 있다, 그 말이군."

"그렇습니다."

허나 자신은 불이 아니었다.

"그게 틀릴 수도 있나?"

"예, 당연히 세상엔 예외라는 것도 있으니 틀릴 수도 있지요."

"허면 사주도 틀릴 수 있나?"

"물론 사주도 틀릴 수 있습니다. 허나 대체적으로는 거의 맞습니다. 또 사주가 틀리다는 것은 세세한 부분이 조금 다르다는 것이지, 전체적인 큰 틀은 거의 맞다고 봐야 합니다. 특히 인생살이에 대한 것은 사람이 살기 나름이라 달라질 수 있으나 기질이나 성향에 대한 것은 애초에 가지고 태어나는 것이니 타고난 사주대로 풀이하면 거의 맞습니다. 그마저도 틀리다면 어찌 이것이 학문으로 인정받을 수 있었겠습니까."

"기질이나 성향은 사주대로 타고난다는 말이군."

"그렇지요. 부모가 다르고 태어난 곳이 달라 팔자는 달라진다해도 불과 같은 기질을 타고난 이가 물과 같은 성향을 보이진 않는다는 것입니다."

황당해하던 사주쟁이의 표정이 떠올랐다. 왜 그리 기막혀 했는지 이해할 수 있었다. 제 기질이나 성향은 아무리 봐도 불이었다는 거다.

헌데 제 사주는 불이 아니다. 기질은 타고나는 것이고 틀릴 가능성이 적다면 왜 운은 사주와 하나도 맞지 않는지, 그것을 대체 어찌 설명할 수 있는지 궁금했다. 서교수에게 물을까 하다가 그만두었다. 어차피 빈궁의 문제를 가지고 난리를 쳤을 때 운의 사주는 자신들도 해석할 수 없다며 손을 들은 이들이었다.

지금 와서 더 캐묻는다 해도 그때보다 나아졌을 리 없었다. 어쨌거나 제 사주였다. 알아봐 달라 청하는 것보단 스스로 알아보는 게 더 나을 수도 있었다.

"그런 것들이 궁금한데 말일세. 이 책에는 오행에 따라 어떤 성격과 외양을 타고 나는지, 뭐 그런 내용들은 나와 있지 않더군."

"예, 서자평에선 그것들을 모아서 설명하고 있지는 않습니다. 이 책은 실제 사주를 어찌 해석하는지에 대한 내용이 주이기 때문에 저하께서 찾고자 하는 내용이 따로 상세하게 명시되어 있지는 않는 것입니다."

"나는 각 오행에 따라 성격과 외모가 어찌 다른지가 궁금하네. 알려줄 수 있겠나?"

"오행에 따른 성격을 잘 이해하기 위해선 먼저 오행의 특성을 잘 알아야 합니다."

"그건 무슨 뜻인가?"

"자연 속에서 오행이 어찌 기능하는지를 잘 알아야 그 오행에 따른 성격을 쉬이 이해할 수 있습니다. 나무가 어떤 특성을 가지는지, 물이 어떤지, 땅과 돌 그리고 불은 제각기 자연 속에서 어떤 모습을 보이며 어떻게 변화하는지를 잘 알아야만 그에 따른 사람의 특성 역시 쉬이 유추할 수 있다는 거지요. 단순히 책만 읽는다고 해서 알 수 있는 게 아닙니다."

서교수의 말에 운이 씩 웃었다. 자신만만한 표정이었다.

"내가 계절의 변화를 보는 것을 즐겨 외출을 자주 하는 걸 잘 알지 않는가? 나무가 어떤지 물이 어떤지 흙이 어떤지 내 잘 알지. 적어도 그대가 설명하는 걸 능히 이해하고도 남을 게야. 허니 그런 것은 염려하지 마시게."

서교수가 웃음을 터뜨렸다. 두 사람 사이의 분위기가 부드러워지자 뒤에 서 있던 유내관이 비로소 안도하여 가슴을 쓸어내렸다.

"허면 무엇부터 알려드릴까요?"

불부터 가르쳐 달라 할까 하다가 운이 고개를 저었다. 제 것은 스스로 알아볼 것이다. 그 순간 해명의 여동생이 떠올랐다. 수다해서 팔자가 세다 했던 그 여인 말이다. 수다한 것이 대체 어떻기에 문제라는 것인가, 궁금해졌다.

"수부터 시작해보지."

"허면 물의 특성을 떠올려보십시오. 무엇이 생각나십니까?"

"맑지. 위에서 아래로 흐르고, 형태가 없어. 그래서 반대로 어느 모양이든 될 수도 있고. 제가 원하는 곳은 어디나 갈 수 있지. 생명이 없는 존재임에도 고여 있으면 썩지."

"바로 그것입니다. 물은 사람으로 치면 노년의 기운입니다. 노년은 활동적이진 않지만 현명하지요. 따라서 물은 지혜의 상징입니다. 물은 지혜이니 곧 정신을 의미하기도 합니다. 따라서 수다한 사람은 현명하며 시야가 넓고 사고가 자유롭고 유연하지요. 또 그만큼 예민하고 신경질적이기도 하구요."

"물의 특성과 닮았구만."

"네, 그리고 물은 오행 중 가장 감각적입니다. 생각해보십시오.

물은 피부에 닿으면 차갑고, 제 스스로 소리를 내며, 냄새도 나고 우리가 먹을 수도 있으며 얼기도 하고 녹기도 하고 사라지기도 합니다."

"오감으로 다 느낄 수 있군."

"네, 그래서 여인의 사주에 물이 지나치게 많으면 음탕하다고 보기도 합니다."

왜 계집이 수다하면 문제라는지 알 것 같았다. 성리학을 숭상하는 조선에서 음탕한 여인은 최악이었다.

"허면 음수와 양수는 어찌 다른가?"

"양수(陽水)는 임수(壬水)라 하고 음수(陰水)인 계수(癸水)라 합니다. 임수는 바다나 큰 강을 생각하시면 됩니다. 그렇게 많은 물이 있으면 모두가 그것을 구경하러 오지요. 많은 사람들이 쳐다보니 사주에 임수가 많으면 도화로 보기도 합니다. 또 아주 총명하여 스스로를 자연스럽게 드러내지요. 본디 물은 기운이 강하지 않지만 그래도 임수는 큰 물인 만큼 상대적으로 기운이 센 편입니다. 그에 반해 계수는 작은 연못이나 하천을 생각하시면 됩니다. 작은 물의 흐름은 따뜻하고 부드러운 느낌을 주어 우리의 마음을 편안하게 합니다. 성정 또한 그러하여 드러내기보단 숨지요. 또 큰물과 달리 어디든 갈 수 있구요. 계수는 임수보다 훨씬 더 부드럽고 유연한 대신 돌파력은 떨어집니다. 힘이 약하니까요."

재밌는 이야기였다. 이야기를 듣고 보니 사주에 대한 호기심이 더 커졌다.

"오행에 대해 다 알고 싶은데, 모두 다 설명해 달라고 하면 자네가 너무 힘들겠지?"

운이 슬쩍 눈치를 살피며 떠보자 서교수가 호쾌하게 웃었다.

"제가 쓴 책이 있습니다."

"책?"

"예, 처음 공부할 때 이러한 기본 내용들을 따로 정리해둔 것입니다. 혹시 자식이 저와 같은 일을 하게 되면 가르칠까 하구요. 헌데 자식 놈은 사주에 도통 관심도 재능도 없어 먼지만 수북이 쌓여 있는 오래된 책이지요. 아마 지금 저하께서 궁금해하시는 것을 아는 데는 큰 도움이 될 것입니다."

"지금 줄 수 있겠나?"

"집에 있습니다. 내일 입궐하는 길에……."

"아니야. 자네 퇴청하는 길에 유내관을 보내지. 유내관 편으로 전해주시게."

맘이 급해 들썩이는 운의 모습에 서교수가 이내 고개를 끄덕였다. 운의 급한 성정을 익히 알기에 그러한 태도가 별로 놀랍지도 않았다.

"그리하지요."

"내가 이전에 박정하게 했던 것은……."

"그것은 저희가 망극하여 저하를 뵐 면목이 없는 일입니다. 관상감이 웃전의 사주를 제대로 보지 못하는 건 죽을죄입니다. 저하께서 당장 저희를 극형에 처한대도 할 말이 없습니다."

"그게 어찌 자네들 탓이겠나. 내가 타국에서 태어난 것을."

"타국에서 태어났어도 다른 분들 사주는 이리 안 맞지는 않는 걸요. 국본의 사주를 제대로 보지 못하니 참으로 송구할 따름입니다."

하긴 생각해보니 다른 옹주나 군들의 사주가 자신처럼 틀린 적은 없었다. 그리고 방금 들은 설명대로 하자면, 제 앞날은 맞지 않아도 타고난 기질은 맞춰야 했다. 이리 하나도 못 맞추는 건 관상감에서 일을 제대로 못한 죄라고 자책할 만했다.

"책을 주면 그 전의 일은 서로 없던 것으로 하지."

운이 농을 치듯 말을 건넸다.

"소신이 워낙에 어렸을 때 정리해둔 것이라 저하께서 보시기엔 많이 부족할 수도 있습니다. 다소 모자란 부분은 적당히 넘겨주시고 궁금한 대목은 따로 불러 하문하시옵소서."

"그리하겠네. 고맙네."

"아, 참."

인사한 뒤 자리에서 막 일어나려던 서교수가 다시 자리에 앉았다.

"어쩌면 제가 아니라 영상 대감을 불러 물으시는 게 더 나으실지도 모르겠습니다."

"영상을?"

"영상께서 사주에 귀재십니다. 그런 말씀 못 들어보셨습니까?"

그 순간 아비와 영상의 대화를 엿들었던 기억이 떠올랐다. 그것이 단순히 권력에 기반을 둔 대화가 아니라 영상이 사주를 잘 아는 이였기 때문에 의논하며 나눈 대화일 수도 있었단 말인가.

그것은 전혀 생각지 못한 일이었다. 운이 놀라움을 애써 숨기며 침착하게 보이기 위해 애썼다.

"어찌 영상이 관상감의 관리인 그대보다 사주를 잘 볼 수가 있는가?"

"영상대감께서는 젊어서부터 사주 공부를 하여 아주 용한 사주쟁이에게 사사까지 받았다고 들었습니다. 게다가 청나라에 갔을 때 거기 있는 여러 사주 책들을 통달하였다고 합니다. 저도 막히면 영상대감을 찾아가서 여쭈어봅니다. 뿐만 아니라 전하께서도 중요한 일은 저희가 아닌 영상대감과 의논하십니다."

운의 미간에 깊게 주름이 졌다. 허나 설명하느라 신이 난 서교수는 그러한 운의 변화를 미처 알아차리지 못했다.

"관상감의 영사라는 자리가 본디 영의정께서 겸임하지 않습니까. 재상 중 최고인 영의정은 하늘과 땅을 누구보다 잘 알고 다스려야 하기 때문에 관상감의 영사도 겸임하는 것이지요. 허니 영상께서 저보다 사주에 대해 통달한 것은 당연한 일입니다."

뒤에 덧붙인 설명은 운의 귀에 들어오지 않았다. 이미 운은 앞의 말에 온 신경이 쏠렸기 때문이다.

"청나라 사주책까지 봤다면 그대들은 몰라도 내 사주를 영상은 제대로 볼 줄 알아야 하는 거 아닌가?"

의아했다. 사주를 그리 잘 알고, 청나라 서적까지 공부했고, 그래서 왕과 의논할 정도라면 제 사주도 알아야 했다. 청나라 사주에 대입하든, 조선의 사주에 대입하든, 어떤 식으로든 제 사주를 풀이할 수 있어야 했다.

조선뿐 아니라 청의 사주까지 통달한 영상이 제 사주에 대해 아비와 그러한 대화를 나누었다. 허면 그것이 진짜 맞는 말이란 말인가. 헌데 그렇다면 또 왜 관상감에서는 공식적으로 왕세자인 운의 사주를 못 푼다고 한단 말인가. 관상감의 영사를 겸하고 있는 영상이 전문가인데, 대체 왜!

모든 것이 단 하나도 앞뒤가 맞지 않았다. 머리가 지끈거렸다.

운의 날카로운 지적에 서교수의 표정도 멍해졌다. 그도 지금까지 그런 생각을 하지 못한 모양인지 황망한 얼굴이었다.

"그러게요. 어찌 그럴까요."

혼잣말처럼 바보 같은 소리를 중얼거리는 서교수를 보던 운이 고개를 돌려 유내관을 보았다. 앞에 앉은 이를 더 독촉해봤자 더 이상 나올 건 없어 보였다. 당사자에게 직접 물어야 했다.

"영상은? 퇴청했는가?"

"예, 이미 퇴청하셨을 겁니다. 다시 입궐하라 할까요?"

당장이라도 캐묻고 싶었으나 이미 퇴청한 관리를 다시 입궐하라 할 일은 아니었다. 운이 고개를 저으며 다시 서교수를 보았다.

"내일 물으면 되지. 그대 책이나 전해주시게."

"예."

서교수가 멍한 얼굴로 정신없이 자리에서 일어나 절한 뒤 밖으로 나갔다.

"따라가서 책을 받아오라."

"네."

"혼자 있고 싶으니 부를 때까지 모두 물러가 있으라."

"네."

유내관이 눈치를 살피며 주변을 물린 후 절하고 밖으로 나갔다.

홀로 방에 앉은 운의 표정이 어느 때보다 복잡했다. 머릿속에서 정리되지 못한 수많은 생각들이 떠올랐다 가라앉기를 반복했다.

***

"아무리 상것들의 혼례라도 이리 번갯불에 콩 구워먹듯 치루는 법이 어디 있누."

"당사자들이 좋다질 않습니까. 하루라도 빨리 살고 싶다는데 원대로 해주는 게 상전이 할 일이지요."

툴툴거리는 모친을 해명이 달랬다. 정씨 부인은 영 불편한 기색이었으나 딱히 반대할 명분이 없었다.

저녁을 먹자마자 해명은 안방으로 건너가 모친에게 분이와 칠성이의 혼인을 청했다. 분이가 혼인하게 된다면 홀로 남게 될 딸이 걱정돼 정씨 부인은 썩 내켜하지 않았으나 해명은 자신은 신경 쓰지 않아도 된다며 정씨를 설득했다.

결국 딸의 등쌀에 못이긴 정씨가 칠성이와 분이를 불러 의사를 묻자, 칠성이는 당장 오늘 밤에라도 정한수 떠놓고 혼례를 치른 뒤 함께 살고 싶다고 제 뜻을 밝혔다.

칠성은 상전이 변덕을 부린다고 생각하는 듯했다. 그러니 그 변덕이 바뀌기 전에 분이를 색시로 삼아야 한다고 여기는 모양이었다. 결국 해명의 고집에 정씨가 진 덕분에 이 밤에 분이와 칠성이의 혼례 청이 마당에 차려질 수 있었다.

"이 옷을 분이가 입을 줄이야."

지어놓고 한 번도 입지 못한 해명의 혼례복을 분이가 입기로 했다. 해명은 어차피 버릴 옷이니 그렇게라도 쓰고 싶다고 했고, 정씨는 이미 다 접은 마음에 자포자기하는 심정으로 그러라 허락했다.

"네가 시집가 잘 살기를 얼마나 바랐는데."

하염없이 혼례복을 쓰다듬으며 정씨가 끝내 눈물을 떨어뜨렸다.

"제가 시집갔으면 어머니 걱정이 없었겠지요."

"자식은 부모가 눈 감는 순간까지 걱정하다 가는 존재야. 시집을 갔다고 어찌 네가 걱정이 안 됐겠니. 거기 가서 잘 사는지, 시부모가 구박은 안 하는지, 남편은 잘해주는지 그런 것들을 또 하염없이 걱정했겠지."

해명이 놀라 정씨를 보았다. 그것은 예상치 못한 말이었다. 미움 받고 있다고 생각했다. 아버지와 달리 어머니에겐 사랑받지 못한다고 느꼈다. 어머니는 늘 할머니 눈치를 보기 바빠 제 편을 들어주지 않았기 때문이다.

시집 역시, 어머니가 혹 떼내듯 자신을 출가시키는 것이라 생각했다. 과한 혼수도 자신이 너무 부족하고 자신이 없어 어머니가 난리를 피우는 거라고 생각했지 애정이라거나 사랑이라고 여기지 않았다. 자신은 어머니에게 골칫거리인 줄 알았다.

"저를 걱정하시는 줄은 몰랐어요."

"네 오빠보다 네가 나한테 더 아픈 손가락이라고 하면 믿어지지 않겠지. 나는 늘 네게 미안했다. 너무 미안해서 어찌해야 할 바를 몰라서, 너를 보고 있기가 면목이 없어서 피하고 숨어버렸지. 못난 어미라서 미안하다."

나쁜 사주를 타고 난 아이, 태어나지 않았으면 더 좋았을 아이를 낳았다. 애초에 아이가 이리 태어난 것은 다 어미인 제 탓이라 생각했다. 미안했다. 그 아이가 시어머니에게 혼이 나는 것도, 그 아이 때문에 집안에 난리가 나는 것도 다 결국은 제 탓이었기 때문이다.

아이에 대한 모든 것은 결국 낳은 어미 탓이었다. 편들어줘야 한다는 걸 알면서도 그러지 못했다. 당당한 어미가 아니라서, 애초에 죄인이라서 그 어떤 행동도 취할 수가 없었다.

"시집이라도 잘 보내는 것으로 어미 노릇 제대로 해보고 싶었는데……."

그래서 혼수에 힘을 줬다. 그게 자신이 할 수 있는 최선이라고 생각했다. 그런데 혼인까지 일그러지고 남편까지 귀양길에 오르자 어떻게 해야 할지 알 수가 없었다. 눈앞에 닥친 현실이 너무나 버거워서 해명을 감쌀 여력까지는 없었다. 딸이 당하는 수난을 고스란히 마주보고 있기가 너무 힘들어서 그냥 고개를 돌리고 말았다. 생각해보면 처음부터 끝까지 자신은 참 어미답지 못했다.

"미안하다. 내가 부족했어."

"괜찮아요, 어머니."

해명이 정씨의 손을 잡았다. 떠나기 전에 이런 이야기를 들을 수 있어서 다행이었다. 내내 이 집안에서 저주받은 물건이라고 생각했다. 배 아파 낳은 어머니에게조차 환영받지 못하는 존재인 줄 알았다. 그게 아니라니 그걸로 되었다. 적어도 집에서 버림받아 쫓겨나듯 떠나는 것은 아니라고 스스로를 위로할 수 있으니 그걸로 되었다.

"네가 영특하여 아버지가 참으로 기뻐하셨다. 나도 좋았어. 적어도 자라는 동안 네 존재 자체는 우리에게 큰 기쁨이었다. 다만 나는 네 아비와 같은 혜안이 없어 너의 재능을 온전히 기뻐할 수가 없었어. 그래서 칭찬조차 많이 해주지 못했구나."

"어머니 아버지의 딸이어서 언제나 좋았고 감사했는걸요. 자라는 동안 많이 배웠고 행복했습니다. 허니 이제 그만 미안해하셔도 되어요."

앞으로의 제 삶은 떠밀린 것도 어쩔 수 없는 것도 아니었다. 그저 수많은 선택지 중 하나를 스스로의 의지로 택한 것뿐이었다. 오늘 밤 분이의 혼례를 치르자고 청한 것은 참으로 잘한 일이었다. 덕분에 정말 마음 편히 떠날 수 있게 되었으니 말이다.

"마님, 혼례 준비가 다 끝났습니다요."

"알았네. 이제 나감세."

정씨와 해명이 마주 보고 미소 지으며 자리에서 일어났다.

*　*　*

"침수에 드시지 않으십니까?"

"마저 읽고 잘 거야. 유내관 먼저 쉬러 가시게."

"몸이 상하실까 저어되옵니다."

"언제는 책 좀 읽으라고 닦달을 하더니, 읽는다니까 말리나?"

"그런 것이 아니오라……."

"쉬러 가래도."

대꾸하는 내내 책에서 눈을 떼지 않는 단호한 태도에 결국 유내관이 물러날 수밖에 없었다. 허리를 깊이 숙여 인사한 유내관이 조용히 밖으로 나갔다.

유내관이 나가고도 한참 동안 운은 조금의 미동도 없었다. 서교수가 준 책은 너무나 흥미로웠다. 명리학이 이리 재밌는 학문인 것을 왜 미리 몰랐을까, 억울할 정도였다.

책은 음과 양에 대한 것부터 시작해서 오행에 대한 설명과 십신에 대한 내용까지 아주 쉽게 정리되어 있었다. 그 중 단연 운의 시선을 잡아 끈 것은 오행에 대한 것이었다.

책을 받자마자 운은 제 사주에 가장 많다는 토에 관한 내용부터 살펴보기 시작했다.

토는 중앙이며 중심을 의미했다. 오행 중 인간의 삶과 가장 밀접한 관련이 있는 것이었으며 동시에 오행을 모두 아우르는 그 중심에 있는 것이기도 했기 때문이다. 토는 오행 중 가장 변화가 적고 안정성이 높았다. 하지만 그만큼 운동성이나 이동성이 떨어졌다. 따라서 토가 많은 사람은 대단히 끈기가 있어 진중하고 변덕스럽지 않다는 장점이 있었으나 동시에 고집이 세고 남의 말을 잘 듣지 않으며 유연함이 부족하다는 단점을 가졌다.

토는 가운데 위치하는 만큼 인간의 삶으로 쳤을 때 중년의 기운을 의미하기도 했다. 자연 속에 존재하는 흙의 속성을 생각해보면 흙은 겉으로 드러나지 않는 속에 많은 것을 숨기고 있었다. 따라서 겉으로 보여주는 것과 속이 가장 다른 오행이 바로 토였다. 고로 토 기운이 강한 사람은 속을 알 수 없었다.

좋게 풀이하자면 쉬이 자신을 잘 드러내지 않고 감정에 따른 기복이 적다고 할 수 있고, 나쁘게 보자면 속내를 도통 알 수 없는, 겉과 속이 다른 음흉한 인간이라고 할 수 있었다.

일단 토의 기본 특징만 봐도 운의 성향은 아니었다. 운은 겉과 속이 지나치게 같았고, 제 감정에 아주 솔직했으며 감정 기복이 커 변덕스러웠다. 그나마 고집이 세다는 것 정도가 운과 맞는 부분이었다. 아무리 예외가 있다 해도 이렇게까지 하나도 안 맞을 수가 있을까 싶을 정도였다.

혹시 음양에 따라 달라질 수 있나 싶어서 끈기를 가지고 조금 더 읽어보았으나 흙은 물보다도 음양의 차이가 적었다. 그것은 기본적으로 흙이 가진 성격 자체가 주변 환경의 변화 변동에 따라 제 형태나 모습을 크게 바꾸지 않기 때문에 그러했다.

양토(陽土)인 무토(戊土)는 넓은 대지를 의미했다. 크고 넓은 만큼 고집이 세고 강한 자신감과 뚝심을 가지고 제가 하고자 하는 일을 끝까지 밀어붙이는 힘이 강했다.

음토(陰土)인 기토(己土)는 무토에 비해 아주 작은 흙을 의미했다. 당연히 작으니 목표가 크지 않고 작아서 제 주변이나 가족 등의 가까운 이에 대한 애정이 컸고 그것을 지키려는 성향이 강했다. 허나 기본적으로 이것은 크기의 차이일 뿐 결과적으로 같은 기질이었다. 둘 다 제 것에 대한 애착이 강했고, 그것을 지키거나 성취하기 위해 노력했다. 다만 그 목표가 크냐, 작냐의 차이일 뿐이었다.

이리보고, 저리보고, 아무리 봐도 흙은 제 성격이 아니었다.

자신은 이리 진중하지도 않았고 뚝심을 가지고 목표를 성취하기 위해 꾸준히 노력하는 부류는 더더욱 아니었다. 운의 사주는 주로 양토인 무토로 이루어졌는데 무토의 성향은 더더욱 자신에겐 없었다.

"사주가 이리 안 맞을 수도 있단 말인가."

이상한 일이었다. 타고난 성향에 대한 것이 이토록 안 맞는다는 건 말이 안 되는 일이다. 이마에 깊게 내 천자를 새긴 운이 책을 뒤져 화에 대한 내용을 찾았다.

화는 자연 속에서 불이 가지는 모든 특성을 고대로 가지고 있었다.

어찌 보면 화는 수만큼이나 해석하기 쉬운 오행이었다. 화르륵 불타올랐다가 쉬이 꺼지는 불처럼 화는 기운이 센 대신 성격이 급했고, 끈기가 없었으며 즉흥적이고 감정기복이 심했다. 따라서 앞 뒤 분간 못하는 청년의 힘이 곧 화였다.

즉흥적이고 예측 불가능했으며 언제나 현실에만 존재했기에 과거를 돌아보거나 미래를 대비하지 않았다. 당연했다. 불은 시간 속에서 흘러가며 사는 존재가 아니라 휘발되는 성질이기 때문이다. 따라서 화의 성격을 가진 이들은 언제나 현재를 살았다. 지나간 과거를 후회하거나 다가올 미래를 걱정하기보단 지금 이 순간을 즐겼다. 따라서 그들은 오행 중 가장 흥이 많은 풍류아였다.

긴 설명을 읽지 않아도 화에 대한 모든 성격 묘사는 운과 맞아떨어졌다. 이쯤 되면 자신을 보고 화라고 단언했던 그 사주쟁이를 돌팔이라고 하기 이전에 제 사주가 뭔가 잘못된 게 아닌가 의심하는 게 더 맞을 성싶었다.

특히 양화(陽火)인 병화(丙火)에 대한 내용은 완벽하게 운을 묘사해놓은 듯한 내용이라 읽으면서 팔에 소름이 돋을 지경이었다.

병화는 큰 불인 만큼 가장 적극적이고 강한 힘이었다. 오행 중 겉으로 드러나는 기운이 가장 세다고 할 수 있었다. 고로 참을성이 모자라고 성격이 급했다. 자신을 드러내는 것을 좋아하고 화려한 것을 추구했으며 아름다운 것과 즐거운 것을 좋아해 예술과 유흥에 일가견이 있었다. 활달하고 사교적이며 사람들과 어울리는 것을 즐겼다. 외형적으로는 기골이 장대하며 이목구비가 큼직했다.

그러니까 이건 그냥 운이었다. 제 사주는 거의 다 토로 이루어졌는데 정작 제가 딱 맞아떨어지는 건 병화였다. 이걸 대체 어떻게 해석해야 하는 건지 머리가 다 지끈거릴 정도였다.

그저 우연의 일치라고 보기엔 같은 불이라도 음화(陰火)인 정화(丁火)는 또 운과는 맞지 않았다. 정화는 작은 불이었다. 그래서 성격도 소담스러웠고 골격이나 이목구비도 오목조목한 편이었다. 병화처럼 기운이 강하지 않은 대신 밝고 명랑하여 여성의 성격으로서 환영받았다.

혹시나 하는 마음에 금과 목에 대한 설명을 읽어보았지만 그것들 역시 운의 성격과는 맞지 않았다. 금은 오행 중 형체가 가장 단단한 만큼 견고하고 딱 부러지는 성품이었다. 맺고 끊음이 정확했고, 냉철했으며 절제력이나 자제심이 강했다. 흔히 차돌 같다, 라고 표현하는 성품이 정말 딱 금이었다.

그에 반해 목은 순수한 아이와 같았다. 오행 중 유일하게 위로 솟는 성질을 가지고 있는 것이 바로 나무였다. 따라서 목은 현실에 안주하지 않고 끊임없이 자라려는 성장욕이 강했다. 고로 새로운 것에 대한 호기심이 가장 큰 오행이었다.

또 나무는 다정했다. 필요하다면 그늘도 내어주고 열매도 주고 제 몸을 빌려주기까지 하는 나무처럼 목의 사람들은 인자했다.

책을 다 읽고 나자 운은 왜 이것을 서교수가 학문이라고 했는지 알 것 같았다. 음양오행에 근거한 명리학은 운이 생각했던 것보다 대단히 정교한 이론서였다. 그러니까 대충 뭉뚱그려서 때려 맞았을 확률은 아주 적었다. 오행 중 오로지 화, 그것도 병화만이 운의 성격과 맞았다. 이걸 우연이라고 할 순 없었다. 대체 어디서 무엇이 어떻게 잘못된 것인지 궁금했다. 알아야 했다.

***

떠들썩한 혼례가 끝난 뒤 신방까지 차리는 것을 본 해명이 별당으로 돌아왔다.

분이도 없이 별당에 혼자 남은 것은 처음이라 기분이 이상했다. 늦은 밤, 아주 고요한 별당에 홀로 돌아온 해명은 짐을 싸기 시작했다.

애초에 분이 혼례만 치러주고 떠날 작정이었다. 며칠 뒤에 혼례를 치렀다면 그때까지 남아 있었겠지만, 오늘 치렀으니 당장 내일 떠날 생각이었다. 미적거리다보면 또 자신이 없어져 별당에 처박혀버릴지도 모를 일이었다. 마음먹은 김에 해치워버리고 싶었다.

짐을 싸는 데는 오래 걸리지 않았다. 짐을 챙긴 뒤 불을 끄고 자리에 누웠다.

잠이 오지 않았다. 몇 번을 뒤척이던 해명이 다시 자리에서 일어났다. 불을 켠 해명이 책상 앞에 반듯이 앉았다. 그리고 붓을 들었다. 본래는 아무것도 남기지 않고 없는 사람처럼 사라지려 했으나 오늘 어머니와의 대화가 해명의 마음을 바꿨다. 이제 제가 어떤 생각으로 나가는지 적어두고 가도 이해받을 수 있을 것 같았다. 크게 심호흡한 해명이 글을 써내려가기 시작했다.

***

자정이 훌쩍 넘어서 침수에 들었으나 운은 평소보다 일찍 자리에서 일어났다.

사실은 간밤에 제대로 된 숙면을 취하지 못했다. 왜 대체 자신은 사주가 하나도 맞지 않는가, 라는 생각에 빠져서 오랫동안 뒤척이다 쉬이 잠들지 못했고, 겨우 든 잠 역시 선잠이었기 때문이다. 자리에서 일어나자 목 뒤에 혹이 하나 달린 것 마냥 묵직하고 온몸은 누가 밟기라도 한 것 마냥 뻐근했다.

"어째 안색이 좋지 않으십니다."

아침 문후를 드리러 가는 길에 운이 고개를 숙인 채 느리게 걷자, 유내관이 걱정되어 어쩔 줄 몰라 했다. 평소라면 하늘을 보고 경치를 보느라 바빴을 텐데 오늘따라 묵묵히 땅만 보고 걷는 운의 모습이 유내관의 눈엔 심상치 않아 보였다.

"몸살이 나신 겝니까?"

"아니다."

"주무시질 못하셨습니까?"

"아니래도! 조용히 해라."

옆에서 자꾸 말을 시키자 안 그래도 무거운 목 뒤가 더 뻣뻣했다. 운이 버럭 고함을 지르자 유내관이 몸을 움츠리며 재빨리 뒤로 물러났다.

"중전마마, 저하께서 아침 문후 드셨사옵니다."

중궁전 앞에 이르러서야 운은 겨우 고개를 들어 앞을 보았다. 그리고 여전히 굳은 얼굴을 이리저리 움직여 표정을 부드럽게 지으려 애썼다. 어제 그리 싸우다 나간 뒤 오늘 처음 보는 것이었다. 헌데 여전히 딱딱한 표정으로 들어가면 어마마마께서 걱정할 게 분명했다. 어제 기분이 상한 문제를 가지고 오늘까지 모친을 걱정시키고 싶지는 않았다.

"동궁, 어째 하루 사이에 얼굴이 반쪽이 되시었소."

허나 모든 관심이 아들에게 쏠린 어머니를 속이는 것은 쉬운 일이 아니었다. 눈썹만 움찔해도 아들의 심기를 알아차리는 것이 어미였다. 허니 아무리 애써 좋은 얼굴을 하려 노력한다 한들 그 속내까지 숨길 수는 없는 일이었다. 운의 기색을 살피는 중전의 얼굴엔 어느새 근심이 가득했다.

"어제 일에 아직도 마음이 상해 그러시는 게요?"

"아닙니다. 어제는 제가 경솔했습니다. 심려를 끼쳐드려 송구스러울 따름입니다."

"동궁의 얼굴이 좋지 못해 걱정하였는데."

"어제 늦게까지 책을 읽어 조금 피곤하여 그렇습니다. 염려치 마세요."

공손한 운의 대답과 태도에 그제야 중전이 겨우 마음을 풀고 미소 지었다.

"다행입니다. 동궁께서 오늘까지도 화가 나 있으면 어쩌나 걱정하였어요. 오늘 오는 새 사람을 좋지 못한 낯으로 만나면 어쩌나, 걱정이 되어 밤새 잠을 설칠 정도였습니다."

왕은 옹주의 놀이친구로 모르는 척 운에게 수진을 소개시켜주라고 했다. 하지만 중전은 그것이 내키지 않았다. 그렇게까지 운을 바보로 만들고 싶지 않았다. 결국 어차피 다 밝혀질 일인데 뒤늦게 모든 사실을 알게 된 운이 또다시 자신만 모르는 일이 벌어진 것에 대해 실망하고 분노할까봐 염려스러웠다. 중전은 자신이라도 운에게 솔직하게 모든 것을 말해줘야 한다고 생각했다. 대신 달래고 설득하면 될 일이다. 자신은 어미니까 그리할 수 있었다. 자신 있었다.

"새 사람이라니요?"

"전하께서 빈궁 될 사람을 오늘 궐에 들어오라 명하셨어요. 동궁과 미리 정이 들면 훨씬 낫지 않겠냐구요."

"금혼령도 내리지 않았는데, 빈궁 될 사람이라니요?"

날카로운 운의 질문에 중전의 마음이 덜컹 내려앉았다. 허나 그러한 속내는 숨기고 웃으며 최대한 자연스럽게 말을 하기 위해 애를 썼다. 제가 큰일인 것처럼 말하면 운 역시 크게 받아들일 것이다. 그럼 당연히 가만있지 않을 게 분명했다. 어쩔 수 없이 이미 벌어질 일들이었다. 이 모든 걸 최대한 운이 자연스레 받아들일 수 있게 전달하는 게 자신이 할 일이었다. 중전이 당연한 말을 하는 것처럼 편안히 말을 이었다.

"이미 전하께서 점찍어둔 며느릿감이 있으시답니다. 그 아가씨에게 동궁의 마음을 위로해주라고 미리 궐에 들어오라 하셨다니, 얼마나 사려가 깊으십니까."

대체 어떻게 해야 이 모든 일을 운이 자연스럽게 받아들일 수 있을지 고민하느라 뜬 눈으로 밤을 지새웠다. 더 이상 궐에서 큰소리가 나오지 않길, 더 이상 운이 상처받지 않길 바랐다. 긴 고민 끝에 중전은 으레 있는 일처럼, 특별한 일이 아닌 것처럼, 허니 화를 내거나 흥분할 일은 아무것도 없는 것처럼 운에게 이야기하기로 결정했다. 그래서 운이 그러려니 받아들여주기를 바랐다. 제발 그러길 빌었다.

"그게 말이 됩니까?"

허나 야속하게도 아들은 어미의 깊은 속을 조금도 헤아리지 못했다.

"이미 내정된 처자가 있다면 대체 금혼령에 사주단자를 내는 수많은 반가의 여식들은 무엇이 됩니까? 그것은 기만입니다. 속이는 거라구요! 그런 짓을 왜 한단 말입니까? 애초에 내정된 가문이 있다면 차라리 금혼령을 내리지 말아야지요. 금혼령을 내린다면 공정해야 하구요! 그리고 아직 혼인하지 않았는데, 남녀칠세부동석인데, 여인과 만나 미리 정이 들라니, 그게 대체 어느 나라 예의범절이란 말입니까? 그런 법도가 어딨습니까?"

"공식적으로는 옹주들의 동무로……."

"그것은 허울 좋은 변명이지요! 대체 어느 집 여식이기에 아바마마께서 이렇게까지 하신단 말입니까? 뉘 집 딸입니까?"

누구 하나 잡아먹기라도 할 것 같은 기세였다. 중전이 입을 다물었다. 운이 자리를 박차고 일어났다.

"아바마마께 가서 여쭙겠습니다."

"운아!"

돌아서려는 운을 중전이 붙잡았다.

"그러지 말아라. 제발!"

"대체 이렇게까지 하는 연유가 무엇입니까? 대체 누가!"

"영상의 여식이다."

경악한 얼굴로 운이 뒤를 돌아보았다.

"사주가 기가 막히게 좋다고 하더라. 너무 탐이 나서 하루라도 빨리 네 곁에 두고 싶어서 전하께서 청하신 게다. 영상은 원치 않았다더라."

"그 말을 믿으란 말입니까?"

"내가 들어도 사주가 아주 좋더라. 누가 봐도 탐을 낼 여식이었어. 네게 가장 좋은 것을 주고 싶어 하는 부모의 마음을 네가 이해해야 한다. 제발 이해해다오."

운이 눈을 질끈 감았다. 부모의 마음이라서, 자식이니 싫어도 그 마음을 받아야 해서, 빈궁의 죽음도, 때 이른 금혼령도 모두 다 참았다. 헌데 이제 법도에 어긋난 혼인까지도 참으라니, 이것까지 진정 감수해야 한단 말인가. 이해할 수 없었다.

"진정 그 여식의 사주가 제 사주랑 그리 맞단 말입니까?"

"네 사주와 상관없이 그 아이 사주가 기가 막히게 좋았다."

제 사주에 대해 물으려고 단단히 벌렸던 마음이 모래처럼 허물어졌다. 결국은 제 사주 따윈 이 일에 아무 상관없었다. 다 정치였다. 사주 같은 건 어쩌면 애초에 존재하지 않았던 건지도 모른다. 영상의 자식을 중전으로 만들기 위해, 그 자식이 자라 적당한 나이가 될 때까지 기다리기 위해 자신은 뒷배가 없는 빈궁을 맞아야 했고, 그 빈궁은 적당한 때 죽어야 했던 거였다.

분노가 치솟았으나 결국 이 모든 일을 계획하여 진행시킨 게 제 아비라 생각하자 화를 낼 기력조차 없었다. 운이 따져봤자 돌아올 대답은 뻔했다. 모두 다 자신을 위해서라고 할 것이다. 그게 부모의 마음인데 몰라주니 철이 없다고 도리어 혼이 날 게 분명했다. 제 마음 같은 걸 이 궐 안에서 신경 쓰는 사람은 단 한 명도 없었다.

"그 여식이 사주가 좋든 말든, 그의 아비가 영상이든 말든, 상관없이 제가 좋은 왕이 될 거란 기대 같은 건 안 드셨습니까? 어마마마와 아바마마가 무얼 해주고 못 해주고와 상관없이, 저란 인간 자체를 믿을 생각은 정녕 안 하신 겝니까? 제가 그리 못 미덥고 부족한 아들이란 말입니까?"

어찌하여 자식은 부모의 마음을 헤아리는데 부모는 자식을 이리 몰라준단 말인가. 운은 서운하고 야속했다.

"그런 문제가 아니지 않느냐. 어찌 이리 철이 없어!"

허나 따지고 들면 결국 이리 흘러가고 마는 일이었다. 또다시 철없고 모자란 아들이 되어버린 운이 이를 악 문 채 자리를 박차고 일어났다. 이러나저러나 부모의 깊은 속도 모르는 생각이 짧은 아들이 될 거라면 더 이상 무엇도 억지로 견디고 싶지 않았다.

교태전에서 뛰쳐나온 운은 곧장 동궁전으로 가 의대를 벗고 평복으로 갈아입었다. 더 이상 이곳에 머무르고 싶지 않았다. 여기에 있다가 그 영의정 딸이라는 계집애를 보면 자기가 무슨 짓을 저지를지 스스로 알 수 없었다. 어서 궐을 빠져나가야 했다.

동궁전을 나온 운이 사복시로 가기 위해 발걸음을 옮기는 순간 건춘문을 들어오는 가마 한 대가 눈에 들어왔다.

낯익지 않은 가마였다. 게다가 배종하는 이들의 태도 역시 궐에 처음 오는 모양새였다. 왕족이 아니라면 오늘 이곳으로 올 이는 단 한 사람밖에 없었다. 가마를 노려보며 운이 아드득, 이를 갈았다.

돌아가는 한이 있더라도 마주치고 싶지 않았다. 운이 매몰차게 몸을 돌렸다. 반대 방향으로 성큼성큼 걸어가던 운이 갑자기 걸음을 멈추었다. 이내 싸늘한 미소가 운의 입가에 걸렸다.

"마마, 마마!"

그리고 유내관이 뒤쫓아 가기도 벅찰 정도로 매우 빠른 걸음으로 가마를 향해 걷기 시작했다.

*　*　*

세상을 보고 그것을 기억하게 된 그 순간부터 수진은 제가 중전이 될 거란 소리를 들었다. 좋은 사주를 타고 났을 뿐 아니라 가문도 훌륭하고 아비도 정승이니 부족할 게 하나도 없었다. 중전이 될 거였기 때문에 아주 어려서부터 내명부의 여인이 되기에 부족함이 없는 교육을 받으며 자랐다.

그래서 금혼령 이전에 내정되어 미리 궐에 들어가란 소리를 들었을 때 수진은 놀라지 않았다. 어미는 기뻐 어쩔 줄 몰랐으나 수진은 그리 감격스럽거나 기쁘지도 않았다. 당연히 그리 될 줄 알았던 일이 당연히 그리 되고 있었기 때문이다. 어려서부터 보고 들은 대로 흘러가는 삶이 오히려 조금 지루하다 싶은 생각까지 들 정도였다.

중전은 내명부 최고의 자리였고 나라에서 가장 높은 여인이었다. 그런 여인이 되길 꿈꾸며 자랐고, 한 치의 의심도 없이 그 꿈이 이루어지리라 믿었다. 다만 수진이 꾼 꿈에서 하나 간과한 것이 있었다. 그것은 그 중전이 '왕의 여자'란 것이다.

중전은 왕의 부인이었다. 그 말은 즉 애초에 중전은 왕이 없으면 존재할 수 없다는 것이었다.

수진은 그걸 몰랐다. 중전만 되고 싶어 했지 왕이란 존재까지는 생각지 못했다.

"그대가 영상의 여식인가?"

싸늘한 운의 얼굴을 마주하고 나서야 수진은 깨달았다. 미래의 왕이 될 자가 자신의 꿈을 이루는 데 걸림돌이 될 수도 있다는 걸 말이다.

"빈궁으로 내정된 여인이란 말이지."

"저하!"

한껏 비아냥거리는 말투에 놀란 유내관이 앞으로 나서며 만류했으나 이미 화가 난 운을 말릴 수 있는 이는 아무도 없었다.

궐에 들어와서 가마에 내리자마자 봉변을 당한 수진과 그 일행은 얼떨떨해서 어쩔 줄을 몰랐고, 운의 평소 성정을 아는 상궁과 내시들은 감히 나서지 못했다.

"그대가 원한다면 세자빈이 될 수도 있고, 중전이 될 수도 있겠지. 아비가 영상인데 누가 그댈 막겠는가."

"저하!"

유내관이 발을 동동 굴렀으나 운은 아랑곳하지 않았다. 제 속이 부글부글 끓어 넘칠 지경인데 주변을 살필 여력 같은 게 남아 있을 리 없었다.

"헌데 어쩌나. 나는 평생 그대를 내 부인으로 두지 않을 생각인데. 그대는 원한다면 뭐든 될 수 있을 테지만, 절대로 내 부인은 될 수 없을 거요. 왕 없는 중전 노릇, 어디 한 번 잘해보시구려."

싸늘하게 내뱉은 운이 그대로 돌아섰다.

성큼성큼 걸어가는 운의 뒷모습을 수진이 황망한 얼굴로 보았다. 여전히 자신은 중전이 될 순 있었다. 헌데 그 옆에 왕이 없단다. 허면 중전이 되어도 대체 무슨 소용이란 말인가. 수진은 뒤늦게 깨달았다. 자신이 지금까지 완전히 헛된 꿈을 꾸었다는 걸 말이다.

"망극하옵니다, 아씨. 저의 마음을 마음에 담아두지 마시옵소서. 맘이 상하시어 마구 내뱉은 말이니……. 지내다보면 아시겠지만 마음이 모질거나 나쁜 분은 절대 아니십니다. 다만 감정적일 뿐이니, 곧 괜찮아지실 겁니다."

유내관이 수진을 위로하려 애썼으나 이미 수진의 귀에 그러한 말이 들어올 리 없었다. 기막혀서 한 발자국도 움직일 수가 없었다. 대체 자기가 지금까지 무슨 꿈을 꾼 건가 어이가 없었다.

"이분이 영상대감의 여식이신가?"

그때 저 편에서 또 다른 사내의 목소리가 들렸다. 방금 제게 얼음장처럼 싸늘한 말을 내뱉은 이와는 사뭇 다른 다정하고 은은한 말투였다.

예의가 아니란 생각을 하기도 전에 수진이 자신도 모르게 고개를 돌려 그를 보았다.

"석천군 이강입니다."

가까이 다가온 강이 허리를 숙여 인사했다. 수진이 얼결에 따라 맞절했다.

"석천군께서 어찌……?"

유내관이 놀란 얼굴로 강을 보았다.

"지나가다 소란스러운 소리가 나기에 들렀네. 궐에 처음 오신 분을 이리 박정하게 대해서야 되겠나."

가볍게 유내관을 타박한 강이 웃으며 수진을 보았다. 야차 같던 운과 달리 강은 대단히 부드럽고 유순한 분위기를 풍겼다. 웃으면 아래로 축 처지는 눈이나 동그스름한 코가 전체적으로 따뜻하고 다정한 느낌을 주는 데 한몫했다. 그 정감어린 미소에 수진의 마음이 그제야 한결 놓였다.

"형님 대신 제가 안내해 드리겠습니다. 명안옹주가 어제부터 기다리고 있었습니다. 짐을 풀고 옹주의 처소로 가시지요."

"예."

"형님은 어려운 분처럼 보이지만 생각처럼 힘든 분은 아닙니다. 너무 심려치 마세요."

그가 말하자 정말 그런 것 같았다. 마음이 놓인 수진이 그제야 자신도 모르게 안도의 한숨을 내쉬었다.

"걱정하신 모양입니다."

"아니요, 그런 게 아니오라."

"걱정이 되시겠지요. 넓고 외로운 궁에 형님 하나 의지해서 들어오셨는데 첫 만남이 저랬으니, 어찌 걱정이 아니 되시겠습니까. 허나 괜찮을 겁니다. 돌아가신 빈궁마마와 금슬이 좋으셨어요. 아마 예정보다 좀 이른 재혼이 돌아가신 분에 대한 예의가 아닌란 생각에 날카로워지신 걸 거예요. 곧 풀리실 겁니다. 저래 봬도 제 사람에게 얼마나 살뜰하신지 모릅니다."

수진을 수행한 이들조차 강의 말에 마음이 놓여 표정이 한결 가벼워졌다. 오로지 유내관만이 이 일을 좋아해야 하는 건지 걱정해야 하는 건지 판단하기 어려운 복잡한 속내가 드러난 불편한 표정이었다.

　어느새 강은 자연스레 수진과 일행들을 데리고 궐 안으로 들어가고 있었다. 운도 없는데 따라가자니 모양새가 썩 좋지 못하고, 그렇다고 동궁의 내관으로서 이제 곧 빈궁이 될 분을 두고 돌아서기도 마음이 불편해 유내관은 제자리를 맴돌며 발을 동동 굴렀다.

＊＊＊

　"놔라."

　"저하, 오늘도 이리 가셨다가 전하께서 아시기라도 하면 저희 죽습니다."

　사복시 제조가 적토마를 붙들고 늘어졌다. 말 위에 올라탄 운이 아무리 화를 내도 소용이 없었다. 정말 오늘은 이대로 보내지 않을 셈인지 평소와 달리 매달린 손을 놓지 않을 기세였다.

　"형님!"

　바쁘게 걸어온 강이 제조가 붙들고 있는 말고삐를 대신 잡았다.

　"내가 말씀드리겠네."

　"아이고, 석천군 마마만 믿습니다요."

그제야 제조가 안심하며 뒤로 물러났다. 전혀 다른 성격에 전혀 다른 외모, 다른 배를 타고났지만 운과 강은 사이가 좋기로 유명했다. 왕과 중전을 제외하면 유일하게 운이 약한 이가 강이었다.

　"영상대감의 여식에게 거처를 알려주고 오는 길입니다. 가서 인사하세요."

　"뭐 하러?"

　허나 오늘은 운도 꿈쩍하지 않았다. 아니 쳐다도 보지 않았다. 그나마 매몰차게 모른 척하지 않는 것만으로도 다행이라 여겨야 할 성싶었다.

　"제가 형님보다 형수 될 이와 먼저 친해지면 볼썽사납지 않겠습니까."

　부드럽게 농을 쳤음에도 운은 미소 짓지 않았다. 그제야 강은 형이 단단히 화가 났다는 것을 알아챘다. 꽉 다문 입이 그 어느 때보다 단호했다.

　"형님."

　"놔라. 나갈 것이다."

　"형니임."

　"지금 나가지 않으면 내가 궐 안에서 미쳐 춤추는 꼴을 보게 될 게다. 그 꼴을 보고 싶은 게냐?"

　낮고 차분한 목소리였다. 평소 화낼 때와 사뭇 달랐다. 그래서 더 섬뜩했다. 더 이상 자신도 어찌할 수 없다는 판단이 든 강이 고삐를 놓았다.

"이랴!"

고삐를 놓기 무섭게 적토마가 쏜살같이 달려 나갔다. 순식간에 운을 태운 말이 시야에서 사라졌다.

"아이고, 마마, 저리 보내시면 어찌합니까요?"

뒤늦게 달려 나온 제조가 울상을 지었다. 강이 다정하게 그의 등허리를 쓸며 위로했다.

"걱정 마시게. 아바마마께는 내가 잘 말씀드리겠네."

하늘에서 내려온 동아줄이라도 본 것처럼 제조가 반색했다.

"정말요? 그럼 석천군 마마만 믿습니다요."

강이 웃으며 고개를 끄덕였다. 코가 땅에 닿도록 절을 한 제조가 사복시로 들어간 뒤에야 강이 발길을 돌렸다. 헌데 바로 그 순간, 누군가 허리춤을 안으며 와락 안겨왔다.

"마마, 여기까지 어인 행차시옵니까?"

동궁전에서 빈궁을 모셨던 도나인이었다. 그러고 보니 사복시와 동궁전이 지근거리였다. 아마 근처에 심부름을 나왔다가 강을 본 모양이다. 본래 빈궁전의 나인이라 죽은 빈궁의 병문안을 드나들다 눈이 맞았다. 눈이 맞은 뒤엔 이 계집을 보기 위해 병문안을 핑계 삼아 더 자주 빈궁전을 드나들었다.

빈궁이 죽은 뒤 자연스레 연이 끊겼는데 이리 마주치게 될 줄이야. 강이 재빨리 주변을 살펴 아무도 없는 것을 확인한 뒤 도나인을 끌고 응달진 곳으로 향했다.

"간도 크게 대낮에 허리춤을 껴안다니."

"마마께서 하도 찾아주시지 않으시니, 소녀가 이러는 것 아니겠습니까. 어찌 그리 매정하십니까."

"빈궁께서 계실 때야 병문안을 핑계로 드나들 수 있었다지만 이젠 돌아가셨으니 내가 널 어찌 자주 찾을 수 있겠느냐?"

"형님을 뵈러 오시면 되지요."

"아무리 의가 좋은 형제라 해도 사내들끼리 안부를 물으러 침전까지 드나들까? 내 처지를 네가 이해해줘야지."

"그래두요."

품에 안기어 앙탈을 부리는 것이 예사롭지 않았다. 그것을 은근히 받아주는 강의 수작 역시 보통이 아니었다. 시선이 마주치자 둘은 누가 먼저랄 것도 없이 서로에게 입을 맞추었다. 강이 뜨거운 손길로 도나인의 몸을 더듬었다. 기다렸다는 듯이 낭창한 몸이 품안에서 무너졌다.

이미 사내를 아는 몸이 되었는데 일 년이나 독수공방을 했으니 얼마나 이 여자가 몸이 달았을지 알 만했다. 오죽 급했으면 앞 뒤 가릴 것 없이 대낮인데도 안기는 대담한 짓을 벌였겠는가.

그랬다. 다정하고 유순하며 따뜻한 성품을 가져 모두에게 친절한 강의 또 다른 얼굴이었다. 사실 강은 대단한 호색한이었다. 아무도 모르는, 몰라야 하는, 불편한 진실이었다.

내명부 정1품 영빈의 소생인 석천군 이강은 욕심 없고 소박한 모친의 성향을 그대로 물려받아 조용하고 온유하며 권력욕이 없다는 평을 받곤 했다. 그리고 평 그대로 실제로도 강은 화를 내거나 목소리를 높이는 일이 거의 없었다. 심지어 눈 흘기는 모습조차 본 사람이 없다고 할 정도였다.

그로 인해 정반대의 성격을 가진 운과 종종 비교되곤 했는데 그럴 때마다 강은 운의 강하고 열정적인 기운이 왕재에 더 적합하다며 겸손하게 굴곤 했다. 물론 그것은 거짓이 아닌 진심이었다. 강은 진정으로 자신이 세자로 태어나지 않았음에 언제나 감사했다. 왕재가 아닌 덕분에 모두의 시선에서 벗어나 책임감 없이 자유롭게 놀 수 있었기 때문이다.

속과 전혀 다른 가면을 쓴 채 마음껏 즐겨도 아무도 신경 쓰지 않으니 이보다 더 좋을 수 없었다. 왕이 되지 못해 아쉬운 것은 딱 하나, 궐 안에 있는 저 수많은 궁녀들과 다 잘 수 없다는 것뿐이었다.

딱 부뚜막에 먼저 올라간 얌전한 고양이, 그게 바로 강이었다.

불같이 열정적인 데다 풍류를 좋아하는 성정임에도 운은 여자 관계만큼은 이상하리만치 담백했다. 그와 반대로 강은 겉으로는 단정한 선비의 풍모 그 자체였으나 실상은 여자를 매우 많이 좋아해서 까놓고 보면 난잡하기가 이루 말로 다 할 수 없을 정도였다. 몸에 배인 친절은 사실 언제든지, 누구든지 사냥하기 위한 능숙한 처세술에 불과했다.

제가 좋아하는 만큼 정성을 다하니 여자도 잘 따라서 관대를 올린 이후로 곁에 여인이 없었던 적은 단 한 번도 없었다. 허나 참으로 귀신같아 아직까지 아무에게도 그 실체를 들킨 적이 없었다.

가끔 두세 명과 동시에 작업을 하다 현장에서 발각되기도 했으나, 그런 순간조차도 여인들은 강이 자신에게 더 진심이었다 믿었기 때문에 서로 머리를 뜯으며 싸우면 싸웠지 강을 탓하진 않았다. 정말 타고났다고 밖에 할 수 없는 묘한 재주였다. 유일하게 모친인 영빈만이 강의 두 얼굴을 어렴풋이 눈치 채고 걱정하고 있었다.

어차피 왕위에 오르지 못하는 왕족은 빛 좋은 개살구였다. 권세는 높으나 권력은 없고, 아무것도 할 수 없는데 늘 무엇인가 했다고 오해받곤 했다. 한마디로 단명하기 딱 좋은 팔자였다.

허나 즐거움과 편안함이 인생 최고의 목표인 강은 누구의 눈에도 띄지 않고, 어떤 사건에도 휘말리지 않고 그저 조용히 살다 명대로 죽는 게 소원이었다. 쓸데없는 일에 재수 없게 엮일까 봐 강은 배나무 아래에서는 갓끈도 다시 매지 않는다, 라는 신념으로 늘 몸가짐을 조심했다.

따라서 분별없이 노는 것처럼 보이지만 사실 강은 늘 경계를 넘지 않기 위해 주의하고 있었다. 그러니 입을 맞추다 몸이 아무리 후끈 달아올라도 대낮에 일을 치르는 실수 따위는 절대로 저지르지 않았다. 강이 흐느적거리며 온몸을 기대오는 도나인을 다정하게 밀어냈다. 밀려난다고 느끼지 못할 정도로 부드럽고 능숙한 손길이었다. 눈도 제대로 뜨지 못하는 도나인의 귓가에 숨을 불어넣으며 강이 은근히 속삭였다.

"이따 밤에 조용히 후원으로 오너라."

"정말요?"

"그럼."

도나인이 온몸을 떨며 기뻐했다. 어느새 두 볼이 발갛게 상기

되어 있었다.

"이만 가보거라."

강이 눈짓으로 재촉하자 도나인이 고개를 끄덕이며 재빨리 주위를 살핀 뒤 사라졌다.

강 역시 옷매무새를 가다듬은 후 응달에서 나왔다. 밝은 곳에 나온 강의 모습은 언제 흐트러졌냐는 듯 말끔했다. 강이 재빨리 부채를 펴서 붉어진 얼굴을 가렸다. 아직은 차가운 초봄의 바람이 몸에 남은 미열을 식혀주었다.

***

달리던 운이 말을 멈추었다. 스스로도 제가 달려온 곳이 어이가 없어 헛웃음이 났다.

"대체 이곳에 다시 와서 무얼 하자는 것인가."

어제 해명과 처음 만났고, 마지막으로 헤어졌던 그 냇가 근처였다. 자신도 모르게 말을 달려온 곳이 이곳이라니 황당했다. 운이 말에 탄 채 그 근처를 두어 바퀴 돌았다.

앞으로 어찌하면 좋을지 아무런 생각도 나지 않았다. 누굴 기다려야 할지, 아니면 어제 갔던 곳에 다시 가야 할지, 그것도 아니면 이리 말을 달리다 궐에 돌아갈 것인지 아무런 결정도 할 수가 없었다. 세 결정 중 어느 것 하나 우습지 않은 게 없었다.

기다린다면, 대체 여기서 어찌 기다린단 말인가. 해명과 운은 아무런 약조도 없이 헤어졌다. 심지어 둘은 이름 빼곤 서로에 대해 아는 것이 전혀 없었다. 어느 집 자식인지, 부모가 누군지 몰랐다. 해명은 조만간 다시 관악산에 간다고 했으나 그 말 역시 믿을 수 있는 말인지 모를 일이었다.

관악산으로 가는 것도 생각해보면 황당한 일이었다. 가서 다시 사주쟁이를 만난다 치자. 허면 대체 무슨 말을 한단 말인가. 자신은 토가 아닌데 왜 토 사주냐고 물을까?

허면 사주쟁이가 답을 줄 수 있을까? 사주쟁이는 무당이 아니다. 명리학은 제가 봐도 나름의 체계가 있는 학문이었다. 그렇다면 운은 단지 예외일 뿐이다. 체계에서 벗어난 예외인 운에게 사주쟁이가 해줄 수 있는 말이 뭐가 있을까. 크게 기대되지 않았다.

이대로 말을 타고 놀다가 궐에 들어가는 건 그야말로 최악이었다. 궐에 가면 분명 정식으로 수진을 소개받을 것이다. 당연히 운이 좋은 얼굴로 그녀를 대할 수 있을 리 없었다. 헌데 성질대로 했다간 또 불호령이 떨어질 게 뻔했다. 부딪히기 싫었다.

그러니까 무엇 하나 운의 마음에 드는 게 없는 상황이었다. 어찌해야 할지 제 행동의 방향을 정하지 못한 운이 하염없이 근처를 서성였다. 적토마가 목이 마른 듯 입맛을 다셨다.

말에서 훌쩍 뛰어내린 운이 적토마를 끌고 냇가로 향했다. 잠시 고삐를 풀고 적토마가 물을 마시며 쉬도록 내버려둔 뒤 운은 근처 바위에 앉아 숨을 돌렸다.

바로 그때 빠르게 달리는 말 한 마리가 운을 스치고 지나갔다. 물을 마시던 적토마가 놀라 앞으로 달려 나갔다. 어, 하는 사이, 순식간에 눈앞에서 적토마가 사라졌다. 놀란 운이 자리에서 벌떡 일어섰다.

"워이, 워어이."

말 위에 탄 이가 말을 달래는 소리가 들려왔다. 헌데 목소리가 낮이 익었다. 운이 인상을 찌푸리며 고개를 들자 말에 탄 채 아래를 내려다보던 이의 눈이 휘둥그레졌다.

"아니 그쪽은……."

해명이었다. 전혀 예상치 못한 만남에 놀라서 운과 해명은 한동안 멍하니 서로를 보고만 있었다.

그러다 먼저 정신을 차린 운이 얼른 턱에 힘을 주고 얼굴을 굳혀서 화가 난 얼굴을 만들었다. 그리고 성큼성큼 걸어 가 말고삐를 잡아챘다.

"댁 말을 달래기 전에 사과부터 하시오."

기가 막힌 듯 해명이 입을 딱 벌린 채 운을 보았다. 기막혀 어쩔 줄 몰라 하는 얼굴을 보자 금방이라도 웃음이 터질 것 같았다. 실룩거리는 입 꼬리를 끌어내리기 위해 목이 아릴 정도로 턱 안쪽에 힘을 준 운이 눈을 부릅떴다.

"그쪽 때문에 내 말이 달아났단 말이오. 어서 사과하시오!"

"하!"

잠시 황당해하던 해명이 금세 눈을 빛내며 운을 쳐다보았다. 어느새 두 눈에 장난기가 가득했다.

"그쪽 말이 달아난 게 왜 나 때문이오?"

"하, 참! 내가 말에게 물을 먹이고 있는데 그쪽이 미친 사람처럼 달려와서 나와 내 말을 치고 지나갔단 말이오! 그래서 난 이렇게 물에 빠졌고, 놀란 내 말은 저쪽으로 달아나 보이지도 않는구려. 대체 이 일을 어찌할 것이오?"

겉으로는 제법 엄한 척하고 있었지만 실은 둘 다 웃지 않기 위해 필살의 노력 중이었다. 해명은 손으로 허벅지를 아프게 꼬집었고, 운은 어금니로 혀를 문 채였다. 그 상태로 최선을 다해 얼굴을 우그러뜨리며 서로를 노려보았다.

"미안하게 됐소."

차마 더 이상 눈을 마주볼 수 없는 해명이 고개를 돌리며 내뱉듯이 사과했다. 그제야 운도 티 나지 않게 호흡을 골랐다. 그리고 다시 미간에 힘을 줬다.

"그게 사과하는 자의 태도요? 말에서 내려 정식으로 고개를 숙이시오!"

뱃속에서부터 끌어 모아 버럭, 고함을 질렀다.

해명이 눈을 치켜떴다.

그 순간 운이 해명을 말에서 끌어내렸다. 두 사람이 마주 보고 섰다. 운의 양팔이 해명을 단단히 붙잡아 제 쪽으로 당겼다.

운은 제 손아귀에 잡힌 해명의 몸이 생각보다 너무 약해서 당황하고 있었다. 몸이 가늘기가 계집과 다를 바가 없었다. 어쩌나 힘이 없는지 제 손에서 낭창거리는 게 어제 칼을 뽑던 패기는 어디 갔나 싶을 정도였다.

"어딜 그리 바쁘게 가는 게요?"

갑자기 말에서 끌려 내려와 운 앞에 서게 된 것에 많이 놀란 건지 해명이 숨을 몰아쉬었다. 뭐라 말 한마디 하지 못한 채 놀라서 커다래진 두 눈만 깜빡거리는 모습이 꼭 여린 토끼 같았다.

뻣뻣하게 제 손에서 굳어가는 해명의 몸이 느껴졌다. 약한 짐승을 잡은 맹수가 된 것 같아 기분이 묘했다.

"왜 대답을 쉬이 못하시오? 바쁜 것 아니었소?"

"바쁜 일, 없소."

해명의 호흡의 운의 코끝에서 흩어졌다. 참으로 이상했다. 분명 먼저 장난으로 엄하게 군 건 운인데 어느새 바뀌어 오히려 운이 꼼짝달싹 할 수가 없었다. 고개를 돌릴 수도, 시선을 피할 수도, 한 걸음 뒤로 물러설 수도 없었다.

무엇보다 자신을 쳐다보는 두 눈에서 눈을 뗄 수가 없었다. 무엇에 홀린 것처럼 새카만 해명의 두 눈을 운이 뚫어져라 바라보았다.

"아니 바쁜 일도 없는 사람이 그리 말을 달렸단 말이오? 제정신이오?"

이쯤 되자 이젠 어떻게 그만둬야 하는 건지 스스로도 모를 일이었다. 머릿속이 엉켰다. 제가 뭘 하고 있는 건가 싶은데 이제와서 그냥 물러나면 더 이상해질 것 같아서 그냥 밀어붙일 수밖에 없었다.

"사과했잖소."

그 순간 해명이 인상을 찌푸렸다. 자신도 모르는 사이 긴장한 운이 손에 너무 힘을 세게 준 탓이었다. 해명이 움찔거리는 순간, 운이 퍼뜩 정신을 차렸다. 재빨리 손을 떼며 뒤로 물러났다.

"으하하하!"

운이 갑작스런 웃음을 터뜨렸다. 배를 잡고 숨이 넘어가게 웃는, 과장된 폭소였다. 사실 그리 웃기지도 않았고, 웃고 싶지도 않았지만, 너무너무 웃긴 척 웃어야만 했다. 그래야 이 모든 걸 장난으로 넘길 수 있었다. 그리고 이 모든 건 장난이어야만 했다. 운에게도 해명에게도 장난이어야만 했다.

"이보시오!"

뒤늦게 약이 바싹 오른 해명이 발을 구르며 씩씩거렸다. 그러거나 말거나 운은 웃기 바빴다. 그리고 웃다 보니 정말 웃겼다. 이리 다시 만난 것도, 만나서 장난을 친 것도, 세상일에 만사 태연한 것처럼 굴던 해명이 놀라서 어쩔 줄 몰라 하던 모습도 다시 떠올려보니 너무 웃겼다.

운이 배를 잡고 낄낄거리는 사이 분한 마음이 들끓었던 해명이 돌아서서 말에 올라탔다.

눈앞에 보이던 두 발이 사라진 것을 깨달은 운이 고개를 들자 어느새 해명은 말고삐를 움켜쥐고 막 출발하려 하고 있었다. 빠르게 뒤 쫓아간 운이 얼른 해명의 뒤로 올라탔다.

"뭐하는 게요?"

발끈한 해명이 돌아보자 두 사람의 얼굴이 닿을 것처럼 가까웠다. 또 놀란 건지 동그래진 두 눈을 보자 운은 다시 웃음이 터졌다. 생각해보면 전에 목젖을 만지려 했을 때도 소스라치게 놀라며 싫어했었다. 이전에 헤어지기 직전 붙잡았을 때도 긴장했었다. 누군가가 가까이 있거나 뭘 만지려고 하면 유독 놀라는 성격인 듯했다. 약점이었다. 도무지 손에 잡히지 않던 사내의 약점을 드디어 하나 찾은 것이다.

"그쪽 때문에 난 말을 잃어버렸소. 그쪽은 한가하지만 유감스럽게도 난 매우 바쁘단 말이오. 그러니 한가하면서 나에게 미안한 그쪽이 내가 가야 할 목적지까지 날 데려다주시오. 그럼 되지 않겠소?"

해명이 한숨을 푹 내쉬며 몸을 돌렸다. 그 사이 운이 해명의 손 위로 말고삐를 잡았다. 그러자 해명이 재빨리 손을 빼냈다. 운이 뒤에서 씩 웃었다. 역시, 약점이었다.

"그대의 목적지는 어디요?"

"관악산 가는 길 아니오? 나도 같이 갑시다."

기가 막힌 건지 해명은 가타부타 대꾸도 없었다. 운이 말고삐를 단단히 움켜쥔 채 해명에게 바싹 당겨 앉았다. 다시 해명의 몸이 긴장한 것이 느껴졌다. 부러 운이 해명에게 몸을 더 붙였다.

"자, 그럼 갑시다! 이랴!"

운의 고함소리에 해명의 말이 달리기 시작했다. 어느새 해가 하늘 가운데 걸려 있었다. 정오였다.

(2권에서 계속)